KB260118

뒤척
뒤척
끼적
끼적

김탁환의
독서열전

내 영혼을 뜨겁게 한
100권의 책에 관한 기록

민음사

차례

1 예술이여 인생이여, 너희 얼굴 참 곱구나

2 지금은 잠시, '잃어버린 것들'을 만지작거릴 시간

3 그리하여 비일상적인 일상들

6 농도 진한 한국인의 피

9 읽어야 할 책이 많기에, 써야 할 글이 넘치기에, 삶은 결코 지루하지 않다

10 과거와 미래가 담긴 '과학'이라는 이름의 도서관

1

예술이여
인생이여,
너희 얼굴
참끔찍

빵굽는 타자기

폴 오스터

꿈을 요리하는 책

꿈이 구워지는 냄새를 맡아 보다

위로를 주는 책이 있다. 각박한 일상에 지쳐 신음할 때, 따스한 입김처럼 내 몸을 감싸는 책. 절망하지 말고 다시 처음부터 시작하라고 격려하는 책. 청소년 시절에는 법정 스님의 『무소유』를 거듭 읽었고, 소설가로 입문한 이후로는 폴 오스터의 『빵굽는 타자기』라는 언덕에 자주 기댔다.

하지만 『빵굽는 타자기』가 따뜻하거나 친절한 책은 아

니다. 오히려 매우 신랄하게 작가들이 지닌 엄살과 허영을 집어낸다. 이상한 모호함이나 신비주의를 꾸짖으며, 이쪽인지 저쪽인지 분명하게 양자택일을 하도록 몰아세운다. 1999년 한 대학에 직장을 잡고 조금은 안도의 한숨을 쉬는 내게 폴 오스터는 질책했다. "작가들과 시인들은 이른바 문예창작과가 개설되어 있는 대학에 한자리 얻으려고 서로 할퀴고 짓밟으면서 끊임없이 쟁탈전을 벌인다."

그리고 폴 오스터 자신은 직장을 얻는 데 전혀 관심이 없으며, "일하기가 싫은 게 아니라, 아침 9시부터 오후 5시까지 직장에 묶여 있는 생활"이 싫다고 분명하게 입장을 밝힌다. 8년 남짓 대학에서 소설을 쓰면서 나는 내내 폴 오스터에게 반문했다. 직장이 있든 없든, 작가란 결국 글 감옥에 갇히는 운명을 감내해야 하는 존재다. 갇히지 않고, 혼자 밥 먹지 않고 어찌 좋은 글이 나올까. 그러니 직장을 가졌다고 덜 자유롭고 전업을 한다고 더 자유로운 것이 아니다. 그 자유는 오직 그가 만든 작품으로 평가받을 뿐이다. 그렇지 않은가?

깃발로 나부끼는 책이 있다. 새로운 걸음을 내디딜 때, 항상 반걸음 먼저 나아가 펄럭이는 책. 「밀리언 달러 베이비」와 같은 위대한 영화를 본 후 소설뿐 아니라 영화도 인간의 영혼을 감동시키는 위대한 서사 장르라고 인정하게 되었을 때, 다시 폴 오스터를 만났다. 그는 이미 웨인 왕 감독과 「스모크」라는 영화를 함께 만들었을 뿐 아니라 「다리 위의 룰루」라는 시나리오를 직접 쓰고 감독까지 맡았다. 치명적인 아름다움을 지닌 이야기를 만들 수만 있다면, 소설이든 영화든 그에게는 문제가 되지 않았던 것이다. 나도 그를 닮고 싶었다.

꿈을 요리하는 책이 있다. 나는 이야기를 배우기 시작하는 학생들에게 항상 『빵굽는 타자기』를 정독시킨다. 다음 구절을 마음에 새기도록 만들고 싶어서다. "내가 하고 싶은 일은 책을 말하는 것이 아니라 책을 쓰는 것이었다." 좋은 이야기를 만들어야 한다고 주장하는 사람은 많지만, 정작 그런 이야기를 쓰는 이는 매우 적다. 떠벌리는 자들과는 작별을 고하고 진정한 자아를 발견하기 위해 미지의 글쓰기를 시작하라고, 그것이 당신의 꿈이 아니냐고 폴 오스터는 명쾌하게 권유한다.

선물하기 좋은 책 하나 가르쳐 달라는 부탁을 자주 받는다. 그때마다 나는 위로를 주고 깃발로 나부끼며 꿈을 요리하는 폴 오스터의 책을 권한다. 그리고 이런 물음도 잊지 않는다. 당신이 진정 바라는, 허나 한동안 잊고 지냈던 꿈은 무엇인가? 부디 이 책 맛있게 먹으며 초발심 되찾기를!

책 한 권의 기적

당신은 인생을 바꿀 준비가 되었는가?

작가로 살다 보면 왜 소설을 쓰느냐는 질문을 종종 받는다. 그때마다 나는 작은 기적을 믿기 때문이라고 답한다. 무슨 기적이냐 하면, 이름도 얼굴도 모르는 독자가 내가 쓴 소설을 읽고 자신의 인생을 찬찬히 돌아보게 되었다는 엽서를 받는 기적이다.

그 기적이 어찌 독자에게만 일어나겠는가. 뛰어난 소설

을 읽고 감동하여 뜬눈으로 밤을 새우는 작가 역시 적지 않다. 그들은 가끔 묘한 질투심에 사로잡힌다. 자기로서는 결코 상상할 수 없는 이야기가 넘쳐 날 때, 무한한 존경과 깊은 절망이 동시에 밀려든다.

오르한 파묵의 『새로운 인생』은 소설을 둘러싼 작은 기적을 극한까지 밀어붙인 작품이다. "어느 날 한 권의 책을 읽었다. 그리고 나의 인생은 송두리째 바뀌었다."라는 고백으로 시작하는 소설은, 한 권의 책을 중심에 두고 인생을 둘로 가른다. 책을 읽은 사람은 새로운 삶을 시작하고 책을 읽지 않은 사람은 거짓된 삶에 안주한다는 것이다.

새로운 인생은 세속적인 성공이나 평안과는 거리가 멀다. 오히려 긴 여행과 뜻하지 않은 교통사고에서 드러나듯, 책을 읽고 인생을 바꾸는 것은 지극히 위험한 일이다. 독재자들은 젊은이들의 영혼을 활활 불태우는 책을 금서로 묶었다. 그러나 감추고 태울수록 책을 찾는 바람은 더욱 강렬해지기 마련이다.

시인 남진우는 「타오르는 책」에서 "그 옛날 난 타오르는 책을 읽었네/펼치는 순간 불이 붙어 읽어 나가는 동안/재가 되어 버리는 책을"이라고 적었다. 파묵 역시 독서의 매혹을 이렇게 고백한다. "책을 읽다 보면, 나의 영혼과 책상 앞에 앉아 있는 몸이 녹아 없어지고, 나를 나로 만들어 주는 모든 것이 책이 뿜어내는 빛과 함께 없어지는 것 같다."

책을 읽기 전의 나는 읽은 후의 나와 완전히 다른 사람이다. 책을 통해 얻은 깨달음과 책이 던진 화두를 풀기 위해 새로운 인생을 시작하는 것이다. 그 인생은 전범도 없고 결과도 예측하기 어렵다. 영혼이 타오르는 대로 나아가서 깨닫고 또다시 나아갈 따름이다. 파묵은 몸으로 움직이고 마음으로 얻는, 천사와 인간이 만나 삶과 죽음을 넘나드는 과정을 긴 여행으로 녹였다.

책을 따라 먼 여행을 하다 보면 문득 나도 이런 책을 한 권 쓰고 싶어진다. 『새로운 인생』의 후반부가 갑자기 비약하면서 오르한 파묵 자신의 글쓰기에 대한 고민으로 이어지는 이유도 여기에 있다. 내가 읽은 단 한 권의 책에서부터, 내가

쓰고 있는 단 한 권의 책을 지나, 내가 쓰려는 단 한 권의 책
으로 나아가는 것이다.

　문득 풍광 두 개가 겹친다. 하나는 1987년 봄, 허름한 지
하 술집 앉은뱅이 탁자 앞에서 황석영의『죽음을 넘어 시대
의 어둠을 넘어』를 읽는 대학 신입생 김탁환의 놀란 눈동자
이고, 또 하나는 1791년 겨울 광통교 골방에서 박지원의『열
하일기』를 꺼내 펼치는 성균관 상재생 이옥의 떨리는 손가
락이다. 새로운 인생을 시작하는 위험한 순간이다.

금서의 매력

첫맛은 씁쓸하게 끝맛은 달콤하게

소설가 이문열은 어렵고 힘든 삶의 고비를 넘길 때마다 이렇게 중얼거렸다고 한다.

"나는 지금 내 전기의 가장 어두운 부분을 쓰고 있다."

그 참담한 삶을 기록한 책들도 제법 많다. 도스토예프스키의 소설 『죽음의 집의 기록』에는 시베리아 유형 생활이 고스란히 담겼고, 프리모 레비의 『이것이 인간인가』에는 아우

슈비츠에서의 절규가 칼날처럼 고막을 찌른다.

1990년대에는 중국의 문화대혁명을 다룬 자전적인 작품들이 쏟아졌다. 다이허우잉의 소설들, 천카이거와 장이머우의 초기 영화들은 이데올로기에 의해 철저하게 유린된 인간 군상을 때로는 은유적으로 때로는 직설적으로 그렸다. 1980년 빛고을 광주가 지금까지 우리네 가슴에 옹이로 남아 있듯, 중국인들에게 문화대혁명은 쉽게 지워지지 않는 상처다.

『발자크와 바느질하는 중국소녀』에는 1971년 '하늘긴꼬리닭'이라는 산촌으로 추방된 다이 시지에의 생생한 체험이 가득하다. 겨우 중학교만 졸업한 소년이 부모 형제를 떠나 타향에서 농민들의 감시를 받으며 하루하루 육체노동을 이어 가는 삶이 어찌 행복할 수 있으리. 그러나 그 시절을 그려 내는 작가의 시선은 의외로 맑고 경쾌하다. 영화나 바이올린을 처음 접하는 산촌 사람들에 대한 묘사는 봄눈 녹이는 아침 햇살처럼 따스하다. 아무리 어려운 시절이라고 해도 추억에는 아름다움이 서려 있는 법일까. 아니면 웃음이나 장난으로 순간순간을 잊어야 할 만큼 절망이 깊고 지독했던 탓일까.

다이 시지에가 산촌 생활을 이겨 낸 가장 큰 힘은 금서인 서양 소설들이었다. 친구인 안경잡이가 몰래 숨겨 온 그 책들은 감시와 처벌의 새장을 벗어나 드넓은 상상력의 창공을 날아다니게 했다. "바알짜케" 하고 책에 적힌 저자의 이름을 불러 보는 것만으로도 "몇백 년 동안 지하실에 보전된 술에서 나는 향처럼 이국적이고 감각적이며 그윽한 맛"이 풍겼던 것이다.

그리고 여기, 한 소녀가 있다. 그녀의 특기는 바느질. 다이 시지에와 그의 친구 뤄가 찾아오기 전까지는 소설이 무엇인지도 모르고 자랐다. 뤄는 소녀의 촌스러움을 벗겨 내기 위해 발자크의 소설들을 들려준다. 세상을 알면 알수록 두 사람의 사랑도 깊어지리라 믿은 것이다. 그러나 소녀는 "여자의 아름다움은 비할 데 없을 만큼 값진 보물이라는 것"을 발자크로부터 배웠다며 그 동네를 떠나 버린다.

이야기들로 가득한 소설은 이렇듯 신기하게도 절망을 견디게 만들고 새로운 모험을 부추긴다. 권력을 쥔 자들은 금서부터 정하고 작가부터 잡아들여 섣부른 희망 자체를 품지 못하게 했다. 허나 아무리 분서와 갱유가 이어진대도, 책과 함께 진리를 찾는 인간들을 멸종시키지는 못할 것이다. 내 나이 스물에 접했던, 출판사도 없고 저자 이름도 적혀 있지 않은, 잉크가 흘러내리고 종이에 구멍까지 난, 그러나 둔중하게 뒤통수를 내리쳤던 책들이 몹시 그립다. 발자크를 닮은 작가도 또 그 소녀도!

기억과 사랑의 무게

그녀가 거인일 수밖에 없는 이유

기억이 사랑이라면, 그 사랑에는 '나'와 '너'가 머문 자리 하나하나가 눈처럼 쌓인다. 조금 확대하면, 그것은 마을도 되고 도시도 되고 나라도 되고 행성도 된다. 니콜라이 고골이 『네프스키 거리』를 짓고, 폴 오스터가 『뉴욕 3부작』을 쓰고, 이보 안드리치가 『드리나 강의 다리』를 만든 이유도 망할 놈의 사랑 때문이다. 실비 제르맹에게 기억이 고인 도시는 프라하다.

고색창연한 도시의 거리를 한 여자가 울고 다닌다. 무엇이 여자를 눈물 흘리게 만들었을까. 실비 제르맹은 차근차근 그 이유를 설명하지 않는다. 여자를 붙들어 세우지도 않고, 이름이나 나이를 수소문하지도 않고, 그녀의 집을 찾아나서지도 않는다. 실비 제르맹은 여자의 걸음걸이를 시적인 언어로 옮길 뿐이다. 덕분에 여자는 책 속으로 들어와서도 계속 걷게 되고, "그녀의 발자국마다 잉크 맛이 솟아난다."

『좀머 씨 이야기』의 좀머 씨도 열심히 걷지만 그의 걸음은 날렵하고 경쾌하다. 프라하를 걷는 이 여자의 걸음은 축축하고 어둡다. 울면서 걷기 때문이다. 그 울음은 여자 혼자만의 울음이 아니다. 그녀의 흐느낌에는 프라하 전체의 슬픔이 엉켜 있다. "프라하의 거리를 울고 다니는 그 여자는 땅과 담벼락 색깔의 헌 누더기 주름 속에 수천 수만 명의 이름들, 얼굴들, 목소리들을 담아 가지고" 다니기 때문에 거인일 수밖에 없다.

실비 제르맹은 지독하고 복잡한 울음소리에서 몇몇 이름을 끄집어낸 후 그들의 기막힌 인생을 짚는다. 백주 대낮에 등에 총알을 맞고 죽은 브루노 슐츠, 테레진 수용소의 어린이 프란타 바스.

여자는 작가 앞에 열두 번 나타난 후 더 이상 나타나지 않는다. 왜일까? 고통이 그치고 슬픔을 위로받았기 때문일까? 아니다. "그 여자는 도시가 아니라 가시적인 것을 떠났다. 그녀는 다시금 나무껍질 속으로, 나무뿌리 속으로, 포도의 아스팔트 밑으로 스며들어 간 것이다." 다시 말해 여자의 울음은 프라하 곳곳에 더 깊이 스며든 셈이다.

하여 이 물음들은 예견된 것이다. 프라하 거리를 울고 다닌 여자가 혹시 골목 하나하나의 역사를 찾아다닌 작가는 아닌지? 그 작가는 "장소들이란 무엇인가? 그것들은 꿈인가, 그게 아니라면 그 장소들이 우리를 꿈꾸는 것인가?"라고 일찍부터 반복해서 자문하지 않았는지? 마침내 작가는 용기 내어 도시에 스민 슬픔을 몽땅 품기로 작정한 것은 아닌지?

프라하에 대한 실비 제르맹의 사랑을 알고 싶다면, 슬픔이 모성애로 바뀌는 따스한 장면, 그로 인해 더욱 가슴 떨리

는 장면부터 천천히 음미해 보길 권한다. "한순간, 아주 짧
은 한순간, 도시 전체가 거인 여자의 무릎 위에서 조용히 흔
들리고 그녀의 품안에서 포근히 감싸였다. 그리고 그녀의 배
에서, 대지와 그 뿌리의 깊은 태 속에서, 우유 맛이 나는 눈
물의 종소리를 내는 심장에서 솟아오르는 노래가 그 도시를
쓰다듬었다. 한순간, 기막힌 한순간, 도시는 한 세기 동안의
납과 땟국과 피의 무게를 벗고 그 기원의 지극히 아름다운
꿈을 되찾았다."

예술의 본질

내 삶의 다른 이름은 '예술'이다

고등학교 시절에는 문체에 관심이 많았다. 나만의 문장을 갖기 위해, 국어사전도 씹어 먹고 접속사 없는 편지를 끼적거리기도 했다. 그러나 나만의 문장은 좀체 만들어지지 않았다. 문장이란 테크닉이 아니라 곧 그 사람의 향기임을 그때는 너무 어려 몰랐던 탓이리라.

그 시절 읽고 충격을 받은 작품이 바로 이제하의 『나그네는 길에서도 쉬지 않는다』였다. 이 짧은 소설은 예전에 내가 읽어 왔던 소설들과 달랐다. 내용을 이해하기도 힘들었지만 낯선 추상화를 구경하는 듯한 착각을 불러일으키는 문장의 힘이 오랫동안 나를 쥐고 흔들었다. 이 소설을 읽고 소설 말미에 나는 이렇게 끼적였다.

'아무것도 말하지 않으면서 모든 것을 말하는 것. 그것이 바로 예술이다.'

정확히 기억나지 않지만, 나는 이 소설에서 명징한 인물이나 사건을 끄집어내지는 못했다. 그렇지만 무언가가 내 온몸을 휘감아 돌고 있었으니, 그것이 예술의 힘이 아니고 무엇이겠는가.

시간을 향한, 인생을 향한, 사람을 향한 나의 시선은 흐릿하고 불명확했다. 완벽한 문장, 완전한 이야기를 만들지 못하는 것 때문에 심한 콤플렉스를 앓고 있었는데, 이 소설은 그것이 바로 예술의 본질임을 단숨에 가르쳐 주었다. 그러니 예술가가 되고픈 이여! 완벽하지 않더라도 말하라. 완전하지 않더라도 그리고 또 그려라.

그렇다고 이 소설이 난삽하거나 늘어지는 작품은 아니다. 오히려 함축적인 문체가 곳곳에서 빛을 발한다. 그 후로 이제하의 시집도 사서 읽고 『광화사』라는 장편소설도 탐독했지만, 내게는 왠지 그것들이 『나그네는 길에서도 쉬지 않는다』의 변주로만 읽혔다. 시간은 흘러도 본질은 변하지 않는다. 세월은 가도 예술가의 문장은 남는 것이다. 나는 그것을 이제하의 명작 『나그네는 길에서도 쉬지 않는다』로부터 감히 배웠다.

시인의 이상한 열망
고통이면서 축제인 나날

『시인』의 주인공 한혹은 스무 살에 방황을 시작한다. 한혹은 집을 떠나기 전에도 이미 "훤칠한 청년인 데다 예의도 바르고 대인 관계에도 문제가 없었으며, 학식은 무불통지여서 약관에도 불구하고 벌써 그의 수많은 탁월한 시가로 말미암아 고향의 문인들 간에 널리 알려진" 시인이었다. 그러나 그는 자신이 아직 시인으로서의 첫걸음도 내딛지 못했다고 여긴다. 세인들의 평가란 제 몸에 맞지 않는 누더기일 뿐이다. 자신의 수준을 가장 잘 아는 이는 곧 자기 자신이 아니겠는가. 그러나 부족함을 느낀다고 해서 곧바로 집을 떠날 용기가 나는 법은 아니다. 그저 어렴풋하게 속인들과는 다른 삶을 갈망할 뿐. 시간에 몸을 맡겨 결혼을 하고 아이를 낳고 친구들과 어울리다 보면 자신도 모르게 평범한 일상에 젖어든다. 가지 못한 길은 젊은 날의 아름다운 추억 정도로 치부될 따름이다.

그런 한혹에게 충격적인 사건이 일어난다. 바로 자신의 시적 수준이 얼마나 형편없는가를 일깨워 주고 또한 시의 경지가 얼마나 깊고 높은가를 가르쳐 준 '완전한 언어의 스승'의 출현이다. 한혹은 '완전한 언어의 스승'이 읊은 시구 두세 개를 듣자마자 "제 영혼의 속속까지 꿰뚫을 수 있사옵고 제가 여지껏 모든 스승으로부터 듣자옵던 것보다 몇 갑절이나 더한 아름다움에 깃든 시구를 읊사옵는 귀인은 누구시오이까?" 하고 묻는다.

이제 한혹은 용기를 낼 수 있게 되었다. 저 '완전한 언어의 스승'만 따라가면 시적 성취를 이루겠다고 생각한 것이다. 처음 아버지와 약혼녀, 그리고 고향을 떠나올 때는 1년 혹은 길어야 2년 정도면 시업을 마칠 수 있으리라 추측했다. 여기에는 곧 다시 돌아와서 아버지의 착한 아들로, 약혼녀의 사랑스러운 남편으로 살아갈 수 있으리라는 자기암시도 깔려 있다. 집을 떠나지만 아직도 세속의 즐거움과 시인의 길 모두를 취할 수 있으리라 낙관한 것이다.

스승의 가르침은 참으로 독특하다. 말로 가르치는 법이 없다. 그저 자신의 생활을 제자에게 선보일 뿐이다. 제자는 스승의 어깨너머로 이것저것을 배운다. 위대한 스승은 시를 먼저 가르치지도 않는다. 처음에는 비파를, 그다음에는 가야금을, 마지막으로는 피리를 익히도록 한다. 시에 앞서 악기를 가르친 것이다. 인간의 언어에 들어서기 이전에 소리 일반에 대한 관심을 갖도록 이끈 것이다. 비파와 가야금과 피리는 그러나 자연의 소리가 아니다. 자연의 소리는 아니지만 자연의 소리를 담아내고 있고 거기에 아름다움을 더하고 있는 것이다. 즉 시가 자연의 반영이면서도 자연이 담지 못한 아름다움과 진실을 담는 것과 같다.

한혹은 어느 정도 됐다 싶어 가을 하늘에 두 마리 새가 나는 것을 묘사한 시를 한 수 짓는다. 그러나 스승은 비파를 뜯어 진짜 숫오리 두 마리를 불러들여 그 아름다움을 비교하게 만든다. 한혹은 자신의 무가치함을 뼈저리게 느낀다.

처음 예상했던 2년이 훌쩍 지났다. 스승은 한혹이 떠나겠다고 했을 때 선선히 허락한다. 무릇 시인의 길에 강제로 머무르도록 종용하는 자도, 강제로 떠날 것을 명령하는 자도 없음을, 그야말로 스스로 판단하고 스스로 세계 그 자체가 되는 것임을 스승은 알고 있었다.

한혹은 집으로 돌아와 배나무 위에서 약혼녀를 훔쳐 본다. 그리고 실제 약혼녀가 자신이 그리워한 약혼녀와 다르다는 것을 느낀다. 그리움 속에서 상상한 약혼녀가 훨씬 아름답고 우아했던 것이다. 그리고 자신의 영혼은 시인의 영혼임을 새삼 느끼고 뒤돌아선다.

스승은 다시 돌아온 한혹을 따스하게 맞이한다. 한혹은 참회의 눈물을 흘린다. 그리고 오랫동안 스승의 곁에 머문다. 시업의 기간은 고요하고 행복한 나날이 결코 아니다. 시인이 된다는 것은 에베레스트 산을 오르는 것만큼이나 힘겹고 괴로운 일이다. 에베레스트 산이라면 정해진 높이라도 있지, 시인의 경지는 끝 간 데를 모른다.

여전히 한혹의 앞에는 두 길이 놓였다. 첫 번째는 시인의 길에서 벗어나 '도망치는 것'이다. 두 번째는 자신에게 시인의 길을 가르쳐 준 스승을 죽이는 것, 즉 구체적인 시의 길을 스스로 '지우는 것'이다. 그러나 한혹은 스승을 죽이지 못한다. 스승을 죽였다 하더라도 한혹은 시인의 길에서 벗어나지 못했을 것이다. 한혹을 시인의 길로 접어들도록 계기를 부여한 것은 스승이지만, 시인의 길을 걷기 시작한 한혹이 그 길을 계속 갈 것인가 말 것인가를 판단하는 것은 한혹 자신의 몫이기 때문이다.

자, 드디어 한혹은 경지에 올라섰다. 그는 "단순한 것과 소박한 것만을 말하면서도 그와 동시에 바람이 수면을 뒤집어엎어 놓듯이 듣는 사람의 영혼을 파헤쳐 놓는" 비법을 터득했다. 그리고 세상 사람들에게 잊지 못할 감동을 주는 시를 여럿 지었다.

그리고 시인은 고향으로 돌아갔다. 많은 시간이 흘러 이제 한혹은 스승처럼 그곳 사람들로부터 존경을 받게 된다. 그리고 그곳에서 비파를 뜯는다. 시인의 길을 결심하던 젊은 날의 관등놀이와 위대한 시인이 된 후 다시 맞는 관등놀이의 차이를 구별하지 못하면서.

소설은 여기서 끝나지만 의문은 풀리지 않는다. 다만 '시간'이라는 강 위로 흘러간 스무 살 청년의 열망과 대시인의 성취라는 한혹의 삶이 에베레스트 산을 오르는 것처럼 수준 차가 있는 것이 아님을, 헤세는 넌지시 알려 준다. 스무 살의 열망도 노년의 성취도 저 강 위에 떠 있는 등불 하나하나에 불과하며, 그 등불은 또한 저 너머 시끄러운 현실을 향하고 있으면서도 그와는 무관한 어떤 움직임이라는 것이다. 그러니까 문제는 시인이 되느냐 되지 않느냐가 아니라 그를 시인으로 이끈 그 '이상한 열망'이다. 그 이상한 열망 앞에서, 인간은 결국 아득히 웃을 수밖에 없는 것이다.

실패하되 패배하지 않는 삶

**나는 지금 나 자신의 한계를
시험해 보는 것뿐이다**

'나는 어떻게 죽을 것인가?' 외면하고 싶지만 피할 수 없는 물음이다.

엽총 자살로 생을 마감한 어니스트 헤밍웨이는 다양한 방식으로 죽음을 탐색했다. 그의 나이 서른일곱에 발표한 『킬리만자로의 눈』은 작가를 주인공으로 내세워 정면 돌파를 시도한 작품이다. 조용필의 노래 「킬리만자로의 표범」에도 인용되는 낯익은 장면에서부터 이야기는 시작된다.

"킬리만자로는 6570미터 높이의 눈 덮인 산으로, 아프리카에서 가장 높은 산이라고들 한다. 그 산의 서쪽 정상은 마사이 족의 말로 '누가예 누가이'라고 하는데, 이는 '하느님의 집'이라는 뜻이다. 서쪽 정상 가까이에는 미라 상태로 얼어붙은 표범의 시체가 있다. 그런 높은 곳에서 표범이 무얼 찾고 있었는지 설명할 사람은 이제까지 아무도 없었다."

표범은 눈 덮인 정상에서 무엇을 찾고 있었을까? 막대기처럼 얼어붙은 표범의 시체를 바라보며 헤밍웨이는 이 물음을 설명하기 위해 소설을 쓰기로 작정했는지도 모른다. 소설의 주인공은 다리를 심하게 다쳐 조금씩 죽음에 다가서고 있다. 그가 하는 일이라곤 시원한 나무 그늘 아래에서 눈 덮인 킬리만자로를 보며 회상에 젖는 것이다.

작가에게 죽음은 곧 절필이다. 쓰고 싶어도 영원히 쓰지 못하는 것에 대한 두려움이 밀려온다. 따라서 그의 회상은 그가 꼭 쓰고 싶었으나 쓰지 못했던 장소와 인물과 사건으로 집중된다. 그는 스스로에게 반복해서 묻는다. 글을 쓴다는 것은 무엇인가? 그리고 왜 그때 나는 그것을 쓰지 못했을까? 이 물음을 확대하면 이렇게 된다. 산다는 것은 무엇인가? 그리고 왜 그때 나는 그렇게 살지 못했을까?

깨달음은 간단하다. 그는 글을 쓰지 못한 것이 아니라 쓰지 않았을 뿐이다. 왜 쓰지 않았는가? 쓸 필요가 없어졌기 때문이다. 글을 쓰지 않고도 자기에게 닥쳐왔던 문제들을 해결할 수 있었기 때문이다. 그렇다면 지금 글을 쓴다는 것은 아직도 글이 아니고는 해결되지 않는 그 무언가가 있다는 말인가? 그렇다. 확실히 그렇다.

나는 가끔 선방에 든 선승보다 작가를 한 등급 아래로 두곤 한다. 선승은 깨달음을 언어로 옮길 필요가 없지만 작가는 언어가 아니고는 존재할 수 없으니까. 그렇다면 예부터 전해 오는 그토록 두툼한 선시집들은 무엇일까? 대중에게 자신의 깨달음을 알리기 위해서일까? 그깟 시 한 편으로 어찌 자신의 깨달음을 어리석은 중생에게 알릴 수 있다는 말인가? 전정한 깨달음은 말이 필요 없다. 아무리 뜻이 깊고 표현이 아름다운 선시라 하더라도 그것은 이류 혹은 삼류일 따름이다.

쓰지 않는 작가는 과연 작가인가? 쓰지 않고 지내 온 작가의 인생을 어떻게 평가해야 하는가? 작가란 살기 편한 일상으로부터 벗어나, 킬리만자로를 오르는 표범처럼 험난한 비일상의 나날을 감수하는 존재다. 왜 그런 고난을 감내하는가? 그것은 아마도 헤르만 헤세의 『시인』에서 정의했던 바로 그 '이상한 열망' 때문이리라.

내가 쓰는 글이라는 게 표범의 시체와 같은 것인지도 모른다. 표범의 시체를 보고 이러쿵저러쿵 말들이 많지만 표범 자신에게는 그 시체가 아무런 의미가 없다. 글도 마찬가지 아닐까? 『킬리만자로의 눈』에 등장하는 작가는 창작과 발표를 게을리했다는 점에서 실패한 작가로 비칠 수도 있다. 그러나 그는 묵묵히(글 한 줄 쓰지 않고) 비일상의 나날을 버텨 왔던 것이다. 죽음과 만나는 마지막 꿈에서 헤밍웨이가 주인공을 킬리만자로 정상으로 데리고 올라가는 것도 작가의 삶을 단순히 그가 남긴 문장 몇 개로 판단해서는 안 된다는 것을 강조하는 듯하다.

　인간은 누구나 혼자 죽는다. 물론 내가 쓴 글들은 남겠으나 그것들로 내 삶을 평가하는 것은 온당하지 않다. 그것들은 한낱 순간의 느낌이거나 착각이거나 흔적일 뿐이며, 나의 삶은 그보다 훨씬 풍부하고 다양하고 복잡한 것이다. 실패하되 패배하지 않는 삶을 갈망했던 헤밍웨이의 인생 역시 그의 작품들 속으로 축소될 수 없다. 그렇기에 삶은 더욱 값지고 죽음은 더욱 두려운 것인지도 모르겠다.

톰 존스
헨리 필딩

유쾌한 이야기꾼

**다양한 색채의 이야기들이 모여 만든
모자이크**

일찍이 『농담』이나 『웃음과 망각의 책』 등의 작품으로 삶의 희극성에 주목한 밀란 쿤데라는 이렇게 주장했다. "소설가에게는 세 가지 가능성이 있다. 헨리 필딩처럼 이야기를 '들려'주거나, 귀스타브 플로베르처럼 이야기를 '묘사'하거나, 로베르트 무질처럼 이야기를 '생각'하는 것이다."

묘사하거나 생각하는 일은 침묵 속에서 이루어지는 작

업이지만, 들려주는 일은 이야기꾼과 청중 사이의 유쾌한 주고받음을 전제로 한다. 조선 시대에도 강담사나 강독사처럼 이야기를 들려주고 돈을 받는 이들이 있었다. 이덕무의 『은애전』을 보면, 종로의 어느 담배 가게에서 비극적인 이야기에 너무 몰입한 나머지 한 청중이 담배 써는 칼로 이야기꾼을 찔러 죽이는 장면까지 등장한다.

1350쪽에 육박하는 거작 『톰 존스』에서 가장 돋보이는 인물은 주인공 톰 존스나 그가 사랑한 여인 소피아가 아니라, 소설의 저자인 헨리 필딩 자신이다. 필딩은 18권의 첫머리마다 자신이 집필 중인 소설의 특징을 에세이 형식으로 정리했다. '인간의 본성'을 탐구한 소설 『톰 존스』의 작가는 신기하게도 대중 여관 주인의 자세를 본받겠다고 한다. 손님들의 까다로운 입맛에 따라 "잔치에 대한 총 메뉴와 작품의 각 권들이라는 개별 코스 요리들"에 대한 사전 준비를 철저하게 마치겠다는 것이다. 시간적인 안배와 등장인물의 등장과 퇴장, 갈등과 주제의 심화까지, 필딩은 모든 경우의 수를 따지고 그중 최상을 택했다.

소설은 장면 전환이 무척 빠르고 낯선 사건들과 인물들이 줄줄이 등장한다. 주목할 만한 가치가 없는 이야기는 과감히 건너뛴 결과다. 유쾌한 이야기꾼 필딩은 독자가 심각한 표정으로 침잠할 틈을 주지 않는다. "산문으로 쓰인 희극적 서사시"라고 자신의 작품을 규정한 것처럼, 이 소설은 『돈키호테』와 쌍벽을 이룰 만큼 유머로 가득 차 있다.

여러 판소리 작품들이 효나 정절, 우애와 같은 중세적 가치들을 전면에 내세우면서도 풍자와 해학으로 그 가치를 전복시키듯이, 필딩도 톰 존스라는 업둥이의 사랑과 모험을 통해 귀족들과 부자들의 허위의식을 적나라하게 드러낸다. 한참 낄낄거리며 웃다 보면 18세기와 21세기의 구분, 조선과 영국의 구분은 모호해지고, 도덕률 속에 갇힌 답답하고 경직된 삶을 강요하는 세계는 여전하다는 서늘한 깨달음에 닿는다.

작가가 이야기 전면에 나서서 소설 전체를 지배하는 모습이나 남녀의 '혼사 장애'를 중요한 모티프로 다루면서 가문의 흥망성쇠를 조망하는 방식은 우리네 고전 장편소설과 꼭 닮았다. 독자는 작가의 이야기 솜씨에 이끌려 편안한 마음으로 귀를 쫑긋 세우는 것이다. 마음이 울적하거나 위로가 필요한 이에게 이 작품을 특히 권하고 싶다. 필딩의 말에 따르면, "희극 작가는 주인공을 가능한 한 최고로 행복한 상태에 있게 만들었을 때 작품의 종지부를 찍기" 마련이다. 그리고 이런 창작 영역을 만들어 낸 '창시자'로 감히 자처한 이가 바로 필딩이다.

2

지금은
잠시,
'잃어버린 것들'을
만지작거림
시간

흐르는 강물처럼

노먼 F. 매클린

과거와의 해후

나는 물소리에 넋을 잃는다

한순간으로 응축된 영원을 경험하는 사람은 누구일까. 『흐르는 강물처럼』의 저자 노먼 F. 매클린은 낚시꾼이라고 단언한다. "온 세상이 물고기로 가득 차 있다가 갑자기 사라져 버리는 순간을 경험하기 전까진 어느 누구도 시간의 한 점을 논할 수 없다."라는 것이다. 남자와 낚싯대와 강물! 『흐르는 강물처럼』은 이 셋의 합일을 담기 위해 창작된 소설이다.

형제에게 플라이 낚시를 가르친 이는 "강물이 말씀 위로 흘러간다."라고 주장한, 스코틀랜드인이자 독실한 장로교 신도인 아버지였다. 아버지는 낚시를 오락거리로 여기지 않고, "10시에서 2시 방향 사이에 네 박자 리듬을 살펴서 날리는 예술"로 규정한다. 물고기를 많이 낚는 것보다 낚싯대를 우아하고 정확하게 던지는 것이 훨씬 중요하다.

동생 폴은 일 때문에 낚시를 방해받지 않겠다는 신념을 평생 지켰다. 폴의 애인은 '봄에 올라오는 어린 싹'이라는 뜻을 지닌 인디언 혼혈 여인 모나세타다. 그녀는 "파트너에게 자신이 버려지거나 혹은 이미 버려졌다는 느낌을 갖도록 만드는" 탁월한 춤꾼이다. 폴은 모나세타를 업신여기는 백인 사내들과 싸우기를 주저하지 않는다. 형은 폴을 돕고 싶지만 그 방법을 찾지 못한다. 고민하는 큰아들에게 아버지는 충고한다. "도움이란, 도움이 절실하게 필요하고 또 기꺼이 받아들이려는 사람에게 나의 일부를 주는 것"인데, "도움을 주기엔 너는 너무 젊고 나는 너무 늙었다."

가족인 그들이 폴을 위해 할 수 있는 일이라곤 함께 몬

태나 주 블랙풋 강으로 플라이 낚시를 가는 것뿐이다. 낚시에 열중하는 폴의 모습은 반항적으로 보일 만큼 당당하다. 그 당당함이 때 이른 파국을 낳는다. 폴이 리볼버 권총 손잡이에 맞아 살해당한 것이다.

아버지는 추억한다. 낚싯대를 쥔 폴은 아름다웠다고. 그리고 큰아들에게 우리와 함께 살았고 우리가 사랑했고 우리 곁을 떠나간 사람에 대한 이야기를 짓도록 권한다. 각박한 삶을 살아 낸 뒤, 일흔세 살의 노먼은 장편소설을 쓰기 시작한다. 젊은 시절 사랑했지만 이해할 수 없었던 폴을 비롯한 많은 이들은 이미 이 세상 사람이 아니다. 노먼의 글쓰기란 그들을 향한 늦었지만 진심 어린 화해의 손 내밀기다. 기억은 사랑이니까.

현실을 잠시 접어 두고 그때 그 시절로 돌아가기 위해서는 촉매가 필요하다. 마르셀 프루스트는 홍차에 적셔 먹은 마들렌 과자 냄새를 통해 고향의 어린 시절로 돌아갔다. 『흐르는 강물처럼』에서 그 촉매는 다름 아닌 블랙풋 강의 물소리다. 소설은 이렇게 끝을 맺는다. "나는 물소리에 넋을 잃는다."

책을 덮고 곰곰 짚어 본다. 나는 무엇에 넋을 잃는가. 내 넋을 살피지도 못한 채 허둥지둥 살아왔던 것은 아닐까. 문득 경상남도 진해시 작은 항구에 만발했던, 푸른 하늘을 온통 가린 흰 벚꽃과 그 아래를 신나게 내달리는 소년이 떠올랐다. 아, 넋을 잃고 싶어지는 봄날 아침 같은 기분!

모험하는 시간

미시시피 강의 도도한 흐름과 함께

마크 트웨인의 『허클베리 핀의 모험』을 여름 내내 즐겁게 읽은 적이 있다.

천방지축. 네 글자로 요약할 수 있는 이 소설의 주인공은 악동 허클베리 핀이나 그의 친구 톰 소여가 아니라 미시시피 강이다. 아무리 황당한 이야기가 나왔다 사라지고 또 나와도 독자는 미시시피 강의 도도한 흐름 속에 이야기들을 모두 녹인다. 미시시피 강 상류에서 있었던 이야기, 중류에서 있었던 이야기, 하류에서 있었던 이야기쯤으로 전체 이야기를 가늠할 줄도 알게 된다. 엉성한 구조와 불필요한 설명, 균형 잃은 사건 전개에 부담을 느낀 마크 트웨인은 소설 첫머리부터 이 소설에서 '구성'을 찾지 말라고 너스레를 떨지만, 미시시피 강이 있기에 오히려 그런 너스레가 사족처럼 느껴진다.

이야기를 만들 때 가장 먼저 하는 것은 시간의 조작이다. 작가가 전하고 싶은 메시지에 따라 자연의 시간을 인위적으로 자르고 합치고 오리고 붙이는 것이다. 100년이 단 한 문장으로 요약되기도 하고, 1초가 원고지 100매의 이야기로 탄생할 수도 있다.

시간의 조작은 엇박자가 기본이다. 매끈하고 규칙적으로 시간을 잘라 붙이는 것은 안정감 있고 보기 좋을지는 몰라도 지루하기 십상이다. 영화도 그렇겠지만, 소설에서 독자가 지루해하거나 다음 장면을 예상할 수 있다면 그 작품은 엉성하다는 비판을 면하기 힘들다. 중요한 곳과 중요하지 않은 곳을 미리 선점하여 서로 어긋나게 시간을 이어 붙여야 한다. 이때 중요한 것은 누구나 끊을 곳이라고 생각하는 부분은 한 호흡 더 가고, 설마 이런 곳에서 끊으랴 하는 대목에선 과감히 장면 전환을 시도하는 용기다.

우리네 삶도 엇박자의 연속이다. 미리 예상한 대로 이루어지는 일이 얼마나 될까. 대부분은 전혀 의도하지 않은 곳에서 낭패를 보거나 원하지 않는 방향으로 삶의 길이 바뀐다. 그것을 바로잡으려고 아등바등하는 경우도 있지만, 그런다고 삶이 틀어지는 경우는 거의 없다. 차라리 큰 틀만 잡고 그 안에서 벌어지는 세세한 일들은 즐기며 넘어가는 여유가 필요하다.

또 하나 시간을 다룰 때 유념할 부분은 작가에게 익숙한 시간들로부터 벗어나기 위해 노력해야 한다는 점이다. 사람이라면 누구에게나 좋아하는 시간과 장소가 있다. 그러나 항상 그 시간 그 장소에 머물 수 있는 것은 아니다. 싫은 시간 싫은 장소에서도 삶을 살아가야 하는 것이 또한 우리네 삶이다. 이야기 속에서 작가가 좋아하는 시간만 반복해서 나오는 것만큼 유치한 일이 또 있을까. 익숙하지 않더라도 반드시 거쳐 가야 하는 시간을 찾고 강조하고 또한 적극적으로 품는 노력이 필요하다.

시간을 조작하다 보면, 과연 이러한 분할과 변주가 독자로부터 어떤 평가를 받을까 은근히 두려워진다. 독자가 납득하지 못하면 작가의 시도는 작위적이라는 비난을 면하기 어렵다. 이때 종종 떠올리는 것이 강이나 길이다. 강과 길은 아무리 시간을 조작하더라도 위와 아래, 앞과 뒤가 분명하다. 작가가 시간을 이리저리 만지더라도 시간 위의 사람들이 자신의 인생을 강과 같이, 길과 같이 생각한다면 큰 혼란은 일어나지 않을 것이다. 몇몇 작품에서 강이나 길을 등장인물과 사건 곁에 바짝 붙여 둔 것도 이 때문이다.

『허클베리 핀의 모험』은 그런 의미에서 성공한 소설이다. 아무리 허클베리 핀이 엉뚱한 장소에서 엉뚱한 사건들을 이상한 시간 속에 해결한다고 해도, 그의 곁에는 늘 유유히 흘러 내려가는 미시시피 강이 있다. 그렇게 흘러가는 강이 있기에 마크 트웨인은 두려움 없이 이 경쾌한 악동 소설을 끝까지 완성할 수 있었으리라.

임진왜란을 다룬 소설을 개작할 계획이다. 내가 얼마나 달라졌는가를 가늠할 좋은 기회다. 전쟁이란 무엇인가. 도도히 흘러오던 두 개의 물줄기가 정면으로 부딪히는 것이다. 의좋게 뒤섞여 바다로 내려서는 것이 아니라 다른 쪽 물줄기를 완전히 제압해 버리겠다고 날뛰는 것이다. 그 부딪힘은 개인과 개인, 가족과 가족의 대립이 아니라 국가와 국가의 전면전이다. 이때 시간은 전부 아니면 전무의 영역에서 떨며 소용돌이친다. 이긴 쪽은 진 쪽의 시간을 모두 갖는다. 역사라는 이름으로 진 쪽이 중요하게 여겼던 순간들을 왜곡하거나 아예 지워 버리리라. 자신이 믿어 왔던 물줄기 자체에 의문을 갖게 되는 순간이 도래하는 것이다.

일찍이 톨스토이는 '전쟁'과 '평화'로 우리 삶을 양분한 적이 있다. 『허클베리 핀의 모험』은 그러므로 평화로운 시기에 벌어진 여행담이며, 시간은 언제나 등장인물의 든든한 버팀목이 된다. 그러나 전쟁은 누구에게도 버팀목이 되지 못하며, 순간순간 내가 의지하는 물줄기를 지우겠다고 위협한다. 타협은 없다. 타협으로 설정된 평화는 거짓 평화다.

두려운 것은 시간의 복수라고 했던가. 내가 만든 시간도, 등장인물도, 사건도 흔들림 없이 자신의 자리를 찾아가기 바란다. 나 역시 내 시간들을 있어야 할 자리에 두도록 해야겠다. 길은 아직 멀리 뻗어 있고, 강은 아직 중류에도 닿지 않았다. 두려운 것은 내 앞을 흘러가는 길과 강이 아니라 저것들이 닿는 그 마지막 지점이다. 이제 점점 마지막 종착지를 바꿀 힘과 능력이 줄어들고 있다. 그러나 작품 하나를 끝낼 때마다 '이건 아니다!' 계속 되뇐다. 발뒤꿈치를 들고 내 앞을 가로막고 있는 이 산의 그림자가 얼마나 긴지 가늠해 본다. 역시 시간과 재능은 나의 편이 아니다. 불리한 싸움인 줄 알지만, 끝까지 갈 수밖에 없다. 내가 계속 진검승부를 강조하고 정면 돌파만을 고집하는 것은 '전쟁'을 살고 싶기 때문이고, 과연 여기가 마지막인가 묻고 싶어서다. 허클베리 핀이나 톰 소여와 놀던 시간은 행복했다. 그러나 이제 그런 아기자기한 평화는 다시 오지 않으리라. 나는 끝까지 이 망할 놈의 시간과 싸울 것이다.

장발과 에나와 나
상처를 치유하는 이야기의 힘

어린 시절을 회고할 때 꼭 빠지지 않는 것이 애완동물이다. 요즘은 햄스터나 이구아나 등 키우는 종이 다양해졌지만, 옛날에는 열에 아홉은 개를 키웠다. 아파트 산책로를 보무도 당당하게 종종종종 오가는 요즘 애완견들은 털도 곱게 빗겨 있고 옷도 가지각색 예쁘다. 내 추억의 마당을 거니는 땅개는 시커멓고 더러운 털로 온몸을 가렸다. 녀석의 이름은 에나다.

에나의 주특기는 낮은 포복으로 마루 밑이나 광에 숨는 것이다. 녀석이 한 번 사라지면 스스로 나타날 때까진 찾을 방법이 없다. 어느 해는 마루 밑에서 새끼를 낳기도 했고, 어느 해는 설빔으로 받은 신을 물고 없어지기도 했다. 녀석의 맑고 검은 눈망울을 들여다볼 때마다 이 녀석이 사람 말만 할 줄 안다면 저 좁고 깊은 어둠 속에서 무슨 일이 벌어지는지 듣고 싶었다.

동화 작가 황선미의 고향집에도 그런 개가 있었나 보다. 녀석의 이름은 장발. 장발도 얼굴과 온몸이 검은 털로 덮였다. 늙은 고양이의 증언에 따르면 장발의 검은 털이 밤에는 푸르스름하게 보인단다.

『푸른 개 장발』에서 장발의 시선으로 전개되는 개의 일생은 흥미진진하다. 어미젖을 빨기 위해 순간순간 치열하게 주둥이를 들이밀던 강아지 시절은 물론이고, 개장수가 어미 개 누렁이를 훔쳐간 후 밀려드는 슬픔이라든가, 하얀 개와의

로맨스, 자신이 낳은 강아지들과의 때 이른 작별에 가슴 아
파하는 장면은 파란만장한 사람의 일생과 다르지 않다.

개가 사람의 말을 못 알아듣는 경우는 거의 없고 오히
려 사람이 개의 말을 몰라 낭패를 보는 대목들도 눈길을 끈
다. 장발이 강아지들을 그리워하며 울면 주인인 목청 씨는
재수 없다고 나무라고, 장발이 자신의 어미와 형제들을 훔
쳐간 개장수를 향해 짖어도 목청 씨는 오히려 그 개장수에
게 남아 있는 강아지들을 제값 받고 팔 궁리만 한다. 개라면
절대로 하지 않을 짓을 멀쩡한 인간들이 버젓이 저지른다.

동문서답, 웃기는 상황에서도 장발과 목청 씨는 서로의
고독을 보듬는다. 장발이 아프면 목청 씨도 아프고 목청 씨
가 힘들면 장발도 힘들다. 함께 살며 쌓은 미운 정 고운 정
탓이리라. 한 마리의 개를 추억하는 일은 그 개와 함께 살았
던 사람들을 되살려 내는 일이다. 벌써 세상을 떠난 어르신
들, 연락이 끊긴 초등학교 친구들, 우물가에 모여 수다를 떨
던 아낙들, 웃통을 벗어 붙이고 등목을 하던 청년들이 장발
이 짖을 때마다 문득문득 고개를 돌린다.

어느 여름 학교에서 돌아왔을 때 에나는 없었다. 또 어둠 속으로 마실 갔거니 여기고 일주일, 보름, 한 달을 기다려도 시커먼 땅개는 나타나지 않았다. 부모님이 에나를 판 것이다. 이별이 너무 갑작스러웠던 탓에 나는 다시 개를 키우지 않았고 에나와의 한때를 떠올리는 일도 삼갔다. 푸른 개장발과 더불어 복날 더위를 식히면서, 나는 에나를 글로 옮길 마음이 간절해졌다. 이것이 바로 상처를 치유하는 이야기의 힘인가. 고마운 일이다.

밖에서 나는 동시에
안에서 울리는 소리

조금 시끄러워도 좋으세요?

인쇄술의 발달과 함께 책의 판형이나 종이의 질감, 표지 디자인이 매우 다양해졌다. 책을 읽기 전 먼저 구경하는 재미가 쏠쏠하다. 최용건의 『조금은 가난해도 좋다면』 역시 손에 들고 휘리릭 넘겨보기에 적당한 책이다. 저자가 화가인 까닭에 여기저기 크고작은 그림들이 가득 담겨 있으니까.

이 책에 대한 첫 느낌은 솔직히 별로였다. 제목의 '가난'

이라는 단어와 조금은 비싸다 할 정도의 책값이 어울리지 않는다고 생각했다. 내용이 많지도 않으면서 겨우 원고지 300~400매로 책 한 권을 뚝딱 만들어 내는 세상이 싫었다. 이 책도 그런 종류가 아닐까 의심이 들었다.

'가난'이나 '느림'의 가치와 의미는 알지만, 요즘은 왠지 그런 주제의 책이나 영화에 믿음이 가지 않는다. 철 지난 유행, 김 빠진 맥주 같다고나 할까? 책이나 영화를 보지도 않고 대충 그 안에 무엇이 들었는지 안다는 표정을 지은 적도 여러 번이다. 아직은 달관을 흉내 낼 나이가 아니라는 생각도 들었다. 이 책은 열흘 넘게 내 컴퓨터 본체와 모니터 사이에 거꾸로 꽂혀 있었다. 아내가 지나가는 투로 책의 느낌을 물어와도, 글쎄, 희미한 반응을 보였다.

그러던 어느 날 겨우 다섯 살 된 큰딸아이가 이 책을 뽑아 소파에 앉더니 한 시간이 넘도록 읽는 것이다. 「꼬마 생쥐 메이지」를 볼 때 외에는 그렇게 집중하는 모습을 보인 적이 없었다. 딸아이는 아직 한글을 깨치지 못했기에, 책을 읽는다기보다는 말 그대로 책을 '구경'하는 중이었다. 슬그머니

옆으로 가서 물었다.

"재미있니?"

"응."

"뭐가?"

"시끄러워."

"뭐가?"

"이 책 말이야. 아빠 안 들려?"

이해력이 부족한 아빠를 위해, 딸아이는 막 넘기려던 195쪽의 그림을 내보였다. 푸른색을 가리켜 하늘이라고 하고, 그 오른쪽 위 두 개의 점은 까치란다. '까악까악' 울고 있다고. 31쪽의 멍멍이는 '컹컹' 짖고, 198쪽의 오리는 '꽥꽥' 운단다. 다섯 살배기 아이의 철없는 상상으로 돌리기엔 그 시선이 너무 맑아 보였다. 딸아이는 짐승들이 우는 울음과 계곡을 흘러내리는 물소리를 정말로 이 책에서 들었던 것은 아닐까?

그림들은 아주 원색적이다. 파란 건 정말 파랗고 노란 건 정말 노랗고 검은 건 정말 검다. 중용이니 균형이니 하는 말들이 떠오르지 않을 정도로 거침없이 달려든다. 이렇게 원색을 많이 쓰면 속되고 천박하며 단순하고 깊이가 없다는 느낌을 받기 십상인데 말이다.

　고향 산천을 떠올려 본다. 푸른 하늘, 맑은 강, 거친 들판과 바람 소리. 그 명증한 시골 풍경을 이 책의 지은이는 그대로 화폭에 옮긴 것이다. 도시에서 나고 자란, 그리고 지금도 빌딩 숲 사이에서 살고 있는 사람이라면, 뿌연 하늘과 회색 담벼락에 익숙하기 마련이다. 적어도 최용건이라는 화가는 강원도 진동리라는 곳에서 자연과 일대일로 대면하는 데 성공한 것이다. 딸아이에게 초콜릿 새알을 다섯 개 쥐여 주고 책을 돌려받았다. 책을 '구경'하지 않고 읽어나갔다.

　이 책에서 대단한 깨달음은 기대하지 않는 편이 좋다. 앞뒤가 딱딱 맞는 논리도 이 책에는 없다. 계몽적이지도 않다. 그것이 오히려 읽는 이를 안심시킨다. 남의 눈을 의식하지 않고, 자신의 감정을 그대로 툭툭 내뱉는다. 좋은 건 좋다 하고 싫은 건 싫다 한다. 외로울 땐 외롭다 하고 불안할 땐 불안하다 한다. 밑줄 그을 경구도 몇 개 눈에 띄지만, 애써 그것들을 거두려 하지 않는다.

그의 글은 저 혼자 아름답게 피는 들꽃이나 저 혼자 신나게 짖어 대는 강아지처럼, 하나의 자족적인 중얼거림처럼 느껴진다. 때로는 버럭 화를 내지르기도 하고 때로는 다소곳이 뒤돌아서서 자기만의 암호를 뇌까리기도 하는 것이다.

이 소음은 자동차 엔진이나 텔레비전 소리와는 전혀 다르다. 처음에는 그 소리에 신경이 쓰이다가도 곧 소리가 있는지 없는지조차 모르게 되는, 나의 밖에 있으면서도 나의 안에 들어와 있는 그런 소리인 것이다. 예술가란 결국 내 밖의 것을 끌어들여 내 안의 것을 드러내는 족속 아닌가?

조금 시끄러워도 좋다면, 손에 잡히는 대로 이 책을 펼치고, 며칠 전에 보고 온 고향 산천을 그려 보는 것은 어떨까. 흐릿한 기억의 풍광을 명증하게 부여잡는 힘. 그것이 바로 이 책의 신선한 매력이자 존재 이유다.

고독한 남자들

가장은 무엇으로 사는가

소년에서 청년으로 접어드는 스무 살에 꽂힌 몇몇 질문
은 평생 뇌리를 떠나지 않는다. 특히 삶의 방향에 관한 양자
택일의 물음은 더더욱 강력하다.

"프란츠 카프카인가 토마스 만인가?"

이 도발적인 물음을 던진 이는 헝가리 문학비평가 게오
르그 루카치다. 루카치는 카프카로 대표되는 모더니스트보

다 토마스 만이 포함된 비판적 리얼리스트를 옹호하기 위해 선택을 강요했다. 그것은 또한 1980년대라는 무거운 역사의 강요이기도 했다.

이야기꾼으로 평생을 살아갈지도 모른다는 예감에 사로잡힌 서른 살 즈음, 다시 이 물음에 휘감겼다. 서슬 퍼런 냉전은 사라졌지만 IMF 광풍으로 국민 전체가 빚더미에 앉던 세기말이었다. 거리는 실직자로 넘쳐 났고 많은 기업들이 외국 자본에 잠식당했다. 결혼을 하고 아이를 낳고 집안의 가장이 된 이들은 벼랑 끝으로 내몰렸다. "집안이 망하면 죽음이 온다"라고 했던가.

마흔을 코앞에 두고 토마스 만의 『부덴브로크 가의 사람들』을 다시 정독했다. '한 가문의 몰락'이라는 부제처럼, 소설은 100년 가업을 지키기 위해 최선을 다했지만 끝내 몰락하는 부덴브로크 가문의 이야기다. 그 중심에는 '요한'이라는 세례명을 이어받으며 가장이 되도록 운명 지어진 네 명의 부덴브로크가 있다. 그들은 근대 초기 시민들의 전형처럼 단정하고 성실하다. 가문의 명예를 지키기 위해 항상 긴장하는 그들의 삶은 또한 너무나 고독하다. 장 부덴브로크가 홀로 의자에 앉은 채 죽는 장면에서는 영화 「대부」가 겹쳐 보였다. 코르네오네 가문을 지키기 위해 평생을 바친 마이클 코르네오네의 최후를 기억하는가. 늙은 대부는 허름한 공터에서 돌보는 이 하나 없이 쓸쓸하게 숨을 거둔다.

죽음을 예감하며 유언장을 쓰는 토마스 부덴브로크의 마지막 나날에서도 자꾸 눈시울이 뜨거워졌다. 토마스는 절망이 깊어질수록 "모험심과 결의, 그리고 용기로 충만된" 눈동자로 고산절벽에 도전하기보다 "으스름하고 절망적인" 눈동자로 그저 망망대해를 바라본다. 내면의 극심한 혼란이 낳은 피곤함과 슬픔을 바다가 지닌 단순한 광활함으로 위로받으려는 것이다. '요한 부덴브로크 상사'를 지킬 수 없기 때문에 가업을 스스로 정리함으로써 남은 가솔을 빚더미에서 건지는 것이 최선이라는 판단이 들 때, 하여 100년 동안 지켜온 회사를 청산한다고 유언장에 적을 때, 억장이 무너졌으리라. 둔중하고 무덤덤하기까지 한 작가의 시선은 끝까지 위신을 지키려는 가장의 안간힘을 처절하게 보여 준다.

　19세기 독일 부덴브로크 가문의 사내들과 21세기 대한민국 가장들의 처지는 무척 닮았다. 개미처럼 일하고 꿀벌처럼 저축해도 폭등하는 집값을 따라잡을 수 없는, 자식들 사교육비도 댈 수 없는 '빈익빈 부익부'의 시대에 그들은 절망한다. 대한민국의 몰락하는 가장들에게 정녕 삶의 목표를 새롭게 부여할 수는 없을까. 그 까마득하고 끔찍한 '종말의 시작'을 이대로 지켜보아야만 할까.

사로잡힌 슬픔
집착은 아름다워!

조선 후기에 등장한 소품문은 감각적인 문체와 색다른 집착으로 가득 차 있다. 인간이라면 누구나 집착을 품기 마련이지만, 18세기 말 연암 박지원을 비롯한 문인들의 집착은 유별났다.

우선 그들은 집착하는 대상에 귀천을 두지 않았다. 공맹의 말씀이나 고문만을 최고로 치고 나머지를 폄하하지 않았다는 뜻이다. 정약전은『현산어보』를 통해 물고기를 조사했고, 이옥은『연경』에서 담배를 논했다. 김덕형은『백화보』로 꽃에 관한 족보를 완성했고, 유득공은『발합경』을 지어 한양에 사는 비둘기를 세심히 살폈다. 이런 풍광은 서양 철학자인 들뢰즈가 영화에 기대고 화가인 드가가 춤에 매료된 것과 크게 다르지 않다. 아끼는 대상을 관찰하고 정리하며 기록하는 순간이야말로 그만의 색채가 분명히 드러난다.

이들과 동시대를 살았던 심노숭 역시 화공(畵工)의 화재(畵材) 가운데 풍속화를 최하로 치던 당시의 상식을 비판하면서, "진실로 묘(妙)의 경지에 나갔다면 산수화든 속화든 가릴 게 무엇이 있는가!"라고 주장했다. 소설『금병매』를 천하의 정취문자라며 칭찬하고 당대의 이야기들을 모아『대동패림』이라 야사집을 펴낸 것도, '지금 여기'의 누추하고 속된 삶을 소중하게 여긴 탓이다.

심노숭이 특별히 집착한 것은 슬픔이다. 꽃과 새, 물고기 같은 살아 있는 것뿐 아니라 슬픔이라는 감정 자체도 집착의 대상으로 삼은 것이다. 1792년 아내가 죽은 후 30년 동안 그는 26편의 시와 23편의 문을 통해 아내 잃은 슬픔을 토로했다. 백년해로를 꿈꾸며 준비한 파주의 새 집으로 죽은 아내를 관에 넣어 들어서는 대목이나, 평소 아내가 즐겨 요리했던 쑥을 먹으며 "아내의 얼굴 위로 흙이 도톰히 덮이고 거기서 쑥이 돋아났다네."라고 탄식하는 대목에서는 느꺼움이 절로 일어난다. 얼마나 지독한 슬픔에 잠겨 있었으면, 눈물이 마음에 있는지 눈에 있는지를 따져 물을까.

오래전 도종환의 『접시꽃 당신』이나 박완서의 『한 말씀만 하소서』에서 가족 잃은 슬픔의 깊이를 망연히 바라본 적이 있다. 세상에 대한 원망과 망인에 대한 그리움의 응어리는 곱씹어도 삭혀지지 않는 법이다. 심노숭은 정한과 수심으로 가득 찬 불면의 밤을 글로 달랬다. "처음에는 수심만 보태는 듯하고 잠도 들지 못하더니, 이제는 거의 수심을 잊은 채 잠들 수 있게 되었다." 아내를 그리며 써 내려간 시문이 슬픔을 키우는 대신 편안한 잠자리를 선사한 것이다.

집착은 그 자체로는 아름답지 않다. 혼자 웅크리지 않고 그 집착을 타인과 공유할 때, 비로소 눈물방울도 아름다운 시어로 바뀌는 법이다. 가족을 잃은 자 누군들 심노숭만큼 슬퍼하지 않을까마는, 그처럼 자신의 슬픔을 감각적인 문체에 실어 정직하게 드러낸 이는 드물다. 이 글을 읽는 당신도 가슴속에 집착 하나 품기를, 그리고 그 집착에 단아한『눈물이란 무엇인가』하나 얹기를 권하는 바이다!

탐닉의 뮤즈 (1)

정직한 침묵의 힘

1995년 은행나무가 노란 잎을 떨어뜨리기 시작할 즈음이었다. 나는 스물여덟의 나이로 뒤늦게 해군에 입대했다. 8년 동안의 서울 생활을 접고 해군 소위가 되어 해군사관학교에서 3년간 생도들을 가르치게 된 것이다.

본격적인 소설 습작을 위해 자취방도 구하고 중고 책상도 하나 장만했다. 그러나 한 달 넘게 원고지를 찢어 댔음에도 글은 나오지 않았다. 단어는 비틀리고 문장은 비명을 질러 댔다. 저녁밥 대신 맥주를 마시고 혼자 군항 진해의 밤거리를 걸어다니다 보면 눈물이 흘렀다. 정녕 나는 길을 잘못든 속인일까.

그런 내게 침묵하는 법을 가르쳐 준 책이 아니 에르노라는 낯선 프랑스 작가의 『아버지의 자리』였다. 직접 체험한 것이 아니고는 단 한 줄도 쓰지 않는다는 이 프랑스 작가의 소설을 나는 50여 차례 읽었으며, 지금도 소설을 처음으로 배우기 시작하는 제자들의 강독 교재로 쓰고 있다.

아니 에르노는 유장한 스토리텔러는 아니다. 자신에게 닥친 사건에 대한 느낌을 대못 박듯 한 단락 한 단락 끊어 쓰기에 능한 작가다. 이야기 대신 이미지에 초점을 맞추고, 행동보다 내면 독백이 많은 것도 이 때문이다. 나는 나와 정반대 스타일의 작가인 에르노에게서 두 가지 큰 배움을 얻었다.

하나는 정직이다. 에르노는 자신의 체험을 적나라하게 드러낸다. 도덕이나 이데올로기의 잣대를 넘어 인간이 가진 가장 원초적인 감정들을 찔러 댄다. 그녀의 소설이 모두 1인칭 주인공 시점이기 때문에, 찌르는 자도 찔리는 자도 그녀다. 제 손으로 제 얼굴을 때려 본 적이 있는가. 대부분의 사람은 손바닥에 힘을 조금만 실어 고통을 줄이려 든다. 그러나 에르노의 팔매질은 살갗을 찢고 두개골을 깨뜨릴 만큼 가혹하다.

이런 생각이 문득 들었다. 타인의 인생을 제대로 그리기 위해서는 자신의 인생부터 부끄러움 없이 드러내야 하는 것이 아닐까. 나부터 먼저 누드모델이 되어야 하는 것이 아닐까.

또 하나는 침묵이다. 에르노는 가장 중요한 부분을 말하지 않는다. 단락과 단락 사이에는 긴 여백이 있다. 그 여백을 단순히 말없음으로 받아들이고 건너뛰면 에르노 소설의 참맛을 느끼기 어렵다. 성질 급한 작가들은 그 여백마저 자신의 말로 채워 넣으리라. 습작을 시작하던 스물여덟 살의 내가 그랬다.

가장 중요한 자리에서 에르노는 한발 물러선다. 그리고 그 자리의 의미와 그 자리에서 느끼는 자신의 감정과 그 감정을 쓰고 있는 자기 자신을 본다. 돌아가신 아버지를 추억할 때도, 치매에 걸린 엄마의 병상을 지킬 때도, 가장 아픈 자리로 가장 가깝게 다가선 후 침묵한다. 그 침묵은 때론 답답하게 느껴지기도 하지만, 독자가 그 자리를 채워 나갈 때의 감동과 충격은 상상보다 크다.

능숙한 만담가는 언제 말을 끊고 청중의 반응을 살피며 이목을 집중시켜야 하는가를 잘 안다. 가장 중요한 순간에 가장 치명적인 침묵을 던져야 하는 방법도 안다. 스토리텔러가 된 지금도 나는 이야기 전개가 막힐 때마다 에르노의 소설을 꺼내 읽는다. 긴 장편소설도 결국 책을 다 읽고(쓰고) 난 후 단 한 번 깃드는 침묵을 더욱 크고 깊게 만들기 위함이라고 믿으며.

탐닉의 뮤즈 (2)

사랑의 또 다른 이름

　진부한 표현이지만 가을은 독서의 계절이자 사랑의 계절이기도 하다. 사랑을 다룬 소설을 품는다면 가을을 정말 가을답게 보내는 일일 것이다. 고등학교 시절에는 조금 더 멋지고 조금 더 짜릿하며 조금 더 행복한 이야기들이 좋았다. 아무리 힘든 일을 겪더라도 결국 해피엔드로 끝나는 로맨스 소설 안에서 사랑을 키웠던 것이다. 현실로 옮기기에 그 몽상들은 지나치게 투명하고 완벽했다. 음악감상실이나 극장이나 롤러스케이트장을 함께 다닌 몇몇 소녀들의 이름과 얼굴을 지금도 기억하지만, 그녀들과는 감히 그런 사랑을 해볼 엄두도 내지 못했다.

스무 살 시절 내 사랑은 상처 그 자체였다. 행복은 잠깐이었고 극심한 후유증에 시달렸다. 상대를 괴롭히지 않으면 나 스스로를 탓하는 시간들이 이어졌다. 타인에 대한 배려에 서툴렀던 탓이었다. 말을 건네는 법도 손을 잡는 법도 어깨에 기대어 사랑을 속삭이는 법도 몰랐다. 친구들은 그깟 일들은 저절로 되는 법이라며 놀려 댔지만, 어느 것 하나도 내게는 만만하지 않았다. 그때 외운 황동규와 이성복과 정현종의 연애시들 중에서 마음을 전하고픈 여자의 귀로 들어간 것은 하나도 없었으니까. 사랑은 곧 실패가 아닐까 의심한 적도 많았다.

사람을 만나고 이야기를 나누는 시간보다 혼자 골방에 틀어박혀 자책의 글을 끼적이거나 놀라운 사랑의 시들을 읽는 시간이 점점 더 길어졌다. 말이 좋아 습작 시절이지, 사람과의 만남 자체가 두려웠던 자폐의 나날이었다. 밤을 새워 금강사와통에 담뱃재를 털고 가래침을 뱉어 가며 사랑에 관한 긴 글을 쓰고서도 누가 이 내면 풍경을 들여다보지나 않을까 걱정하며 금방 태워 버렸다.

그즈음 만난 것이 아니 에르노의 책들이었던 것이다. 처음 그녀의 소설들이 어떻게 내 앉은뱅이 책상 위에 놓이게 되었는지는 기억나지 않는다. 내 신세를 한심하게 여긴 선배가 놓고 간 것 같기도 하고, 한 달 동안 점심을 굶기로 하고 빼돌린 식대로 구입한 책들 속에 섞여 들어온 것 같기도 하다. 사람을 만나는 대신 우적우적 책을 만나서 다투고 화해하던 시절이었으니까.

우선 『아버지의 자리』는 놀라운 소설이었다. 앞서 언급했듯이 이 작품은 아버지의 죽음 이후 그 존재의 부재를 침묵의 방식으로 다루고 있다. 가장 중요한 것을 말하지 않기! '예술은 곧 표현'이라는 상식을 뒤집어 버렸다. 묘한 점은 자주 끊어지는 문단과 문단 사이, 그 두 줄 정도의 침묵 속에서 아버지에 대한 아니 에르노의 그리움과 사랑을 읽을 수 있었다는 것이다. 겉으로는 아버지의 죽음을 담담하게 받아들이고 깔끔하게 정리하는 듯하지만, 행간의 침묵은 들끓고 있었다. 한 번도 아버지에게 '사랑'이라는 단어를 말하지 않은 딸이 끝까지 그 '사랑'을 입 밖에 내지 않으면서도 '사랑'을 충분히 드러내는 작품이라고나 할까.

얼마 뒤 그녀의 다른 소설 『단순한 열정』도 구해 읽었다. 편집은 엉성했고 오자나 탈자도 많았으며 소설과 상관없는 여자들의 야한 사진이 군데군데 담겨 있었지만 상관하지 않았다. 두 시간 만에 단숨에 읽고 또 밤을 꼬박 새워 밑줄을 그어 가며 천천히 다시 읽었다. 이 작품은 그녀가 직접 체험한 때늦은 사랑을 다루고 있다. "나는 현실을 꿰뚫어 보려 한다."라는 권두언처럼, 그녀는 '사랑'이라고 흔히 불려지는 감정을 최대한 객관화시켜 드러내 보인다. 이런 식의 솔직한 고백이 어쩌면 포르노 영화에서 "정사 장면이 불러일으키는 어떤 느낌이나 고통, 그리고 당혹스러움과 도덕적 판단의 유보 상태에 매달리게 될 것 같다."라고 적고 있다.

그녀의 사랑은 제목처럼 '단순한 열정' 그 이상도 이하도 아니다. 몸도 마음도 완전히 그와 하나가 되는 것. 고등학교 시절에 부러워했던, 대학에 가서는 상처만 키울 뿐이라고 피해 다녔던, 바로 그 열정에 몸을 던진 것이다. 당연하게도 그녀는 남들과는 완전히 다른 시간을 살기 시작한다. 이 세상의 시간이란 그와 함께 있는 시간과 그가 곁에 없는 시간으로 양분될 뿐이다. 욕망은 극에 달하고 자존심 따위는 없어지고 다른 사람들이 그랬을 때는 무분별하다고 생각했던 행동을 신념에 차서 스스럼없이 하게 된다.

예상했던 파국은 바람처럼 찾아들었고 상처는 생각했던 것보다 더 크고 깊었다. 그러나 그녀는 그 상처를 치유한다거나 그 사랑을 아름답게 추억하기 위해 이 소설을 쓴 것이 아니다. 오히려 정반대다. 단순한 열정에 휩싸인 동안 자신이 얼마나 유치했고 어리석었으며 옹졸했고 비겁했는가를 남김 없이 적고 있다. 자신을 향한 비판의 칼날이 날카로울수록 섬뜩한 아름다움이 뿜어 나온다. 그녀가 아무리 많은 실수를 범했다고 해도 그를 향한 열정만은 시간의 한계를 돌파하여 '영원'에 닿았다는 확신이 들었다. 글을 쓴다는 것이,

꼭 상대가 곁에 없다 하더라도, 그를 향한 열정만으로도 의미 있는 일이겠구나 하는 깨달음을 바로 그때 얻었던 것도 같다.

그 후 『단순한 열정』이 다시 출간되었다. 곧바로 서점에 들러 깔끔한 장정과 유려한 문장이 가득한 책을 살폈지만 그 책을 사지는 않았다. 오래전에 필사했던 나만의 '단순한 열정'이 담긴 노트가 있으니까.

탐닉의 뮤즈 (3)

**부끄러움 혹은 치욕과
한 몸으로 살아왔던 나날**

"6월 어느 일요일 정오가 넘었을 무렵, 아버지는 어머니를 죽이려 했다."

열세 살의 아니 에르노는 아버지가 어머니의 목을 조르는 것을 우연히 목격했다. 이것은 그녀에게 평생 잊지 못할 '부끄러움'이 되었다.

『아버지의 자리』나 『단순한 열정』에서처럼, 아니 에르노는 살갗을 벗겨 내는 냉혹한 자기 응시를 이 소설에서도 보여 준다. 과거, 특히 유년 시절을 그리다 보면 자신도 모르게 그 시절을 미화하고 추상화하기 마련이다. 지금의 이미지로 과거의 한때를 덮어씌우는 것이다. 그러나 아니 에르노는 천진난만함 속에 도사린 거짓을 예리하게 찌른다.

"현실을 추적하는 대신 현실을 생산하고자 하는 옛날 이야기는 꾸며 내지 말 것. 추억 속의 이미지를 거론하여 번역하는 데 만족하지 말고, 이 이미지를 다양한 접근 방식을 통해 스스로 속살을 드러내는 자료로 취급할 것, 한마디로 나 자신의 인류학자가 될 것."

그리하여 아니 에르노는 열세 살을 기준으로 삶을 가른다. 부끄러움을 아는 나이와 모르는 나이, 삶의 처참함을 아는 나이와 모르는 나이. 그리고 지금의(이 글을 쓰고 있는 이 순간의) 아니 에르노는 그 가름이 과연 정당했는가를 묻는 나이에 이른 것이다. 부끄러움에 관한 잠언들을 쏟아 내는 것도 자기 응시의 결과다.

부끄러움에서 가장 끔찍한 것이 있다면 그것은 부끄러움을 오로지 나만이 느낀다고 믿는 것이다.

부끄러움 중에는 이런 것도 있다. 나에겐 어떤 일이건 일어날 수 있고 결코 멈추지 않을 것이며, 부끄러움 뒤에는 오직 부끄러움만 따를 것이라는 느낌.

우리 존재의 모든 것이 부끄러움의 표식으로 변했다.

그렇다면 아니 에르노는 왜 그 부끄러운 곳으로 돌아가는 것일까? 회상이 결코 위로가 될 수 없음을 알면서도, 되새김질하는 소처럼 아버지와 어머니의 치부를 건드리는 것일까?

그녀는 지금 이 모양 이 꼴로 살아가는 자기 자신을 '명징한 의식'으로 돌아보려는 것 같다. 변화란 오로지 삶에 대한 자신의 자세를 스스로 고칠 때만이 가능한 법이니까.

그렇지만 이런 의심이 생기는 것도 사실이다. 이 소설을 쓰기 전에 그녀는 부끄러움을 몰랐을까? 『아버지의 자리』에서 아버지의 죽음, 『어떤 여인』에서 치매에 걸린 어머니, 『단순한 열정』에서 뒤늦게 찾아온 불 같은 사랑은 그 상황에 부딪혀야 알 수 있는 것들이다. 그러나 부끄러움의 근원은 늘 거기 있지 않았던가? 그저 멀리 두고만 보다가 이제 와서 그것을 향해 돋보기를 들여다 대는 것일까?

이 소설은 아니 에르노가 쉰일곱 살이 되던 1996년에 쓴 것이다. 쉰을 넘으면 그렇게 한 번쯤 자신의 가장 치명적인 한때를 반추하고 싶은 것일까? 그녀의 반추는 멋있지만 그녀를 흉내 내고 싶지는 않다. 부끄러움이 있다면 그렇게 오랜 세월이 흐르기 전에 치유할 방법을 찾고 싶다. 에르노의 말을 빌리자면, 부끄러움 앞에서 정직할 순간은 빠르면 빠를수록 좋은 법이다.

아픔, 기록, 치유

사랑을 잃고 나는 쓰네

　　F. 스콧 피츠제럴드는 가을에 어울리는 작가다. 해마다 가을이면 피츠제럴드를 찾지만 곧바로 그의 소설들을 집어들진 않는다. 습관처럼 두세 시간 딴짓을 한다.

　　먼저 김광석의 노래를 튼다. 「그녀가 처음 울던 날」과 「사랑이라는 이유로」와 「너무 아픈 사랑은 사랑이 아니었음을」을 들으면서, 상실의 순간들을 떠올린다. 안치환의 들끓고 내지르는 음성도 매력적이지만, 골방에 혼자 남았을 땐 김광석의 흐리고 안으로 출렁이는 목소리가 제격이다.

김광석의 노래를 들으며 기형도의 시집에 연필로 밑줄을 긋는다. 「기억할 만한 지나침」에 이르면 그냥 지나칠 수 없다. "유리창 너머 한 사내가 보였다/그 춥고 큰 방에서 서기(書記)는 혼자 울고 있었다!/눈은 퍼부었고 내 뒤에는 아무도 없었다"의 아득한 풍경을 상상한다. 그 서기가 김광석 같고, 서기의 울음이 김광석의 노래로 바뀐다.

기형도가 「빈 집」에서 "사랑을 잃고 나는 쓰네"라고 뇌까렸을 때, 나는 단숨에 피츠제럴드를 떠올렸다. "작가들은 대부분 똑같은 이야기를 되풀이한다."라고 주장한 피츠제럴드가 반복해서 빚어 낸 이야기들은 결핍에 맞닿아 있다.

눈이 부신 나날이 있다. 스무 살이거나 사랑이 이루어졌거나 누군가를 바라보는 것만으로도 행복한 시절. 하지만 따사로운 충만은 오래가지 않는다. 『피츠제럴드 단편선』에 실린 주인공들은 하나같이 이 상실로부터 비롯된 결핍을 메우기 위해 애쓴다.

「분별 있는 일」에서 조지는 캐리를 열렬히 사랑하지만 결혼에 이르지는 못한다. 실직자가 된 조지의 처지와 불안한 미래가 둘을 갈라놓은 것이다. 1년 후 조지는 페루에서 큰돈을 벌어 캐리를 만나러 온다. 뜨거운 키스를 나누며 그녀의 마음을 다시 얻는 순간 조지는 깊은 공허에 휩싸인다. "4월은 흘러갔다. 이제 4월은 이미 지나가 버렸다. 이 세상에는 온갖 종류의 사랑이 있건만 똑같은 사랑은 두 번 다시 없을 것이다."

「비행기를 갈아타기 전 세 시간」에서 도널드 플랜트는 중간 기착지에서 첫사랑 낸시를 찾아간다. 둘은 뜨겁게 재회하지만, 낸시가 그리워한 친구는 도널드 플랜트가 아니라 도널드 바워스로 밝혀진다. 도널드 플랜트에게 소중했던 순간들을 낸시는 전혀 기억하지 못한다. 피츠제럴드는 "인생의 후반부란 여러 가지를 잃어 가는 기나긴 과정"이라며 소설을 맺는다.

이제야 알겠다, 피츠제럴드가 왜 '잃어버린 세대'의 대표

작가인지! 누군들 사랑을 잃지 않겠느냐마는 피츠제럴드는 평생 그 사랑을 되찾기 위해 홀로 분투했고 또 매 순간 실패했으며 더 크게 상심했다. 중요한 지점은 '사랑을 잃은' 짧은 순간이 아니라 '내가 쓰는' 긴 시간이다. 작품이 벽돌처럼 모여 더 큰 빈 집을 만들더라도 피츠제럴드는, 김광석은, 하여 기형도는 "가엾은 내 사랑 빈 집에 갇혔네"라고 빛바랜 기억을 끄집어 내어 '지금 여기'의 감각으로 되살렸다. 그들은 평생 사랑을 잃은 작가였다.

젊음의 증거

불안은 매혹의 어머니다

3월과 함께 새 학기가 시작되면 새내기들이 오가는 교정은 봄바람과 함께 싱그러움으로 넘쳐 난다. 갓 스무 살, 나는 꿈 많던 그 시절을 규정하는 대표적인 단어로 '매혹'과 '불안'을 꼽는다.

매혹이란 무엇인가. 프랑스 비평가 모리스 블랑쇼는 지적했다. "글을 쓴다는 것은 시간의 부재, 그 매혹에 몸을 맡기는 것이다"라고. 어찌 글쓰기뿐이랴. 자신이 택한 일에 몰두하느라 시간의 흐름조차 잊는 것, 해 저물 무렵 일을 시작하여 길어야 30분쯤 지났으리라 여겼는데 밝아오는 동쪽 창문에 깜짝 놀라는 것, 그것이 바로 매혹이다. 스무 살은 자신을 매혹시키는 일을 찾고 그 일에 온몸 온 마음 바쳐 몰두하는 시절에 다름 아니다.

그렇다면 불안이란 무엇일까. 프란츠 카프카의 문학청년 시절을 예로 들어 보자. 밤을 꼬박 새워 쓰고 또 쓴 습작을 통해 카프카는 글쓰기가 얼마나 매혹적인 일인가를 알아 버렸다. 오직 글만 쓰면서 하루를, 한 해를, 평생을 보내고 싶었던 것이다. 하지만 열정을 다해 글을 쓰던 카프카도 늘 불안감에 휩싸였다. 자신의 욕망에 필적할 만큼 완성도 높은 작품을 쓰지 못할지도 모른다는 걱정 때문이었다.

1912년 9월 22일 밤을 새워 「선고」라는 단편소설을 완성하고는 "모든 것이 표현될 수 있을 듯하고, 큰 불이 준비되어 그 불 속에 모든 것, 가장 기이한 생각들조차도 불타 사라져 버리는 것 같다."라며 기뻐하는 카프카. 1914년 『변신』을 완성한 후에는 "『변신』에 대해 심한 혐오를 느낀다. 마지막 부분은 읽을 수가 없을 지경이다. 근본적으로 불완전하다. 그때 사업 여행으로 방해를 받지 않았더라면 훨씬 더 잘 쓸 수 있었을 텐데."라며 극도의 불안을 드러내는 카프카. 프라하 출신의 섬세한 이 작가는 과잉된 매혹과 과잉된 불안 사이를 시계추처럼 오갔다. 이 위험한 외줄타기가 젊음의 순수한 표정이고 현재까지 전 세계의 젊은이들이 열광하는 이유인지도 모른다.

스무 살은 성공을 향한 욕망이 큰 만큼 좌절로 인한 두려움도 깊고 자신의 실패를 남 탓으로 돌리는 경우도 잦다. 과연 카프카가 "사업 여행으로 방해를 받지 않았더라면" 탁월한 소설을 썼을까. 내 아버지가 조금 더 부자였더라면, 이 대학이 아니라 저 대학에 합격했더라면, 사사롭게 쓸 시간이 넉넉했더라면, 스무 살 젊은이는 좀 더 쉽게 불안을 이기고 좀 더 아득한 매혹으로 나아갔을까.

모리스 블랑쇼는 젊은 카프카의 변명을 날카롭게 비판한다. 블랑쇼의 말에 따르면 작가에게 이로운 상황이란 영원히 찾아들지 않는다는 것이다. 자신의 모든 시간을 전부 바친다 해도 충분하지 않다. "자기의 시간을 글쓰기로 보내야 하는 것이 아니다. 더 이상 작업도 존재하지 않는 또 다른 시간 속으로 이동하는 것, 시간이 상실되는 지점, 매혹과 시간의 부재가 주는 고독 속에 돌입하는 지점으로 접근해야 하는 것이 문제다."

스무 살 대학 새내기에게 불안과 매혹은 동전의 양면과 같다. 그들에게 주어진 과제는 외적인 변명 따윈 일찌감치 접고 일 그 자체가 내뿜는 매혹에 다가가는 것이다. 불안을 이기지 못해 일로부터 멀어지거나 자책하며 일을 포기하는 것만큼 어리석은 선택은 없다. 조각가 오귀스트 로댕도 처음부터 '지옥문'이나 '칼레의 시민' 같은 걸작을 만들 수 있었던 것은 아니다. 슈테판 츠바이크는『발자크 평전』에서 훗날『인간희극』이라는 전대미문의 작품을 남기는 대작가의 보잘것없는 젊은 날을 꾸밈없이 전한다. "이 못된 젊은이의 재능이 아주 작은 흔적이라도 보인 적이 있었던가? 한 번도 없었다! 학교마다 그는 벌 받는 자리에 있었고 라틴어는 32등이었다!"

불안과 매혹은 살아 있다는 증거다. 불안도 사라지고 매혹도 없는 일상이 백배는 더 위험하다. 미래의 안락을 정해 두고 현재를 단지 그곳으로 가는 수단쯤으로 파악하는 삶이 천배는 더 끔찍하다. 어제는 지나갔고 내일은 오지 않았으니, 언제나 첫 마음으로 돌아가서 매혹에 떨고 불안에 잠길 일이다.

갓 스물의 젊은이여! 불안한가? 책상 앞으로 바짝 다가앉으라. 잠을 줄이고 그대 일에 몰두하라. 그리고 즐겨라. 불안은 매혹의 어머니일지니.

세상과의 정면 승부

농담과 거짓말 그리고 장정일

나는 밀란 쿤데라의 소설 중에서 『농담』을 가장 좋아한다. 『불멸』처럼 웅장하거나 『참을 수 없는 존재의 가벼움』처럼 기발하지는 않지만, 『농담』은 읽으면 읽을수록 새로운 맛이 난다. 그 맛은 1980년대와는 다른 소설 쓰기로 나를 이끈다.

1980년대 소설들은 모두 도스토예프스키의 자식들이다. 이문열에서부터 조정래에 이르기까지 모더니즘과 리얼리즘을 불문하고 그들은 모두 동일한 전제 위에 서 있다. 그 전제란 사회와 맞서기 위해 '도끼'를 들 것, 작중 화자의 삶이 작가의 삶과 은밀히 내통할 것 등이다. 이런 기반 위에서 소설의 주인공이 '문제적 개인'으로 언급되는 것도 무리가 아니다. 문제적 개인은 세상이 아무리 더럽고 의미가 없더라도 끝까지 진지하게 삶을 살아야 한다. 절대로 농담이나 거짓말을 해서는 안 된다. 『농담』은 정확하게 도스토예프스키 이후에 서 있다.

이 소설은 웃음으로 시작해 웃음으로 끝난다. 주체의 삶은 진지해질 때마다 웃음을 사고, 웃음으로 공감할 때마다 뚝뚝 프라하의 절망이 떨어진다. 진지하게 환상을 펼치며 즐겁게 비극을 섞는다. 그러면서도 아무렇지도 않게, 뻔뻔하게 소설을 끌고 간다. 그런데 어느 사회에나 항상 도스토예프스키의 자식임을 자처하는 사람들이 있어 농담과 거짓말에 이의를 제기한다. 쿤데라가 조국을 떠나 프랑스로 간 것도 『농담』의 주인공이 던진 농담 한마디를 읽고 웃어 넘기지 못한, 바로 그들 때문이다.

장정일은 쿤데라의 『농담』처럼 우리 시대를 향해 거짓말을 지껄인 최초의 작가다. 1990년대에 발표한 장편소설들 『너에게 나를 보낸다』, 『너희가 재즈를 믿느냐』, 『내게 거짓말을 해봐』 등은 악과의 정면 승부를 통해 세기말을 묵시론적으로 다루어 왔다.

그의 작업이 의미있는 것은 선과 쉽게 손잡지 않고 도덕과 쉽게 타협하지 않는다는 것이다. '갈데까지 가는 것'은 작가의 본능이면서 용기고, 고통이면서 운명이다. 성교를 몇 번이나 했고, 옷을 어디까지 벗었는가로 외설을 논하는 것은 형상화된 악인과 형상화시킨 예술가를 혼동하는 것이다. 우리가 진정으로 침을 뱉어야 하는 것은, 적나라하지 못하고 변죽만 대충 울리다 참회의 눈물을 흘리며 종교나 가정의 품으로 돌아오는 작품들이다. 볼 것 다 보여 주고 꼭 끝에 가서만 회개의 눈물을 뿌리는 젖소부인들이 활개치는 이 나라에서 악에 대해, 인간의 근원적 욕망에 대해 왁자지껄한 농담과 거짓말을 자유롭게 할 때는 언제쯤일까.

황석영에 대한 단상
**'나'와 '너'가 있어야
'우리'의 사랑이 영그는 법**

황석영은 1943년생이다. 『오래된 정원』은 그의 나이 쉰여덟 때 발표한 작품이다. 한 일간지에 연재했던 것을 고쳐 새로 펴낸 것이다. 이 소설이 서점에 깔리자마자 구입해 이틀 만에 완독했다. 읽으면서 자꾸 작가 약력에 눈이 갔다. 이야, 쉰여덟에도 이런 소설을 쓸 수 있구나! 혹시 마흔여덟 아닐까?

1987년 내 나이 스물에 처음 『객지』를 읽었다. 그때는 별 감흥이 없었다. 솔직히 말해 이런 형식의 글쓰기가 무척 부담스러웠다. 그 시절 부담스러웠던 시로는 이런 게 있다.

흐르는 것이 물뿐이랴

우리가 저와 같아서

강변에 나가 삽을 씻으며

거기 슬픔도 퍼다 버린다

일이 끝나 저물어

스스로 깊어 가는 강을 보며

쭈그려 앉아 담배나 피우고

나는 돌아갈 뿐이다

삽자루에 맡긴 한 생애가

이렇게 저물고 저물어서

샛강바닥 썩은 물에

달이 뜨는구나

우리가 저와 같아서

흐르는 물에 삽을 씻고

먹을 것 없는 사람들의 마을로

다시 어두워 돌아가야 한다

—「저문 강에 삽을 씻고」, 정희성

그때 내가 느꼈던 부담감이 무엇이었을까? 내가 알지 못하는 세계, 알더라도 가까이 가기 싫은 세계를 그가 자꾸 보여 주었기 때문이다. 나는 프티부르주아의 자식이고 어린 양처럼 유순하게 중고등학교를 마친 다음 대학에 입학했다. 글을 쓰고 싶은 욕망은 컸지만, 그것은 어디까지나 책과 램프 사이에서의 글쓰기였지, 저문 강에 삽을 씻는다거나 산꼭대기에서 농성을 벌이는 방식은 아니었다. 물론 대학 시절, 막심 고리키나 체르니셰프스키의 소설들을 읽으며 감동도 하고 흉내도 내고 그랬다. 그때 내가 받은 감동은 각 소설에 나오는 등장인물의 궁핍한 삶이 아니라 그들의 목적의식적인 사상 그것이었다. 그러나 『객지』는 사상 이전이었다. 아니 사상이 있긴 했지만, 아직 피어나지 못한 맹아라고나 할까.

1980년대에 쏟아진 노동소설들은 어느새 그 맹아를 훌쩍 뛰어넘어 노동자 문학과 노동 문학과 노동 해방 문학으로까지 내달리고 있었다. 초년생을 지난 다음부터 『객지』는 1학년 때 한 번쯤 읽고 넘어가야 하는 통과의례적인 소설이 되었다. 노동자들을 그리고 있기는 하지만 조직화되기 이전의 뜨내기들이고, 그들의 투쟁 또한 본받을 바가 없다고 생각했다. 노동조합이 만들어지고 전국적인 노동자 단체가 건설되는 단계였으니까. 나 역시 그쪽에 열광했고 날품팔이 노동자들의 희망 없는 투쟁을 그린 소설 쯤이야 저만치 밀쳐 두어도 그만이었다.

그래도 황석영을 완전히 떠난 건 아니었다. 1987년부터 1994년까지 해마다 5월이면 광주를 그린 그의 책 『죽음을 넘어 시대의 어둠을 넘어』를 읽었다. 거기에서 수많은 죽음을 만났다. 이번에도 역시 부담스러웠다. 황지우나 임철우 같은 이들은 그것을 광주에 대한 '죄의식'이라고도 했다. 죄의식까지는 아니지만, 부담스럽기는 마찬가지였다. 그러나 이 광주 또한 두 가지 방향에서 훨씬 다른 방식으로 나아가고 있었다. 한쪽은 광주 항쟁을 무장봉기로 보는 시각이었고, 다른 한쪽은 민주화 운동으로 제도권 속에 편입시키려는 노력이었다. 어찌 되었건 간에, 황석영의『죽음을 넘어 시대의 어둠을 넘어』가 지닌 폭로와 분노의 촉매제로서의 역할은 끝이 났다.

1989년부터 황석영은 독립 투사였다. 방북을 하고 베를린에 머물렀으며 1993년에 돌아오자마자 감옥 신세를 졌다. 아직도 나는 그의 이런 나날에 대해 할 말이 없다. 그것은 전적으로 그의 삶이기 때문이다.

내가『객지』를 정말 다시 읽게 된 것은 1996년, 내 나이 스물아홉 때이다. 황석영이 이 소설을 발표한 바로 그 나이에 어느새 나도 도착해 있었다. 그해 1월 나는 처녀작인『열두 마리 고래의 사랑이야기』를 출간했고 그다음 역사소설을 쓰기 위해 이것저것 준비를 하고 있었다. 준비를 한다는 것은 글을 쓰지 않는다는 것이고, 이렇게 저렇게 딴 생각도 하고 딴 책도 읽고 딴 음악도 듣는다는 것이다. 그 봄 나는 이문열의 중단편전집을 두 번째로 독파한 다음 황석영의『객지』를 뽑아 들었다.

그 저녁이 떠오른다. 경남 진해의 자취방. 지금은 돌아가신 큰이모부가 만들어 주신 철제 책장. 그 책장 맨 아래에 『객지』가 있었다. 책을 들자마자 깜짝 놀랐다. 스물아홉에 이런 소설을 쓰다니! 스물아홉이란 자기 자신의 문제로 끝없이 침잠하는 나이가 아닌가. 최대한 단정한 자세로 깨끗한 말투로 맑은 눈빛으로 타인의 공격을 막아 내려는 시절이 아닌가. 그런데 황석영은 그 모든 것을 털어 버리고 있었다. 내가 아니라 타인의 삶을, 그 타인의 영혼이 되어 그려 내고 있었던 것이다. 그때까지도 나는 프티부르주아인 나 자신의 출신 성분과 나 자신의 여러 가지 문제들(그 흔해빠진 유치한 불안들) 때문에 골머리를 앓고 있었다. 당연히 모든 글도 그쪽으로만 뻗어 갔다. 그런데 문제는 글을 쓰면 쓸수록 점점 더 자폐와 퇴폐로 치닫는 것이었다. 쓰면 쓸수록 빠져드는 절망의 늪을 짐작할 수 있겠는가!

황석영이 『객지』를 쓸 수 있었던 것은 직접 체험, 그러니까 그의 못 말리는 방랑벽 때문이라고? 아니다. 황석영 소설을 처음부터 찬찬히 읽어 보면 그의 문체는 감정의 절제로부터 비롯된 것임을 알 수 있다. 등장인물 누구도 자신의 감정을 그대로 미끈하게 쏟아 내는 법이 없다. 고치고 고치고 또 고친 문장들이다. 너무 고친 다음에야 그의 문장은 투박함에 이른 것이다. 그제야 알았다. 지금까지 내가 아름답다고 여긴 문장들은 모두 내 안에 있는 것이었음을. 그것들은 기껏해야 내가 누구인지를 확인시켜 줄 뿐 내가 가진 문제들을 하나도 해결해 주지 않는다고. 나와 전혀 다른 사람들의 영혼을 그려 내는 바로 그 문체로 나 자신을 찔러야만 한다고.

또한 스물아홉은 욕망이 많은 시절이기도 하다. 이 더러운 세상을 단숨에 확 갈아엎어 버리고 싶은 시절이라는 이야기다. 사실 1980년대에 쏟아진 노동 소설이란 이런 욕망의 분출에 다름 아니다. 그런데 황석영의 『객지』를 자세히 읽어 보면 작가는 끝까지 욕망에 따라 세상을 바꾸어 버리지는 않는다. 그는 계속 주저주저하며 세상을 그대로 옮겨 놓는다. 아무리 썩어 빠진 세상이라고 해도 작가가 그걸 없앨 만큼 그렇게 철저히 무시해도 되는 세상은 아니라는 듯.

그래서 등장인물은 제각각 개성적이다. 선악이 확연히 구분되지 않고 뒤섞여 있다. 『객지』에서 기업주 편에 붙어먹은 그야말로 더러운 놈들을 제외하면 노동자들은 세 가지 정도로 분류할 수 있다. 먼저 장씨처럼 체념적인 인간들. 희망 없는 삶이다. 두 번째는 대위 같은 다혈질 인간들. 정의감에 불타고 용기도 있지만 사태 파악을 제대로 하지 못한다. 마지막으로 이동혁과 같은 인간들. 먼 미래를 내다보며 차근차근 준비하고 오늘의 좌절을 내일의 희망으로 바꾸려는 신념을 지닌 인간들. 작가는 이동혁에게 힘을 실어 주고 있다. 그런데 여기서 주의할 점은 이동혁을 옹호한다고 해서 전적으로 그를 영웅으로 만들지는 않는다는 것이다. 그래서 조금 모호한 측면이 있긴 하다. 이 모호함을 나 같으면 확 지워버릴 텐데, 황석영은 여기서 멈춘다. 이것 역시 세상의 현실이라고 생각했던 것일까?

『객지』를 읽은 덕에, 내 안에 침잠하기보다 내 바깥에 진드기처럼 들러붙게 되었다. 말이 쉽지 '나' 아닌 '너'에게 다가서기란 간단한 일이 아니다. 그것은 또 하나의 자료 수

집이며 관찰이며 공부니까. 황석영이 조선 후기를 살펴『장길산』을 쓰고, 월남전을 휘감아『무기의 그늘』을 쓴 것은 바로 이 진드기처럼 들러붙기에 능했기 때문이리라.

그렇다. 물론 나는 황석영의 길만이 유일한 길이라고는 생각하지 않는다. 그러나 스물아홉 살에 나와는 전혀 다른 표정을 짓고 있는 사람이 있다면 한 번 쯤은 그 삶에 대해서도 관심을 가져 보아야 하지 않을까? 오직 '나'에 대한 관심만이 팽배한 21세기 초에도 '너'는 항상 곁에 있기 마련이니까. '너'를 모르고서야 어찌 '우리' 사이에 사랑이 피어나겠는가? 또 자손들을 만들 수 있겠는가?

『오래된 정원』은 바로 그 사랑에 관한 이야기다. 드디어 황석영은 오랜 진드기 생활을 마치고 내면에의 침잠을 시도하고 있었다. 쉰여덟 살에 스무 살 새색시처럼 말이다. 나는 그처럼 지독하게 타인을 향하지는 못하겠지만, 내 밖에 누가 있나 살피고 밖에 있는 그 사람들의 이야기도 내 안에 담아 내려 한다.

동병상련

**'통일'은 '분단'보다
훨씬 행복하다, 당연히!**

한국문학번역원이 주최한 '2006, 서울 젊은 작가들' 축제에 참가했을 때다. 16명의 외국 작가와 20명의 국내 작가가 모였다. 아침에는 '새로움'이라는 주제로 그룹 토론을 하고, 낮에는 청계천을 비롯한 서울 곳곳을 거닐며 문학의 오늘과 내일을 전망했다. 서툰 인상이겠지만, 남미는 신나고 서유럽은 우아하며 동유럽은 담백했다.

축제의 백미는 저녁의 부석사와 한낮의 병산서원이었다. 벗을 깊이 사귀려면 여행을 함께하라는 옛말처럼, 한국의 정취가 물씬 풍겨나는 곳에서 다같이 하룻밤을 보내고 나니 친밀감이 더해졌다. 탐색의 시간이 비로소 끝난 것이다. 점심 도시락을 맛있게 먹고 만대루에서 병풍을 펼쳐놓은 듯한 산수에 취해 있을 즈음, 나와 같은 조에 속한 독일 작가 야코프 하인이 슬쩍 곁에 앉았다.

나는 우선 병산서원을 세운 류성룡에 대해 간단히 설명했다. 그는 뜻밖에도 우리나라 역사에 상당한 식견을 지니고 있었다. 임진왜란을 거쳐 해방 공간을 지나 한국전쟁까지 이야기가 나아갔을 때, 나는 내내 그에게 던지고 싶었던 물음을 꺼냈다. 통일 전과 통일 후의 독일이 어떻게 다르냐고. 그는 '통일 독일'이 '분단 독일'보다 훨씬 행복하다고 힘주어 말했다. 동독 시절에 대한 그의 회고는 익살과 냉소로 넘쳐났다. 과거를 기억하는 자리에서 흔히 드러나는 촉촉한 눈빛이나 따스한 자세는 찾아보기 힘들었다.

배수아의 깔끔한 번역이 돋보이는『나의 첫 번째 티셔
츠』에서도 야코프 하인은 "공식적인 국명에 '민주'라는 말을
집어넣는 나라치고 정말로 민주적인 곳은 하나도 없다."라고
꼬집었다. 동독에서 열네 살을 보내기가 특히 힘들었다는 대
목이 또한 눈길을 끌었다. "죽도록 엄격한 교사에게 감독받
기, 자정에는 집에 있기, 용돈이라고는 한 푼도 없는" 삶에서
벗어나기 위해 그가 심취한 것은 바로 음악이었다. 정신과
의사면서 주말 DJ라는 특이한 이력이 여기서부터 비롯된 것
이다.

그의 글이 가장 빛나는 순간은 사회주의와 자본주의 양
쪽을 모두 비판적으로 바라볼 때다. 최인훈의『광장』에서 방
황하는 주인공 이명준처럼, 이것은 두 체제를 모두 깊이 체
험한 영혼의 냉정한 현실감각이다. 이명준은 조국을 등지고
제삼국으로 가다가 자살을 감행하지만, 이 젊은 작가는 통
일된 조국을 더욱 깊이 들여다본다. 익살과 냉소는 열망을
두텁게 하는 기술이면서 안락과 권태에 빠지지 않도록 스스
로를 다그치는 회초리인 것이다.

　　홍대 앞 라이브 클럽에서 열린 송별 파티에서 그는 자신의 책 면지에 사인 대신 티셔츠를 한 장 그린 후, 이게 바로 '나의 첫 번째 티셔츠'라며 맥주를 들이켰다. 성기완이 이끄는 '3호선 버터플라이'의 연주가 끝날 때마다 검지를 입술에 끼우고 불어 대던 휘파람 소리를 한동안 잊지 못할 것 같다.

3

그리하여
비일상적인
일상들

이 남자가 튀는 법

져도 좋다, 비겁한 어른만은 되지 않겠다

돈키호테의 매력은 반성을 모르는 영혼이라는 점이다. 풍차를 향해 뛰어들든 돼지 떼를 향해 달려가든, 그는 자신의 우스꽝스러운 짓을 잘못으로 인정하지 않는다. 오히려 진지하게 우리를 향해 묻는다. "나는 기사도 원칙에 따라 살아가고 있소이다. 당신의 삶의 원칙은 대체 뭐요?"

'무엇을 위해서 사는가?' 이는 쉽게 답할 물음이 아니다.

개인의 행복이나 가족의 평안을 위해 살지 않고 국가와 민족을 위해 이념을 부여잡은 채 낮밤을 보낸 시절을 의식하는 이들에게 그 물음은 깊은 상처를 안긴다. 진지함이나 처절함을 담은 진술과 묘사로 그 시절에 답하는 이야기는 비극일 수밖에 없다. 이야기는 한없이 무겁고, 살아남은 자의 죄의식은 '지금 여기'의 나날을 슬픔의 둑에 가둔다.

돈키호테형 인간을 통해 이 물음을 푸는 이야기가 속속 등장하고 있다. 우리나라에선 일찍이 이문열의『황제를 위하여』가 독자의 배꼽을 잡게 했고, 중국에서는 문화대혁명을 경쾌하게 다룬 소설로 앞서 소개한『발자크와 바느질하는 중국소녀』외에도『오 나의 잉글리쉬 보이』가 나왔다. 1960년대 일본 학생운동 세대의 후일담을 신나게 펼친 소설로는『남쪽으로 튀어』가 최고다.

이 소설은 우에하라 지로라는 초등학생의 시선으로 전개된다. 국민연금도 내지 않고 일본 국민이 되는 것조차 원치 않는 전설의 투사 이치로가 바로 이 소년의 아버지다. 이치로는 베스트셀러 작가를 꿈꾸며 평생 집에서 뒹굴며 지낸다. 그리고 아들인 지로에게 국가에서 가르치는 것들은 모두 무시하라고, 학교에 다닐 필요도 없다고까지 말한다. 이치로가 돈키호테보다 한술 더 뜨는 것은 올바른 시민이 되기를 강조하는 이들과 쉼 없이 논쟁한다는 점이다. 이치로는 줄기차게 자기만의 방식으로 현실과 맞선다.

돈키호테는 끝까지 현실과의 접점을 찾지 못하고 비유로 끝나지만, 『남쪽으로 튀어』에서는 우화로 비쳤던 에피소드들이 놀랍게 현실로 탈바꿈한다. 우에하라 가족은 제목처럼 남쪽으로 튀어 이리오모테 섬에 정착한다. 자연과 벗하며 아름답게 하루하루를 보낼 것 같은 이곳도 관광 열풍이 휩쓴 지 오래다. 불법 점거로 낙인찍힌 우에하라 가족은 합법적인 철거에 맞서 싸운다. 이때 이치로의 돌출 행동은 더 이상 비유가 아니라 현실을 비판하는 가장 강력한 무기다.

철거 반대 싸움에서 패배한 이치로는 아내와 함께 다시 떠난다. 사회는 그를 부적응자이며 과격분자라고 비판하지만, 소설은 그가 평생 한결같은 인간, 패배하더라도 절망하지 않는 인간임을 간명하게 보여 준다.

젊은 세대의 소설이 가볍게 손재주만 부리며 내용이 없다는 평을 여러 곳에서 읽었다. 가벼움과 무거움은 삶을 풀어내는 작가의 방법론일 뿐이다. 삶이 참을 수 없이 가벼울 때는 그 허허로움을 전면에 내세워 이야기를 끌어가야 하는 것이다. 자, 여기 까불대면서도 한없이 진지한 소설이 있다. 작가는 우리에게 말한다. 무거우면 안 돼. 가볍게, 남쪽으로 튀어!

알코올 그리고 평화

취하라, 모르겠거든 더 취하라

11부작 일본 드라마 「노다메 칸타빌레」를 보며 낄낄대다가 울다가 또 낄낄대며 하루 만에 끝마친 후, 23부작 애니메이션도 찾아보고, 관련 음반을 구입하여 들으면서 니노미야 토모코의 원작 만화 19권을 독파했다. 주인공인 피아니스트 노다 메구미와 지휘자 치아키 신이치의 클래식 음악을 향한 열정과 풋풋한 사랑을 직설적으로 풀어 나간 청춘물이다.

독특한 캐릭터 설정에 일가견이 있는 만화가인 토모코는 두 사람의 스승인 지휘자 슈트레제만을 속물적인 유치함과 대가다운 엄격함을 동시에 갖춘 인물로 그린다. 가벼움과 무거움, 놀이와 일, 신성과 세속이 뒤범벅된 젊은 날의 모순을 가감 없이 담는 것, 이 정직함이 바로 「노다메 칸타빌레」의 매력이다.

니노미야 토모코의 1996년 작품 『음주가무연구소』는 제목 그대로 술에 관한 만화다. 아기 타다시의 『신의 물방울』이 술의 품격을 알아 나가는 즐거움을 선사한다면, 『음주가무연구소』는 술로 인해 망가지는 인생을 적나라하게 그린다. 만화가가 고백하듯이 이 책에는 제목과 달리 술에 관해 "아무런 연구도 하지 않으며" 오직 "술을 마시고, 술에 취하고, 술에 취한 사람과 쓸데없는 행동을 하는" 이야기만 가득하다.

술 때문에 무너지는 여주인공을 소개하면서 이야기는 시작한다. 주인공은 "만화가 겸 술주정뱅이이자 음주가무연구소장 니노미야 토모코", 바로 자기 자신이다. 노다 메구미가 클래식에 빠져 식음을 전폐하듯, 니노미야 토모코는 술

통에 빠져 체면과 염치를 잊는다. 다음 날 숙취에 시달리면서 깰 때는 술로 인해 돈과 건강과 일을 잃는 것을 안타까워하며 잠깐 반성도 하지만, 다시 밤이 오면 술 마시러 나간다. 이 만화는 단도직입적으로 묻는다. 인간에게 술보다 좋은 친구가 있느냐고. 술로 인해 잃는 것보다 술을 통해 얻는 친구, 여유, 기쁨이 훨씬 소중하다는 것이다.

술자리에서 무너지는 인간 군상을 바라보는 토모코의 시선은 한없이 따뜻하고 넉넉하다. 이불에 구토를 하든지 노상에서 잠들든지 화장실 앞에 엎어져 횡설수설하든지 모두 용서하고 감싼다. 오죽하면 저렇게라도 하겠느냐는 연민과 함께 나 역시 마찬가지라는 깨달음이 스며든다. 취하지 않고는 각박한 이 한 세상 어찌 살아가리. 술에 얽힌 이태백의 시들을 읽고 싶게 만든다.

정직이 지나쳐 노골적인 추태에 눈살이 찌푸려지는 대목이 적지 않지만, 그런 장면마저도 정직한 리얼리즘을 추구하는 토모코의 힘이자 멋이다. 마감 기일에 쫓겨 술에 관한 만화를 그려야 하기 때문에 술 마시러 못 가는 아쉬움을 토로하는 토모코에게, 그리하여 우리에게 술이란 무엇일까. 왜 인간은 술 없이는 살지 못할까.

토모코는 조심스럽게 속삭인다. 경쟁 사회에서 살아남기 위해 아등바등 다투는 모습을 술집에까지 가져오지 말라고. 술집은 눈치와 비난 대신 웃음과 인정과 사랑으로 넘쳐나야 한다고. "알코올 앤드 피스!"

오!
당신이 잠든 사이

장유정

따뜻한 반전
'요래서' 인생은 살아 볼 만한 것!

장유정의 뮤지컬 대본집 『오! 당신이 잠든 사이』를 낄낄대며 읽고 진지하게 다시 읽었다. 비평가 원종원의 해설처럼, 톡톡 튀는 감각이 돋보이는 작품이었다. 처음엔 특유의 엇박자와 깔끔함에 끌려 세 편의 뮤지컬 대본과 한 편의 연극 대본을 독파했는데, 다시 읽을 때는 세상을 바라보는 장유정만의 시선에 더 끌렸다.

대본집에 실린 네 편 모두 무언가를 찾아 헤매는 이야기다. 표제작은 사라진 반신불수, 다리 병신, 고집불통 최병호를 찾고,「김종욱 찾기」는 제목대로 인도에서 만난 첫사랑 김종욱을 찾고,「멜로드라마」는 비록 불륜일지라도 지루한 일상을 넘어설 진정한 사랑을 찾고,「형제는 용감했다」는 사이가 좋지 않은 형제가 아버지 유품에서 당첨된 로또 복권을 다투며 찾는다.

근대소설을 "실패한 보물찾기"라고 규정한 이는 헝가리 비평가 루카치였던가. 근대소설뿐 아니라 장유정 대본집의 등장인물들도 하나같이 최초의 목표를 이루지 못한다. 허나 그들은 보물을 찾아 떠난 여행길에서 새로운 깨달음을 얻는다. 깨달음이 꿀처럼 달 때 관객은 함박 웃고, 깨달음이 약처럼 쓸 때 관객은 눈물 쏟는다.

장유정은 기막힌 반전을 통해 깨달음을 극대화한다. 반전 구조 서사물은 창작자와 향유자 사이에 머리싸움을 벌이는 경우가 대부분이다. 독자나 관객은 예상 밖의 이야기 전환에 놀라워하면서도 뒤통수를 얻어맞은 듯한 불쾌감을 지우지 못한다. 차가운 논리로 이야기의 구조적 완결성을 시시콜콜 따지는 비평도 수두룩하다. 장유정의 반전은 신기하게도 경쟁의식을 불러일으키지 않는다. 반전을 통해 등장인물에 대한 연민이 자라고 팸플릿에서 작가 이름을 확인하게 만든다. 나는 이것을 장유정식 '따뜻한 반전'이라고 명명하고 싶다.

무엇에 대한 따뜻함인가. 인간이 지닌 나약함을 향한 따뜻함이다. 아내와 딸을 두고 돈 벌러 상경한 못난 아비 최병호, 사랑하기 두려워 먼저 연락을 끊고도 첫사랑을 찾으려는 여인 오나라, 적당히 사회적 지위를 유지하며 지내다가 밀물처럼 찾아든 사랑에 혼란스러워하는 김찬일 강유경 부부, 아버지가 남긴 유산을 차지하기 위해 안면 몰수하고 싸우는 이석봉 이주봉 형제. 작가는 속물근성을 적나라하게 꼬집으면서도 그들이 꼭꼭 숨겨 온 삶의 애환을 보듬어 안는다. 악행에 찌들어도 미워할 수 없는 존재, 그것이 바로 인간이다.

　‘따뜻한 반전’은 상처와 콤플렉스가 치유되는 과정을 단숨에 드러낸다. 관객은 머리로 복선을 되짚어 확인하기보다 장유정이 비정하고 더럽고 탁한 세상 속에 숨겨 두었다가 펼친 따뜻한 결말에 가슴으로 젖어 든다.

　물론 이런 결말은 꿈이며 낭만이다. 그 낭만의 현실성에 문제를 제기할 법도 하지만, 뮤지컬이야말로 세파에 찌든 등장인물과 관객에게 희망을 선물하는 예술이 아닐까. 절망에서 희망으로, 상처에서 치유로, 절규에서 노래로 승화하는 장유정의 대본은 힘차다. 소극장 뮤지컬의 미래도 장유정의 대본만큼 따뜻하게 반전하기를 빈다.

코르티잔,
매혹의 여인들
수잔 그리핀

해어화의 매혹

지상에서 가장 향기로운 꽃이 될까?

사전적 의미로는 갑부나 귀족의 정부(情婦) 혹은 고급 매춘부를 뜻하는 '코르티잔'은 여러 면에서 한국 사회 속의 기생과 닮았다. 여성의 인격 자체가 무시되던 시절에 제한적이긴 하지만 성적 자유와 경제적 독립, 예술적 감흥을 누렸던 것이다.

저자인 수전 그리핀도 지적하듯이, 코르티잔이 되기 전

그녀들의 삶은 비참 그 자체다. 가난과 중노동, 강간과 폭행의 깊은 상처가 어린 시절을 뒤덮고 있다. 아무나 '말하는 꽃', 즉 '해어화'가 되는 것이 아니다.

법과 도덕의 바깥을 노닐 자유를 쟁취하려면 비장의 무기가 필요하다. 어떤 이는 춤을, 어떤 이는 웃음과 노래를, 또 어떤 이는 강렬한 눈빛을 연습하고 또 연습한다. 남자들에게는 심심풀이 매혹의 순간이 그녀들에게는 생사의 찰나로 다가온다.

코르티잔만큼이나 세련되고 예쁜 이 책 『코르티잔, 매혹의 여인들』에는 일곱 가지 덕목이 담겨 있다. 덕목들 하나하나는 눈부시지만 피사의 사탑처럼 기운 것을 감추지는 못한다. 코르티잔이라는 존재 자체가 남자들(정치가이든 예술가이든)에게 의지할 수밖에 없으므로, 그 덕목들이란 그들의 눈에 들기 위한 도구들일 뿐이다.

이 책에 담긴 코르티잔들의 일화는 조선 명기(名妓)의 삶과 겹치기에 더욱 울림을 준다.

"당돌함이 진정한 매력을 지니기 위해서는 교육을 받은 지성과 함께 해야 한다."라는 부분에서는 양반들의 허위의식을 정면에서 비웃고 조롱했던 황진이가 떠오르고, 보들레르를 비롯한 예술가들과 교감을 나눈 아폴로니 사바티에의 아름다움은 이매창을 생각나게 만든다.

진이와 매창은 굴곡 많은 자신들의 삶을 글로 담지 못했다. 그녀들이 남긴 몇 편의 시로 뜨거운 사랑과 애틋한 이별, 깊은 슬픔과 단단한 일상을 추측할 뿐이다.

하지만 코르티잔 중 상당수는 자서전을 남겼으며 우리는 빛바랜 책을 통해 그녀들의 내면 풍경을 들여다볼 수 있다. 삶을 이해할 자료가 그만큼 풍부하다는 뜻이다. 이 책에 등장하는 사건들은 종종 멋지고 통쾌하다. 하지만 내 생각에는 다소 산만하고 얇다는 느낌을 지울 수 없다.

진심에서 우러나온 언행과 남자들에게 꽃 노릇 하려고 연기한 것이 뒤섞여 있기 때문이다. 저자가 진위를 가리는 데 관심이 없으니 독자도 행간을 읽기 힘들다. 이 책에 제시된 덕목들만 지니면 훌륭한 코르티잔이 될 수 있을까? 셀레스트 베나르는 자서전을 쓴 이유를 "나는 그들에게 이러한 삶이 얼마나 위험한지 알려 주고 싶었다."라고 밝혔다.

일곱 가지 덕목을 지닌다 해도 속박은 속박이고 위험은 위험인 것이다. 저자는 프롤로그에서 위대한 코르티잔들로부터 시간이 흘러도 변하지 않을 "불굴의 용기"를 느낀다고 했다. 그러나 본문은 혹시 그녀들의 단편적인 일화가 너무 많은 것은 아닌가 싶기도 하고, 에필로그는 각각의 후일담이 독자의 통속적인 호기심을 채우기 위한 것일 수 있다는 지적도 던질 만하다.

자신의 한계를 돌파하기 위해 밤낮 없이 싸운 그녀들, 코르티잔들의 용기는, 슬픔은, 희망은 진정 어디에 숨었을까. 안타깝다.

알 수 없는 그들의 심리

정직한 고백은 없다?

누구에게나 반복해서 즐기며 함께 늙어 가는 것이 한두 개쯤은 있기 마련이다. 소설 『삼국지연의』일 수도 있고 영화 「벤허」일 수도 있으며 연극 「밤으로의 긴 여로」일 수도 있다. 나는 해마다 한 번씩 아쿠타가와 류노스케의 단편소설 「덤불 속」을 읽는다. 이야기의 시점을 가르치기에 이보다 더 좋은 작품은 없기 때문이다. 여기에 구로사와 아키라의 「라쇼

몽」까지 곁들여 소설과 영화의 차이까지 덧붙여 논하면 금
상첨화다.

단편집 『월식』에 실린 「덤불 속」은 숲에서 일어난 살인
사건에 대한 일곱 사람의 증언을 담고 있다. 가나자와 다케
히로라는 사무라이가 아내인 마사고와 함께 여행하다가 다
조마루라는 도적을 만난 후 시체로 발견된다. 참고인 네 명
을 제외하면 사무라이의 죽음을 설명할 수 있는 방법에는
세 가지가 있다. 다조마루 혹은 마사고가 벌인 짓이거나 아
니면 가나자와의 자살.

흥미로운 사실은 관아로 불려 온 용의자들이 범행을 순
순히 인정한다는 점이다. 보통 추리물의 용의자들은 범행을
극력 부인하며 갖가지 알리바이를 제시해 형사나 탐정을 혼
돈에 빠뜨린다. 허나 「덤불 속」에서는 오직 자신만이 그 죽
음의 정황을 설명할 수 있다고 다들 목소리를 높인다. 왜 이
런 어처구니없는 진술이 이루어졌을까.

다조마루는 정당한 승부 속에서 사무라이와 겨루어 죽

였다고 주장한다. 사무라이와 맞서 23합 만에 제압했다는 것이다. 결투에서 이기고 사무라이의 아내를 빼앗은 이야기는 다조마루의 악명을 드높이는 후일담이다. 사무라이 가나자와 입장에서는 다조마루라는 도적에 의해서 죽임을 당하거나 아내에 의해 죽임을 당하는 것보다 부끄러움을 씻기 위해 자결하는 것이 최선이다. 아내 마사고는 다조마루에게 강간당한 후 남편과 동반자살을 시도했지만 남편만 먼저 죽고 끝내 스스로는 자진하지 못했음을 부끄러워한다.

세 사람의 진술은 살아남기 위한 노력과는 거리가 멀다. 사무라이는 이미 죽었고, 흉악한 도적과 몸을 더럽힌 여인 역시 평탄하게 삶을 살기 어렵다. 결국 세 명 모두 자신의 자신다움을 지키기 위해 사무라이의 죽음을 이용한다. 탁월한 무예 실력까지 지닌 도적으로, 명예를 중시하는 사무라이로, 도덕을 지키기 위해 몸부림친 비련의 아낙으로 영원히 기록되기를 원한 것이다.

구로사와 아키라는 나무꾼의 증언을 통해 세 사람의 진술이 엉터리라고 몰아붙인다. 그리고 나무꾼조차도 범행 현장에 있던 값비싼 단도 하나를 훔치기 위해 거짓을 꾸며 댔음을 드러낸다. 아쿠타가와의 소설도, 구로사와의 영화도 왜 이 모든 고백을 단 하나도 믿지 못할 이야기로 만들어 버리는 것일까.

「덤불 속」은 누구를 위하여 언제 어디서 어떤 방식으로 이야기를 뱉어 내느냐에 따라 고백 또한 픽션에 근접함을 보여 준다. 이따금씩 미디어를 통해 많은 이들의 순수하고 정직해 보이는 고백을 듣는다. 마음이 탁해져서인지, 이제는 스스로를 드러내기 위해 단상에 올랐다는 사실 자체만으로도 그 고백을 의심하는 나쁜 버릇이 생겼다. 서글픈 일이다.

관찰과 추리

시인의 마음으로 편지 찾기

어린 시절, 내 책장에 가득 꽂혀 있던 추리소설은 코넌 도일의 '셜록 홈스' 시리즈와 애거서 크리스티 전집, 그리고 에드거 앨런 포의 '뒤팽' 시리즈였다. 주말이면 텔레비전 앞에 앉아 형사 콜롬보를 넋 놓고 보던 기억도 생생하다. 그때 반복해서 읽었던 소설은 애거서 크리스티의 『쥐덫』과 코넌 도일의 『네 개의 서명』이었다. 포의 소설 중에서는 『도둑맞은 편지』는 심심했고, 오히려『모르그 가의 살인사건』이 으스스한 분위기와 함께 기억에 오래 남아 있다.

대학 시절,『도둑맞은 편지』를 다시 접했다. 정신분석학자 라캉이 이 소설을 치밀하게 따진 책을 펴냈던 것이다. '왕-왕비-장관'의 관계가 '경찰-장관-뒤팽'의 관계로 어떻게 반복되는지, 낡은 주점에서 친구들과 꽤 오랫동안 거듭 따졌다.

내가 이 소설의 진면목을 깨달은 순간은 추리소설을 직접 쓰면서부터였다. 지난 2002년 겨울, 나는 김만중의 마지막 장편소설『사씨남정기』를 소재로『서러워라, 잊혀진다는 것은』이라는 소설을 발표했다. 이 소설의 주인공인 젊은 소설가 모독은『사씨남정기』를 훔쳐 오라는 장희빈의 명령을 받고 남해로 향한다. 김만중이 어떻게 모독의 눈을 피해『사씨남정기』를 끝까지 지키는가 하는 것이 이야기를 끌어 가는 핵심이었다.

그때『도둑맞은 편지』를 다시 읽었다. 읽고 싶어서 읽은 게 아니라 하도 글이 안 되서 책장 앞에 우두커니 섰다가 낡은 소설을 쑥 뽑아들었던 것이다. 놀랍게도 그 안에 보물이 숨겨져 있었다. 뒤팽은 말한다. 잘 숨기기 위해서는 찾는 자의 입장을 먼저 헤아려 보아야 한다고. 뒤집어 말하면, 잘 찾기 위해서는 숨긴 자의 입장을 먼저 헤아려 보아야 하는 셈이다.

2003년부터 백탑파 시리즈를 출간하면서『도둑맞은 편지』가 또 새롭게 읽혔다. 내가 백탑 주변에서 어울린 실학자들을 '추리'라는 틀로 묶으려고 한 것은 그들이 모두 관찰과 정리의 귀재들이었기 때문이다. 앞에서도 잠깐 언급했지만 유득공은 비둘기, 이서구는 앵무새, 이옥은 담배를 자세히 살펴 전문서적을 한 권씩 펴냈다. 백탑파 시리즈의 주인공 김진의 모델이 된 김덕형 역시 꽃에 미쳐『백화보』라는 책까지 지었다. 관찰이 추리를 낳고 그 추리가 어떤 지식을 보편적인 '앎'의 형태로 확정짓는 과정을『도둑맞은 편지』는 간단명료하게 보여 주고 있었다.

뒤팽은 편지를 훔친 장관이 수학자이면서 시인이라는 사실에 주목했다. 경찰은 장관이 시인인 탓에 덤벙거리는 바보로 간주하기도 했지만, 뒤팽은 수학자이면서 시인이기 때문에 편지를 더 교묘히 숨길 수 있다고 믿었다. 시인은 곧 다른 사람들이 보지 못하는 것을 자신만의 방식으로 발견하는 사람 곧 '견자(見者)'인 것이다. 그러고 보니 백탑파에 속한 박지원, 홍대용, 박제가, 이덕무 등도 역시 시인이다. 편지를 잘 찾고 추리를 잘 만들기 위해서는 시인의 영혼을 지녀야 하나 보다. 힘겨운 일이다.

착한 살인자

착해도, 착해서, 착하지만!

미국 추리소설계의 젊은 거장 데니스 루헤인의 소설을 읽노라면 어둠침침한 하수구를 기어 들어가듯 불편하다. 작가는 결코 서두르지 않고 오물을 뒤져 되살릴 순간을 집어낸다. 그가 만든 범죄자들은 분노하지도 흥분하지도 않는다. 이 단단한 차가움이 소설을 더욱 어둡게 만든다.

『미스틱 리버』를 비롯한 장편소설에서의 기기묘묘한 갑

갑함은 단편집 『코로나도』에도 이어진다. 다섯 편의 단편소설과 한 편의 연극 대본이 실린 이 책의 백미는 「코로나도」라는 대본의 원작이기도 한 단편소설 「그웬을 만나기 전」이다.

소설은 이렇게 시작한다. "네 아버지가 감옥으로 와서 너를 태운다." 하일지의 장편소설 『그는 나에게 지타를 아느냐고 물었다』 이후 오랜만에 만나는 2인칭 시점 소설이다. '나'도 아니고 '그'도 아니고 '우리'도 아닌, '너'라고 부를 때마다 소설 속 풍광은 유별나게 도드라진다. 독자는 객석에 앉고 '너'와 '네 아비'와 또 '네가 그럭저럭 아는 이들'이 무대에서 일을 꾸미는 듯하다.

여기서 '너'의 이름은 바비고 그웬은 바비가 사랑하는 여인이다. 바비는 감옥에 들어가기 전 값비싼 다이아몬드를 어딘가 감췄다. 바비의 아버지는 바비에게 보석을 숨긴 장소로 가자고 하고 바비는 기억나지 않는다며 시간을 끈다. 여기까지만 읽는다면 다이아몬드를 둘러싼 바비와 아버지의 갈등을 중심에 놓기 쉽다. 그런데 왜 소설 제목이 「그웬을 만나기 전」일까?

이 제목은 두 가지로 읽힌다. 하나는 그웬을 만난 후에야 바비가 진정한 사랑을 알게 됐다는 것이다. 바비를 향한 그웬의 사랑은 이런 식이다. "세상에는 네가 누구인지 말해 줄 사람도 없고 또 필요하지도 않아. 그냥 넌 너 자신인 거지. 너무나 멋져."

또 하나는 소설 말미에 밝혀지는 그웬의 죽음을 둘러싼 비밀과 연관이 있다. 그것은 곧 이미 시신이 되어 땅에 묻힌 그웬을 만나기 전에 벌어진 일로 단편소설이 짜여졌다는 뜻이다. 바비는 그웬의 시신을 확인하고 살인마를 벌하여 죽인 뒤 그 자리에 앉아 운다. "그녀를 보호하지 못했다는 사실 때문에 울고, 그녀를 다시 볼 수 없다는 사실 때문에 운다." 뒤늦은 복수는 성공했지만 울음을 그치게 하지는 못한다. 문득 그웬의 얼굴을 담은 사진이 한 장도 없다는 사실이 더더욱 슬프다. 「코로나도」를 보면 이미 죽은 그웬이 등장해서 바비를 위로한다. "자기는 착하니까" 사진 따윈 필요 없다는 것이다.

데니스 루헤인의 소설에 등장하는 살인자들에게 동정이 가는 이유를 이제야 알겠다. 한마디로 그들은 너무 착하다. 너무 착해서, 이미 죽어 뼈만 남은 애인의 복수를 주도면밀하게 계획한 것이다.

작가는 이 짧은 소설들을 통해 집요하게 묻는다. 당신은 착한가? 착하다면 복수를 위해 누군가를 죽일 수 있는가? 착한 사람에게 범죄를 저지르도록 만드는 이 세상을 그냥 둘 수 있는가? 이 질문에 답하기 위해서라도 우리는 계속 데니스 루헤인의 소설을 읽어야 한다.

공정하게 세상 읽기

법에게 물어보라!

존 그리샴의 『브로커』는 첫 장면부터 충격적이다. 퇴임을 앞둔 대통령이 거금을 받고 사면 대상을 고르고 있으니까. 법 앞에서는 만인이 평등하다고 믿는 작가의 신념이 선명하게 드러나는 대목이다. 대통령의 비리를 이렇게 적나라하게 형상화한 소설을 우리네 소설 속에서는 읽어 본 적이 없다. 절대 권력자라고 해도 결코 법을 어길 수는 없다는 것을 그리샴은 단단한 문체와 치밀한 구성으로 보여 준다.

법보다 주먹이 앞선다고 했던가. 내가 존 그리샴을 즐겨 읽는 이유는 한국 소설에서 취약한 부분을 반성하기 위함이다. 정의로운 변호사가 범죄를 저지른 권력자들과 맞서 싸워 나가는 줄거리는 오래전 출간된 김홍신의 소설 『인간시장』을 떠올리게 한다. 그런데 존 그리샴의 분신이기도 한 젊은 변호사와 『인간시장』의 주인공 장총찬의 차이는 법이 먼저냐 주먹이 먼저냐에서 선명하게 갈린다. 장총찬은 법으로 사건이 해결되리라는 것을 처음부터 믿지 않고 자신만의 힘으로 사건을 해결하려고 한다. 따라서 장총찬의 방법 역시 법을 어기는 경우가 종종 있다. 장총찬이 사건을 해결할 때마다 통쾌했던 것은 사실이지만 개인적이고 소영웅적인 응징이기에 찝찝함이 항상 남아 있다. 장총찬이 손오공이 아닌 이상 그 많은 비리들을 완전히 쓸어 버릴 수 없으며 또한 재발을 방지할 방법 역시 없기 때문이다.

존 그리샴의 변호사들 역시 불의에 치를 떨지만 그들은 결코 주먹부터 내지르지 않는다. 위협의 강도가 높아질수록 오히려 치밀하게 법전을 뒤지고 증거를 찾으며 논리를 세워 나간다. 흥미로운 점은 법을 어긴 자들 역시 변호사들을 선임한다는 것이다. 그들이 선임한 변호사는 수임료도 훨씬 비싸고 경험도 풍부하다. 심정적으로 누가 범인인지 아무리 확신이 들어도 그것을 법으로 입증하지 못하면 소용없다.

변호사와 또 피해자들은 매우 용감하고 활달하다. 포기를 모르는 족속이다. 웬만한 폭행이나 살해 위협에는 끄떡도 하지 않는다. 1990년대부터 10년 넘게 한국 소설의 주인공들은 대부분 내면의 상처로 고통받고 있다. 사랑 때문에 마음을 다쳐 세상과 제대로 소통도 못한다. 그들은 감히 법 앞에 나아가 자신에게 고통을 안긴 자들을 고발할 용기도 없다. 골방에 웅크려 울고 울고 또 울다가 지쳐 잠들 뿐이다. 물론 그 상처를 담아낸 문체는 아름답지만 어딘지 칙칙하고 치유할 의지가 없는 것처럼 느껴졌다. 존 그리샴 역시 그 상처와 고통을 충분히 드러냈지만 결코 그것을 옮겨 담는 정도에서 만족하지 않는다. 다시는 그런 아픔이 없도록 뿌리부터 철저하게 고치려고 덤벼든다.

돌이켜 생각해 보니, 한국 소설계에서 법정소설 혹은 범죄소설이 사라진 지 제법 된 것 같다. 신문의 사회 면을 스크랩하면서 소설가의 꿈을 키우는 습작생도 보이지 않는다. 미국의 법 제도와 우리나라의 법 제도가 다르기 때문이라고 말하는 이도 있다. 배심원 제도를 채택하면 훨씬 법정소설을 만들기 쉽다는 것이다. 그러나 제도의 문제 때문만은 아닌 것 같다. 사회 현실의 변화를 직시하고 또 그 문제점을 파헤쳐 논리적으로 구성하는 작가들이 점점 사라지고 있기 때문은 아닐까. 최근 부상하는 역사소설도 현실을 읽어 내지 못하는 데 대한 자괴감이나 도피 심리가 작용하고 있는 것이 아닐까.

존 그리샴의 소설은 주인공인 변호사가 끝내 법정에서 승리하고, 명예와 함께 때로는 막대한 돈까지 챙기는 것이 전형적인 줄거리다. 그러나 해피엔드로만 끝나는 것은 아니다. 가령 사형 제도 찬반 논란을 정면에서 다룬 『가스실』이나 피해자의 아버지가 강간범을 직접 죽이는 『타임 투 킬』의 경우는 주인공 변호사의 바람대로 결말에 이르지 못한다. 법정에서 승리하기 위해 최선을 다했지만 패소하거나 불만족스러운 승리만을 거두기도 한다. 존 그리샴 역시 아직 미국 법이 완전하지는 않다는 것, 또 항상 법이 약자의 손을 들어 주지는 않는다는 것을 잘 알고 있다. 하지만 그렇다고 해서 법 자체를 무시하지 않고, 최대한 예의를 갖추어 법에게 물어보는 정신, 그것이 존 그리샴 법정 스릴러의 핵심이다.

어느 시대, 어느 사회에나 법정소설 혹은 범죄소설로 옮길 사건들이 넘쳐 나는 법이다. 가령 예전에 있었던 한전의 단전조치 때문에 촛불을 켜고 생활하다가 화재로 죽은 여중생의 경우는 과연 법이 무엇인가를 다시 묻게 한다. 존 그리샴이었다면 당장 소설화했을 것이다. 한때 여론을 달구었던 수도 이전 문제도, 도청 행위에 대한 잘잘못도 법으로 가리는 시대이다. 지난날 권력자가 법을 무시하고 횡포를 부리던 시절에 비하면 많은 부분이 달라진 것은 사실이다. 그러나 바로 그렇기 때문에 지금 소설가들은 더욱 법에 기대어 논리적으로 사회적 현상을 따지고 대안까지 마련할 필요가 있다. 이젠 더 이상 주먹의 이름이나 눈물의 이름으로 세상이 돌아가지 않는다. 법에게 물어보고 세상을 읽는 데는 존 그리샴이 단연 고수다. 존 그리샴을 발판 삼아 한국 법 제도에 맞는 새로운 형태의 법정소설이 탄생하기를 기대해 본다.

4

보이지 않는
것까지도
볼 수 있는
그대의 이름,
시인

시인의 사전
언어의 일곱 빛깔 무지개

시인이란 무엇일까. 진은영은 『일곱 개의 단어로 된 사전』에서 파라의 목소리를 빌어 이렇게 답했다. "자, 밤은 길고/자신을 평가하는 모든 시인은/자신의 고유한 사전을 가져야만 한다." 박상순은 그 사전을 "6은 나무 7은 돌고래"라고 적었고, 성철 스님은 "산은 산이고 물은 물이다."라고 가르쳤다. 또한 진은영에게 그 사전은 "별은 물고기"다. 숫자와 사물을 잇든지 동어반복으로 깊이를 더하든지, 그들은 내 책상 위의 국어사전과는 다른 고유한 사전을 지녔다.

자신만의 사전은 만인의 사전과 대비된다. 만인이 상식으로 받아들이는 단어를 시인은 의심한다. 시인에게 책상은 책상이 아니고 걸상은 걸상이 아니다. 광인도 역시 자신만의 사전을 지닌다. 붓을 가리켜 낚싯대라고 하고 간호사를 가리켜 클레오파트라라고 한다. 때때로 격정적인 시인이 광인이 되기도 하지만, 그 역은 성립하지 않는다. 광인은 일회적이고 돌발적으로 이름을 갖다 대지만, 시인의 새로운 명명법(命名法)에는 일관된 창작 방식과 정서가 담겨 있다.

표제시를 보자. 진은영은 '봄, 슬픔, 자본주의, 문학, 시인의 독백, 혁명, 시' 이렇게 일곱 단어를 택했다. 왜 하필 일곱일까. 사전의 위력은 단어의 많고 적음으로 결정되지 않는다. '일곱'이든 '칠십'이든 '칠백'이든, 사전에 실린 단어에는 한계가 있다. '칠십만' 개의 단어를 채우더라도 불완전하고 역설적인 반면 '일곱' 개의 단어로도 완전한 사전이 된다. 이때 완전함의 근거는 각 단어에 대한 시인의 참신한 이해다.

　시인은 정의한다. 문학은 "길을 잃고 흉가에서 잠들 때/멀리서 백열전구처럼 반짝이는 개구리 울음"이며 시는 "일부러 뜯어 본 주소 불명의 아름다운 편지/너는 그곳에 살지 않는다."

　이 시집을 마법사 견습생의 괴짜 사전쯤으로 받아들이고 수수께끼를 풀듯 읽기를 바란다. 제목을 보고 각자 나름대로 단어의 의미를 헤아린 후 그 아래를 살펴보라는 것이다. 가령 '첫사랑'이라는 단어를 당신은 어떻게 말하는가. 시인은 적는다. "소년이 내 목소매를 잡고 물고기를 넣었다/내 가슴이 두 마리 하얀 송어가 되었다/세 마리 고기떼를 따라/푸른 물살을 헤엄쳐 갔다." '봄이 왔다.'라는 문장에서 당신은 어떤 느낌을 받는가. "사내가 초록 페인트 통을 엎지른다/나는 붉은색이 없다/손목을 잘라야겠다."

　알 듯 모를 듯 감각적이면서도 사변적인 문장 속에는 시인이 겪고 상상한 사건들이 흥미진진하게 펼쳐진다. 사건은 슬프고 아프고 때론 섬뜩한데 그 풍광을 바라보는 시선은 따뜻하다. "물에 불은 나무토막, 그 위로 또 비가 내린다."라는 것을 슬픔이라고 부른 탓일까. 시인은 시집에 가득한 비극을 기꺼이 품는다. 이 시집에서 가장 가슴 저미는 단어는 '가족'이다. "밖에선/그토록 빛나고 아름다운 것/집에만 가져가면/꽃들이/화분이//다 죽었다."

아득한 봄날

천천히, 조용히, 속절없이, 고요히

스무 살 봄날 청량리에서 경춘선에 몸을 싣고 능내에 가면 아득했다. 손을 잡고 걸어도 또 혼자여도 찰나의 충만함이 따사로운 햇볕 아래 좋았다. 평생 단 한 번 찾아든 아득함인 줄 그때 알았더라면 서둘러 표를 끊고 귀경하지는 않았으리라.

그날의 아득함을 쥐어 보이는 작품들이 있다. 영화「박

하사탕」 마지막 장면에서 하늘을 올려다보는 설경구의 어정쩡한 얼굴, "오늘 이렇게 우리 모두가 한자리에 모여 당신의 앞길을 축복합니다."로 시작하는 들국화의 노래 「축복합니다」, 그리고 김사인의 시집 『가만히 좋아하는』.

시인은 반복해서 묻는다. "나의 옛 봄날 저녁은 어디로 갔을까, 키 큰 미루나무 아래 강아지풀들은, 낮은 굴뚝과 노곤하던 저녁연기는" 하여 "나의 옛 나는 어디로 갔을까, 고무신 밖으로 발등이 새카맣던 어린 나는 어느 거리를 떠돌다 흩어졌을까"

흩어지는 것이 어디 어린 시절뿐일까. 매 순간 칼바람 속에 서서 완전무결한 하루하루를 갈망하지만 오늘은 어제가 되고 모든 일에는 후회가 남는다. "이미 저질러진 일들이여/완성된 실수여//아무리 애써도 남의 것만 같은/저 납빛의 두꺼운 하늘/잠시 사랑했던 이름들"

자, 이제 어찌할 것인가. 다시 간들 봄 경춘선에 아득함이, 충만함이, 사랑이 남았을 리 없다. 그렇다고 상처받기 두려워 방문 꼭꼭 걸어 잠근 채 숨으려는가. 육신의 나이는 아직 젊지만 내 정신은 쭈그렁이가 되었다며 자책할 것인가.

　상처 깊은, 그리움에 사무치는 영혼들에게 시인은 권한다. 가만히 좋아하라고. 그냥 천천히, 조용히, 속절없이, 고요히 사랑하라고. 결코 소유하지 않지만 늘 곁에 머무는 바람처럼 그렇게!

　내게는 이 '가만히'가 김소월이 발견한 '저만치' 홀로 피는 것만큼이나 멋지고 어려운 자세로 읽힌다. 삶이란 흔들림이 아닌가. 경쟁과 격정과 또한 비탄의 세월이 아닌가. 그러나 한 번쯤은, 이 시집을 읽는 짧은 순간만큼은 '가만히' 삶의 기미들을 들여다보고 만져 보고 냄새 맡아 보라는 것이다. "나른한 고요의 봄볕 속에서" 잊고 잃은 사물들과 기억들을, "가녀린 것들의 생의 한순간"을, 그 "외로운 떨림"에 함께 떨어 보라는 것이다. 「풍경의 깊이」에서 시인은 단언한다. "그 작은 목숨들의 더듬이나 날개나 앳된 다리에 실려 온 낯익은 냄새가/어느 생에선가 한결 깊어진 그대의 눈빛인 걸 알아보게 되리라 생각한다."

　시집을 읽은 후엔 아무것도 하지 말기 바란다. 시를 옮

겨 적지도 말고, 침묵을 견디지 못해 텔레비전을 켜지도 말
고, 친구에게 전화 걸어 좋은 시집 읽었다 수다 떨지도 말고,
가만히 눈앞의 풍경을 바라보기를. 살아 있음에 아득한 고
마움 느껴 보기를. "이도 저도 마땅치 않은 저녁/철 이른 낙
엽 하나 슬며시 곁에 내린다//그냥 있어 볼 길밖에 없는 내
곁에/저도 말없이 그냥 있는다//고맙다/실은 이런 것이 고마
운 일이다."

부대낌의 청춘

시인은 늙지 않는다

소설보다 시를 더 많이 읽던 스무 살이 저물 무렵이었다. 경춘선을 타고 대성리나 능내에 내려 두물머리에 넋을 씻던 밤, 시는 안주이자 벗이자 등불이었다. 그때는 시에 관한 평론이나 시인과의 인터뷰, 더 나아가 시집 말미에 붙은 해설도 읽지 않고, 오로지 시만 읽었다. 시인들은 영원히 늙지 않으리라 믿었고, 나 역시 늘 시와 함께 살리라 생각했다.

지난 10년 동안 거의 시를 읽지 않았다. 나뿐 아니라 시와 뒹굴던 벗들도 결혼을 하고 아이를 낳고 돈을 버느라 '시의 집'으로 눈 돌릴 겨를이 없었다. 아니다! 여유가 없었다는 것은 핑계다. 얇은 시집 한 권 읽는 데 많은 돈과 시간이 드는 것은 아니니까. 시와 벗하던 나날로 돌아가기 두렵다는 것이 솔직한 심정이리라. 기형도식으로 말하자면, 시와 함께 내 젊음만 갇힌 '빈 집'의 방문을 열고 싶지 않은 것이다.

이제는 책을 사면 표지 디자인을 보고 작가 약력도 살피고 해설은 물론이고 책 뒷날개에 붙은 그 출판사의 다른 책들까지 훑는다. 작품을 작품 자체로만 음미하겠다는 결벽성 대신 그 작품을 '만든 이'와 '읽는 이' 사이의 교감에 더 관심이 많다. 그러다 보니 작가가 보인다. 문학과 상관없는 일들 때문에 짜증 내고 고함지르고 훌쩍거리는 영혼!

최승자에 관한 장석주의 짧은 글을 읽었다. 그녀의 맛깔스러운 번역들과 지독한 시어들이 속세에서 자취를 감춘 지도 꽤 많은 시간이 흘렀다. 단 한 번도 만난 적이 없지만 내

20대를 뒤흔들었던 시인의 근황이 궁금했다. 미로 같은 삶이 힘겨울 때면, 나는 비눗방울처럼 최승자의 시들을 두 볼에 넣어 불곤 했다. "이상하지,/살아 있다는 건,/참 아슬아슬하게 아름다운 일이란다."

장석주의 담담한 글이 전하는 소식은 하나였다. 시인 최승자는 여전히 치명적인 시를 쓰기 위해 방황하고 탐색하는 중이라는 것.

최승자의 시는 부대낌 그 자체다. "이젠 비유로써 말하지 말자."라는 선언처럼 그녀의 언어는 지난한 삶에서 직접 수혈한 것이다. 나는 그 끈적거림과 불편함을 사랑했다. 봉준호가 「괴물」을 만들기 22년 전에 벌써 그녀는 "여의도는 뒤로 벌렁 누운/거대한 다족류의 벌레. 그 무수한 발끝마다 네온사인을 달고/허공을 향해 수만 개의 발가락을 꼬물거리면서/입으로는 하루 종일 먹었던 온갖 더러움을/게거품처럼 조용히 게워" 낸다고 적었다.

다시 '시의 집'을 찾아들 용기가 생긴다면, 나는 최승자의 최근작부터 사귀고 싶다. 육체적 나이는 쉰 살을 훌쩍 넘졌지만, 시와 삶을 일치시키는 아슬아슬한 외줄타기를 계속하는 시인은 늙지 않는다. 최승자의 오래된 시집 『즐거운 일기』의 마지막 시 마지막 연에서 숨이 턱 막혔다. "이제 그대가 내 적이 아님을 알았으니,/언제든 그대 원할 때 들어오라." 시인이여, 당신이 가진 슬픔 다 모아 끓인 한 사발의 죽을 함께 들고 싶습니다. 건필하소서!

내 영혼의 말뚱구슬
작고 둥글고 귀여운 맛이 혀끝에 맴돌다

황동규의 『나는 바퀴를 보면 굴리고 싶어진다』, 신경림의 『농무』, 탁석산의 『한국의 정체성』, 박제가의 『궁핍한 날의 벗』의 공통점은 무엇일까. 정답은 이 책들이 모두 시집이나 교양 도서 문고본 시리즈의 첫 번째 책이라는 것이다.

새 시리즈가 나왔다는 소식을 접하면 서점에 가서 첫 번째 책을 훑는다. 저자나 내용은 물론이고 표지와 편집 체계, 하다못해 책의 무게까지 꼼꼼하게 살핀다. 이 시리즈와 내가 계속 사귈 것인가에 대한 탐색이면서 이 시리즈가 꼭 필요한가를 내 손에 들려 있는 책을 통해 납득하는 과정이다. 영혼을 살찌우는 작고 얇고 상대적으로 값싼 양식이 시집이나 문고본이라지만, 날림 번역과 수두룩한 오자 때문에 상처받은 경험 또한 적지 않았다.

『말똥구슬』은 '우리 고전 100선' 시리즈의 첫 번째 책이다. 제목부터 심상치 않다. 저자는 유금이다. 유금이 누군가. 유득공의 숙부로 서얼이며 백탑파의 일원이고 악기 연주는 물론 기하학에도 조예 깊은 인물이다. 1776년 명나라에 사신으로 갔을 때 이덕무, 유득공, 박제가, 이서구의 시를 선별하여 『한객건연집』을 펴낸 실학자이기도 하다. 『양환집』으로 알려진 시집을 역자인 박희병은 『말똥구슬』이라는 시집으로 바꿨다. '양환'과 '말똥구슬'은 같은 뜻이지만 느낌은 사뭇 다르다. '말똥'이라는 짐승의 배설물을 지칭한 후 이어 '구슬'을 발음하는 순간, 작고 둥글고 귀여운 맛이 혀끝에 맴돈다.

왜 시집 제목이 '말똥구슬'일까. 서문을 붙인 박지원은 '중(中)'을 설명하며 이런 주장을 편다. "말똥구리는 제가 굴리는 말똥을 사랑하므로 용의 여의주를 부러워하지 않고, 용 또한 자기에게 여의주가 있다 하여 말똥구리를 비웃지 않는 법일세." 말똥은 더럽고 천하며 여의주는 깨끗하고 귀하다는 통념을 단숨에 뛰어넘는 탁견이다.

시집은 번역문을 제시하고 원문을 붙이고 아래에 각주를 다는 방식을 취했다. 어려운 한자의 뜻을 풀고 고사(故事)를 밝히는 각주도 물론 상세하지만, 종종 역자의 주관적인 감상이 담긴 각주와 마주친다. "큰 거미가 노인처럼 잠을 자누나"에 대해서는 "이 구절은 참 묘하다."라고 했고, "고요히 누우니 벌레 우는 소리 들려/문득 내 집의 가을 같아라"에 대해서는 "여운이 깊어 참 좋다."라고 했다. 객관적인 정보만 몸에 맞지 않은 액세서리처럼 주석으로 붙은 역시집들에 비해 훨씬 친절하고 따뜻하다. 역자가 한시 원문을 감상하고 합당한 한글 표현을 찾는 모습이 선명하게 그려진다.

외국시나 한시로부터 감각적인 감흥을 받기란 쉽지 않

다. 고전을 좀 더 다정다감하게 만날 수는 없을까. 역자의 고민은 이 부근에 머문다. "노복도 없이 눈 맞으며 나귀 타고서"라는 구절은 그냥 지나치지만 "이 한 구절은 참 정취가 있다."라는 각주 앞에서는 다시 눈을 돌리게 만든다. 참 정취 있는 좋은 고전 번역을 만난 것 같아 미쁘다.

고통의 찬양

슬픔을 노래하는 열 가지 방법

신이나 성스러운 존재는 늘 말씀(소리)으로 다가선다. 성당에 가면 이런저런 형상들이 있지만 그건 어디까지나 교육적인 차원에서 만들어 놓은 것이다. 신과 나의 소통은 오직 말씀을 통해 가능하다.

『두이노의 비가』의 '제1비가'가 "내가 이렇게 소리친들"에서 시작해서 "공허함이 우리를 매혹시키고 위로하며 돕는 소리를 내기 시작했다."로 끝나는 것은, 결국 우리가 탐색할 것이 말씀(천사의 말씀과 인간의 말씀)의 대립과 뒤엉킴과 화해라는 것, 그것도 슬픈 곡조가 있는 소리라는 것을 뜻한다. 헌데 이 말씀은 시각의 방해를 받지 않을 때 더욱 또렷하고 강해진다. 낮보다 밤이 중요하다. 밤은 불안과 평안을 동시에 지니고 있다. 연인과 함께 있을 때 찾아드는 평안은 순간적이다. 우리가 신의 말씀을 듣고 또 신에게 말하기 위해서는 "연인에게서 벗어나, 벗어남을 떨며 견뎌야" 한다. 홀로 남아 "정적 속에서 만들어지는 끊임없는 메시지"를 들어야 한다.

'제2비가'는 '천사의 완전함과 인간의 불완전함', '천사의 불멸과 인간의 필멸'을 대비시켜 보여 준다. 재미있는 부분은 '사랑하는 이들'을 논하는 대목이다.

"나는 안다 그처럼 행복하게 서로를 어루만지는 까닭은/애무하며, 너희 사랑스러운 자들이 덮는 곳이 사라지지 않고/너희가 거기서 순수한 영속을 느끼기 때문임을/그리하여 너희는 포옹으로부터/영원을 약속한다."

하지만 그 영원은 물론 완전한 영원은 아니다. 서로를 어루만지는 것은 인간의 몫이고, 인간을 압박하는 것은 신의 몫이다. 릴케는 여기서 약간 더 자기 방식대로 나아간다. 앞서 살핀 인간적인 방식과 신적인 방식이 아닌.

"우리 자신의 마음은 신들을 넘어섰듯 우리까지도 넘어서기에" 일단 우리 자신이 아니라 우리 자신의 '마음(내면)'이라는 것에 주목할 필요가 있겠고, 신도 넘어서고 우리가 아는 우리(상식적인 인간다움)도 넘어선다면, 그럼 뭐가 남을까.

'제3비가'는 프로이트의 정신분석학에 기대면 쉽다. '사랑하는 여인'과 '죄 많은 피의 하신'의 대립. 여인은 드러나고 하신은 숨어 있다. 하신이 여인보다 근원적이다. 그 하신은 '내면의 황야', '내면의 원시림', '거대한 근원', '오래된 피' 등으로 변주된다. 개별적인 인간보다 앞서 있는 '태곳적 수액'. (이때 앞서 있는 것은 역사나 외부 세계가 아니라 내면이다. 릴케는 계속 내면을 강조한다. 세계를 바꿀 수 있는 것은 오직 내면이라는 것이다.)

"이것이다. 우리의 내면 속의 단 하나의 존재, 미래의 존재가 아니라/수없이 끓어 오르는 것을 사랑하는 것. 각각의 어린애가 아니라/산맥의 잔해처럼 우리의 가슴 깊은 밑바닥에서/쉬고 있는 아버지들을 사랑하는 것. 지난날의 어머니들의/메마른 강바닥을 사랑하는 것. 구름이라고 끼거나, 아니면/숙명의 구름 낀 또는 맑은 하늘 아래 펼쳐진/소리 없는 모든 자연 풍경을 사랑하는 것이다/이것이 소녀여 그대에 앞서 왔다."

'제4비가'에서 핵심적인 문장은 "적대감은 항상 우리 곁에(그냥 '내 안에'가 더 정확하지 않을까.) 있다"가 아닐까. 천사와 인형, 세계와 장난감의 연결이 그 뒤를 따른다. 여기서 약간 어렵다. 우선 천사와 인형(완전히 스스로에게 충실한 내면과 내면이 하나도 없는 외면)의 대립 자체가 없던 시절로 릴케는 어린 시절을 상정하는 것 같다. 분열이 없으니 시간과 공간의 달라짐도 없다. 그 시절은 그 자체로 자기만족적인 것이다. 그래서 "그땐 형상들 뒤편에는 과거 이상의 것이 자리하고 있었고/그땐 우리 앞에 놓인 것이 미래가 아니었던 그 시절이여!"가 아닐까. 그런데 우리는 자랐고, 천사와 인형은 분리되었다. 이런 상황에서 인형이 천사가 되는 것은 불가능하지만 천사가 인형이 될 수는 있다. 연극을 통해 천사가 인형의 연기를 하면(내면을 채우면) 되는 것이다.(뒤에도 계속 나오지만, 릴케는 어린이와 성인을 구분하여, 어린이 혹은 어려서 죽은 이를 삶을 시작하기 전의 존재로 파악하는 듯하다.) 덧붙여 인간은 고독한 연극에서 "세계와 장난감 사이의 틈새에 서 있었다."

'제5비가'는 '제4비가'에 이어지는 듯하다. 배우가 곡예사로! 곡예사는 여러 가지 곡예를 보여 주지만, 이 곡예를 시키는(삶을 살게 만드는) "결코 만족할 줄 모르는 어떤 의지"가 있다.(이 의지는 '제3비가'에서 살핀 거대한 근원과 닮아 있다. 다만 '제3비가'에서는 그 근원을 벗어날 수 없음을 강조하는 데 반하여 '제5비가'에서는 의지로부터 벗어난 풍경을 보여 준다는 점이다.) 곡예의 "텅 빈 넘침을 향해 뛰어듦"은 덧없음과 맞서기 위해 순간순간의 완벽함을 추구하며 우여곡절을 겪는 우리네 삶과 닮아 있다. 연기든 곡예든 그것은 일상적인 삶이 아니라 무대 위의 삶이라는 데 주목할 필요가 있다. 일상적 삶과 '닮아 있는 것' 자체가 일상과 연극(곡예)에는 어떤 '틈'이 존재할 수밖에 없음을 드러낸다. '변용'이라는 개념도 이런 차이에서부터 출발한다. 틈(미세한 차이)이 없다면, 변용할 필요도 없으리라.

'제6비가'는 발상이 흥미롭다. 꽃을 피운 후에 열매를 맺는 것이 아니라 곧바로 열매부터 맺는 무화과나무에 대한 경탄은 꽃 피어남에서 머뭇거리는 인간과 비교된다. 영웅은 인간과 달리 무화과나무와 같다고 보는 것일까. 어머니가 영웅을 낳은 것이 아니라 영웅이 어머니를 만든다는 발상의 전환. 영속성이 문제가 아니라 상승이 현존재라는 것이 약간 어렵다. 처음부터 특별한 존재긴 했으나 완전하진 않았고, 완전함을 위해 계속 나아가기만 했다.

'제7비가'에서 주장하는 "구애하지 말라."라는 말은 바깥의 것으로 내 결핍을 채울 수 있다고 착각하지 말라는 뜻인가. 대상에 집착하여 끌려다니는 것이 아니라 대상을 내 안으로 끌어들이라는 뜻인가. "이승에 있다는 것은 멋진 일"

임을 강조하는데, 그 이승은 "우리의 마음속(내면) 말고는 어디에도 없다." 문제는 내 마음으로 세계를 바꾸는 것이다.

'제8비가'. "죽음을 보는 것은 우리뿐이다." 죽음을 알기 때문에, 삶의 덧없음을 알기 때문에 새로운 고민을 한다는 말이다.("죽음을 모르는 짐승들/죽음을 아는 인간"의 비교는 시시하다.)

'제9비가'. 인간이 지닌 여러 가지 '무상함'을 천사에게 보여 주는 것일까? 결국 그 무상함을 안타까워 하지 말고 살자는 주장이다.(나의 어린 시절도, 나의 미래도 줄어들지 않고 있다.) 그 틈이 너무 괴로우면, 끝없이 변용하면서(변용이 아니라면 무엇이 절박한 사명이겠는가.) 그리고 끝없이 연기하면서.(그 변용과 연기를 가능하게 하는 것이 말, 즉 소리, 더 멋있게 생각하면 시가 아닐까.)

'제10비가'. 단정한 마무리. 앞의 무상함에 이어 고통을 "우리의 짙은 상록수"라는 말로 찬양한다. 고통은 "장소요 주거지요 잠자리요 흙이요 집이다." 왜? 고통이 있어야 현존재를 알 수 있기 때문에. 고통과 눈물(젊은 비탄)은 당연히 형제다. 고통의 상찬은 슬픔을 긍정하는 것으로 이어진다. 그러니까 슬픔을 노래한다는 것, 다시 말해 '비가'는 고통을 상찬하는 것이고, 넘치는 현존재가 내 마음에서 솟아나는 것을 아는 것이다.

5

누가
나를
그곳으로
데려가리오

방랑하는 젊음

나를 찾아 떠나라

떠남이 아름다운 사람들이 있다. 낯선 길 위에서 깨달은 삶의 의미를 꼼꼼히 기록한 영혼들! 박지원도, 이븐 바투타도, 마르코 폴로도 견문을 넓히기 위해 돈과 시간을 쏟아부은 사람들이다. 움직일 때 그들은 빛났고, 움직이면서 무언가를 적을 때 그들은 위대했다.

723년 갓 스무 살의 잘생긴 학승이 배에 오른다. 5년 동안 머물렀던 중국 광저우를 떠나려는 것이다. 존경하는 스승이나 동학과 이별하는 아쉬움보다 길 위로 나서는 즐거움이 더 컸다. 그의 이름은 혜초. 열여섯에 고향 계림(신라)을 떠나 유학을 왔다. '참 나'를 찾아 중국으로 건너온 신라승은 400여 명을 헤아렸고 그중 몇몇은 가르침의 본향인 천축국(인도)으로 향했다. 혜초도 그중 한 사람이었다.

혜초가 천축국까지 나아간 바닷길은 초원길, 사막길과 함께 동서 문명이 교류하는 3대 핵심 여행길 중 하나였다. 남천축 출신인 금강지가 이 길로 동진하여 중국으로 와서 혜초를 가르쳤고, 금강지로부터 배움을 얻은 혜초가 스승이 왔던 길을 거슬러 서진하여 천축국에 닿았다. 4년 가까이 혜초는 철저히 길 위의 영혼이었다. 다섯 천축국은 물론이고 대식국(아랍)까지 여행하며 보고 들은 바를 기록했다. 혜초 같은 학승이 이슬람 권역까지 갔을 리 없다는 견해도 있지만, 나는 대식국으로 나아간 혜초의 심정이 헤아려진다. 여정은 바뀌기 마련이며 때로는 생의 경계까지 넘는 것이 바로 여행의 매혹이다.

혜초가 중국에서 여생을 마쳤기 때문에 우리 역사의 위인으로 넣기에 문제가 있다는 지적도 있다. 그러나 금강지의 제자인 불공이 유서에 혜초를 '신라인'이라 명시했고, 무엇보다도 혜초 스스로 남천축을 지나며 "내 나라는 하늘가 북쪽에 있고/남의 나라는 땅 끝 서쪽에 있네/일남(日南)에는 기러기마저 없으니/누가 소식 전하러 계림으로 날아가리."라고 고향을 그리는 심정을 시로 읊은 것을 볼 때, 그는 자신이 계림 출신임을 안팎으로 아로새긴 인물이었다. 한자 문명권이나 불교 문명권이라는 큰 틀 안에서 혜초를 조망할 필요가 있다. 혜초를 한국의 첫 세계인으로 꼽는 역자 정수일의 주장에 귀 기울일 때다.

4년 내내 자신의 행적을 차분히 적어 나간 혜초라면, 신라로 돌아갈 것인가 중국에 남을 것인가 하는 문제 또한 쉽게 정하지 않았으리라. 출발점으로 돌아오는 것도 인생이지만 새로운 삶을 만나 머무는 것 또한 인생이다. 그가 고승의 반열에 오른 것은 젊은 날의 여행을 한때의 즐거움으로 치부하지 않고 깊은 구도로 연결시킨 결과다. 두 번 다시 그처럼 긴 이국 여행의 기회는 혜초에게도 또 박지원에게도 없었지만, 그들은 단 한 번의 여행에서 충분히 멋진 문장과 풍부한 가르침을 남겼다.

『혜초의 왕오천축국전』은 문명 교류사의 대가인 정수일의 정돈된 해설과 치밀한 주석이 돋보인다. 혜초의 여행길을 머릿속으로 따르면서 그의 맑은 눈빛 한 움큼씩도 함께 주머니에 채우기를.

영혼을 울리는 땅

나는 어디로 가서 내 희망을 읽어야 할까

인도 여행을 떠나기 전날 나는 가방에 책 두 권을 넣었다. 『왕오천축국전』과 『인도기행』. 두 책은 1260여 년의 격차를 두고 천축국을 여행한 기행문이다. 『인도기행』은 버스나 기차에서 드문드문 읽었고 『왕오천축국전』은 잠자리에 들기 전 꼼꼼하게 살폈다. 두 책을 좌우에 두니 초행길도 두렵지 않았다.

길은 저마다의 역사를 지녔다. 석가모니가 갔던 길을 혜초가 더듬어 따랐고 그 길을 다시 법정이 훑었으며 이 여름 또 그 위를 내가 걷는다. 하여 길이란 깨달음을 추구한 사람들의 발바닥이 남긴 흔적이다. 길은 국경과 시간을 초월하여 만들어지고 갈라지고 사라진다. 나는 왜 여기 인도까지 왔을까.

『인도기행』은 1990년 3월부터 11월까지 9개월 동안 한 일간지에 연재한 글을 모은 책이다. 법정은 먼저 인도로 그를 이끈 영혼의 스승들을 지목한다. "나에게 인도는 불타 석가모니와 마하트마 간디, 그리고 크리슈나무르티로 채워져 있었다." 『인도기행』은 책으로만 접한 세 스승의 삶을 어루만지는 과정에 다름 아니다. 뭄바이에서 남인도 첸나이까지 28시간을 달려 크리슈나무르티가 집회를 열었던 집을 답사했고, 델리에서는 간디가 생애의 마지막을 보낸 집을 힘겹게 찾았다. 간디의 밝은 방 앞에서 스님은 고백한다. "그의 방은 수도승의 거처보다 훨씬 간소한 데서 놀라지 않을 수 없었고, 나 자신이 지닌 것이 너무 많아 몹시 부끄러웠다."

그리고 불타 석가모니의 언행이 가득한 중천축이 스님을 기다리고 있었다. 석가모니의 탄생지인 룸비니에서부터 열반의 땅 쿠시나가라까지, 성지를 순례하는 스님의 발걸음은 단정하고 다정하다. 정성껏 찍은 사진들은 석가모니와 연결된 인도의 오늘을 명증하게 담아낸다. 스님의 시선은 석가모니의 삶을 거울 삼아 자신의 어제와 오늘을 거듭 돌아보는 방향으로 향한다. 영혼의 스승들을 찾아왔으나, "다른 사람에게 의지해서는 안 된다. 진리를 등불 삼고 의지할 곳으로 삼으라." 하면서 석가모니의 말씀을 힘주어 강조하는 것도 이 때문이다.

나는 왜 여기 인도까지 왔을까. 법정의 목소리를 빌리자면, "나그넷길이란 자기 자신에 대한 반성과 성찰의 계기이고 자기 탐구의 길이다." 삶과 죽음을 넘어서 영혼의 순례를 쉼 없이 잇는 깨달음의 땅이 바로 인도인 것이다.

독실한 기독교 신자인 어머니는 법정의 산문을 무척 아끼신다. 『영혼의 모음』을 비롯한 책들이 늘 앉은뱅이 책상 위에 펼쳐져 있다. "법정 스님의 책들이 왜 좋은지요?"라고 여

쭈었더니 "쉽고 맑구나!" 하셨다. 쉽고 맑음이 바로 혜초와 법정이 남긴 기행문의 공통점이다. 인도의 복잡한 사회제도와 힌두의 신들을 살피느라 골머리를 앓는 내게 두 스님은 아름다운 기행문을 통해 이렇게 충고하는 듯하다. "사람 사는 곳은 다 똑같다. 집을 나서면 누구나 이교도이니 열린 마음으로 그들을 받아들여라." 합장!

깨달음과 감탄의 고향

되돌아 나오지 못할지라도

제목만으로도 가슴을 달구는 책이 있다. 오래전 『그대 다시는 고향에 가지 못하리』라는 이문열의 소설을 집었던 적이 있다. 그때 나는 내용을 들춰 보기도 전에 그날 밤 이 책을 독파하지 않고는 잠들지 않으리라고 예감했다.

가고 싶어도 가지 못하고 하고 싶어도 하지 못하는, 김광석의 노랫말처럼 "매일 이별하며" 사는 것이 우리네 인생 아닐까. 설이나 추석에 악착같이 귀향하는 이유도 돌아갈 고향이 있고 품에 안길 일가붙이가 있음을 확인하기 위해서다.

실크로드 심장부에 위치한 타클라마칸 사막은 위구르어로 '들어가면 되돌아 나오지 못하는 땅'이라는 뜻이다. 넓고 험한 탓에 동에서 서로 가든, 서에서 동으로 오든 목숨을 걸 수밖에 없다. 영국의 역사학자 수전 횟필드의 『실크로드 이야기』에는 이 사막을 거쳐 간 공주부터 목부까지, 직업과 처지가 제각각인 열 명의 고단한 삶이 담겨 있다. 그들의 인생을 풀어헤쳐 8세기 초반부터 10세기 후반까지의 실크로드를 다채롭게 조망하는 것이 둔황학자인 저자의 목표다.

이 책은 관련 자료와 유물을 인간에 대한 관심을 북돋는 원천 자료로 쓴다. 가령 사마르칸트에서 태어난 장사꾼 나나이반다크를 등장시킬 때는 소그드인 특유의 복장에 주목한다. "꼭대기를 앞으로 접은 고깔 모양의 프리지아 모자, 무릎까지 내려오는 군청색 비단 저고리와 허리띠, 장딴지까지 올라오는 가죽창 비단신, 장화 속에 자락을 쑤셔 넣은 통

좁은 바지"로부터 독자는 단숨에 실크로드를 오간 대상(隊商)의 주인공과 재회한다. 복색뿐 아니라 그가 어릴 때는 조로아스터교를 믿었으나 장성해서는 마니교를 신봉한다는 사실을 8세기 장안 지도에 마니교 사원의 위치를 꼼꼼히 표시하여 곁들인다.

고구려 유민 고선지를 존경하는 티베트 병사 세그 라톤의 무용담도 흥미로웠지만, 내 눈길을 끈 인물은 카슈미르 출신으로 둔황에서 죽은 승려 춧다였다. 카슈미르에서 북문을 통과하여 길기트 골짜기를 따르면 타클라마칸 사막까지 이어진다. 그러나 춧다는 북문 대신 서문으로 나가서 간다라와 웃디야나를 지나간다. 때는 봄이고 산비탈에는 솜다리 꽃, 용담 꽃, 나리 꽃, 앵초 꽃이 만발해 있다. 이 꽃길은 춧다보다 100년도 훨씬 전에 혜초가 답사한 길이다. 『왕오천축국전』에는 나라 이름과 경과한 시간으로만 등장하던 길이, 춧다의 걸음을 따라 봄볕 찬란한 풍광으로 바뀐다. 횟필드가 고선지나 혜초의 일대기에 도전해도 멋지겠다는 생각이 들정도다.

되돌아 나오지 못하는 줄 알면서도, 고국이나 고향으로 돌아가지 못할지도 모르는 데도, 사람들은 왜 실크로드를 따라 타클라마칸 사막을 거듭 건넜을까. 그들에게 구도자로서의 새로운 집착이 생겨났기 때문은 아닐까. 거대한 사막이 비록 고향은 아닐지라도, 이토록 많은 깨달음과 감탄이 깔린 실크로드를 어찌 떠날 수 있으리. 더 걷고 더 보고 더 느낄수록 인생은 아름다울지니!

돈황으로 가는 길

언제나 아득한 이름들이 있다

나 역시 답사차 타클라마칸 사막을 다녀온 적이 있다. 실크로드에서 우리네 선조의 흔적을 찾기 위한 답사였다. 우즈베키스탄 사마르칸트 아프라시압의 궁전 벽화에서 조우관을 쓴 고구려인을 만났고, 중국 쿠차의 옛 성벽에서 고선지 장군의 늠름한 모습을 그렸으며, 우루무치에서 둔황까지 아홉 시간 기차를 타고 또 두 시간 버스를 달리는 동안 비단

길을 걸어서 돌아온 신라승 혜초의 발바닥을 어루만졌다.

타클라마칸 사막 끝, 모래 우는 명사산을 넘으니 드디어 돈황이다. 내가 처음 '돈황'이라는 지명을 접한 것은 1983년 윤후명의 장편소설 『돈황의 사랑』을 읽고 나서다. 중국이 개방되기 전이었던 탓에 돈황이 과연 어디에 어떤 모습으로 있는지 가늠하기 어려웠다. 소설의 주인공도 이렇게 뇌까린다.

"아무리 중요한 것일지라도 우리하구 직접 관련이 없으믄 무의미하다는 거지."

윤후명은 『돈황의 사랑』에서 서역과 우리네 삶의 연관을 친절하게 짚어 준다. 막고굴 장경동에서 혜초의 『왕오천축국전』이 발견되었고, 신라인들이 즐기던 다섯 놀이 중 하나인 속독이 "서역의 타슈켄트와 사마르칸트 지방에 자리 잡고 있었던 나라인 소그드에서 전래한 탈춤놀이"였으며, 우리 문학사에서 가장 오랜 시가 중 하나인 「공후인」의 공후 역시 서역에서 온 악기라는 것이다.

주인공은 실직으로 인해 경제적 어려움을 겪고, 그 때문에 아내는 중절 수술을 하기까지 이른다. 그는 꽉 막힌 현실

속에서 사막을 걷는 사자의 환영을 본다.

"가도 가도 끝없는 허공을 사자는 묵묵히 걷고 있다. 발을 옮길 때마다 모래 소리가 들린다. 달빛에 쓸리는 모래 소리인가, 시간에 쓸리는 모래 소리인가, 아니면 서역 3만 리를 아득히 울러 온 공후 소리인가."

『돈황의 사랑』에서는 공상으로만 추측하던 아름답고 이국적인 동네 둔황에서 나는 하룻밤을 묵었다. 그리고 어슬렁어슬렁 사자 흉내를 내며 막고굴의 벽화를 하나씩 살폈다. 237번 석굴로 들어서니 비파를 머리 뒤로 넘긴 아름다운 비천상이 나를 맞아 주었다. 그 왼쪽 당나라 벽화에서 조우관을 쓴 신라인을 만났다.

삼국 시대, 돈황은 갈 수 없는 땅이 아니었다. 요시미즈 츠네오의 명저 『로마문화 왕국, 신라』에서 확인되듯, 신라인들은 중국을 넘어 인도를 건너 멀리 로마의 문화를 직접 받아들였다. 그 교역에서 쉬어 가는 고을로 돈황이 자리 잡았던 것은 아닐까. 사마르칸트와 돈황, 그리고 서안에 남아 있는 선조들의 흔적을 훑으며, 실크로드를 통한 동서양의 문명 교류에 우리 민족도 적극적으로 참여했음을 확인했다. 윤후명이 환상적으로 연결한 돈황과 우리네 삶을 이제 좀 더 사실적으로 문명 교류라는 큰 틀에서 조망할 때가 되었다.

돈황에서 서안으로 가는 비행기 안에서 대학 시절 즐겨 부르던 노래 한 구절이 떠올랐다.

"길은 내 앞에 놓여 있다. 나는 안다, 이 길의 역사를. 길은 내 앞에 놓여 있다. 여기서 네 할 일을 하라."

사막이 부르는 소리

모래알보다 많은 이야기를 밟다

세계적인 여행가 이븐 바투타의 고향인 모로코의 항구 도시 탕헤르는 유럽과 아프리카, 이슬람교와 기독교가 공존하는 도시다. 들라크루아와 마티스가 주목한 이슬람 사원의 높은 탑과 좁은 골목, 야자수와 함께 스페인과 프랑스, 미국과 영국의 흔적이 도시 곳곳에 남아 있다. 지브롤터 해협을 건너온 유럽인들에게 이 항구는 신천지로 들어가는 매혹적인 문이다.

아프리카는 두 얼굴을 하고 있다. 하나는 밀림, 또 하나는 사막. 제주도 아프리카 박물관에서 김중만이 담아 온 아프리카 사진 앞에 섰을 때, 검은 사람과 사나운 짐승과 회오리쳐 오는 바람과 불타는 석양이 내 안을 뚫고 지나갔다. 태양 가면을 쓰고 초원을 달리는 기분이랄까. 내 생애 단 한 번도 느껴 보지 못한 뜨거움이었다. 모로코와 알제리, 리비아와 이집트는 또 다른 아프리카다. 이들을 묶어 주는 공통점은 이슬람교와 지중해와 사하라 사막이다. 알라의 관대함 아래 그들은 모두 형제다.

'최후의 베두인' 카를로 베르크만의 사막 횡단기는 처절함 그 자체다. 모든 깨달음은 관조나 묵상에서 오는 것이 아니라 체험과 절규로부터 오아시스의 샘처럼 솟아난다. 작은 잘못 하나도 죽음으로 이어질 수 있기에 규율은 엄격하며 상벌은 확실하다. 야박하게 보일지 모르지만 모든 것이 부족한 사하라 사막을 건너려면 모든 일을 분명히 해야 한다. 사랑 아니면 증오, 호의 아니면 거부만이 있는 사막에서 살아

남기 위해서는 나 자신의 몸과 마음부터 단련시킬 필요가 있는 것이다.

이 책에서 가장 빛나는 부분은 낙타에 대한 묘사다. 사막에서 낙타는 짐꾼이자 이동 수단이며 말벗이자 마지막 양식이다. 저자는 반추동물 특유의 악취와 되새김질할 때마다 내는 소리에 익숙해지지 않는 사람은 사막을 건널 수 없다고 못 박는다. 검은 땀방울을 흘리며 함께 고생한 낙타를 위해 발굽을 직접 고쳐 줄 때의 기쁨과 너무 많은 짐을 지운 나머지 쇠약해진 낙타를 도살하는 장면을 목도할 때의 슬픔이 공존하는 곳이 바로 사막이다. 인간보다 먼저, 인간보다 오랫동안 청명한 밤하늘을 바라보고 침묵의 소리에 귀 기울이는 낙타를 어찌 사랑하지 않을 수 있으리.

저자는 또한 사막에서 생을 마감한 이들의 최후를 살핀다. 사막은 "죽음으로부터 도망치지도 않고, 도움을 요청하지도 않으며, 죽음을 예감하는 순간 변덕도 부리지 않는", "외롭지만 품위 있게 몰락하는" 법을 인간에게 가르쳐 준다. 죽음을 보고 듣고 만지는 일은 삶을 날것으로 바라보게 한다.

사막에는 아무것도 없다고 생각하기 쉽지만 그 어느 곳보다 많은 이야기가 숨어 있다. 낙타들이 사막에 돋은 작은 풀들을 찾아서 먹듯, 이곳의 이야기들을 발견하고 정리하여 새로운 생명을 불어넣는 것만큼 이야기꾼을 매혹시키는 일은 없다. 저자는 세 가지 다른 목소리로 자신만의 '천일야화'를 속삭인다. 귀 기울여 사막이 부르는 소리를 들을 일이다.

세상에서 가장 자유로운 기록

여행하라 그리고 기록하라

'동화의 아버지' 안데르센은 여행광이었다. 책을 팔아 조금이라도 수익이 생기면 여행 가방을 꾸렸다. 저축이나 결혼보다도 낯선 풍광이나 새로운 인간과의 만남을 소중히 여긴 것이다. 길 위에서 착상하고 불빛 흐린 객방에서 아름다운 이야기를 지은 후 또다시 길 위로 나서는 삶을 반복했다.

여행 기록은 크게 둘로 나누어진다. 하나는 호기심에서

비롯된 글쓰기다. 최근 개화기 조선을 둘러본 외국인들의 기행문이 줄지어 번역 출간되고 있다. 빛바랜 흑백사진에 우리네 선조들의 무뚝뚝한 표정이 담겼다. 긴 담뱃대를 든 늙은이도 있고 색동옷을 입은 소년도 있다.

그 책들을 읽는 마음은 복잡하다. 우선 이렇게라도 100여 년 전 모습을 실증할 수 있으니 기쁘다. 허나 그 치밀한 묘사를 가능하게 만든 호기심에는 다양한 편견이 묻어난다. 조용하고 착하지만 더럽고 미개하다는 인식 앞에서 제국주의의 섬뜩한 칼날을 발견하지 않을 수 없다.

또 다른 방식은 여행을 떠나서도 내내 집안 걱정을 하는 글쓰기다. 여로에서 만난 사람과 풍광과 사건은 집안 문제를 푸는 은유나 상징으로만 머문다. 무너진 베를린장벽에서 휴전선을 연상하고, 런던 축구장에 앉아 프리미어 리그 경기를 보며 2002년 월드컵을 떠올리는 이 방식은, 바깥을 바깥 자체로 두지 못하고 자꾸 안으로 환원시킨다. 환원되지 않는 진정 새로운 순간들은 논의에서 빠진다.

하지만 유길준의 『서유견문』은 이 둘을 가뿐히 뛰어넘

는다. 호기심을 갖되 편견에 사로잡혀 묘사하지 않으며, 개화기 조선을 개혁하려는 노력을 품되 서양이 이룩한 신문물을 그네들 방식대로 배우고 이해하려 든다. 기행문에서 흔히 등장하는 유람의 즐거움이나 고향에 대한 향수는 눈을 씻고 봐도 없다.

이 책은 당시 서양의 풍부한 교양을 20편으로 나누어 상세히 설명한다. 『서유견문』을 통해 조선은 비로소 서양인들이 자랑하는 기술 문명의 실체와 지식 수준을 가늠할 수 있게 되었다.

놀라운 사실은 유길준이 이 책을 가택 연금 상태에서 집필했다는 점이다. 여행 도중에 많은 자료를 미리 모아 정리해 두지 않았다면 불가능한 일이다. '증공국'과 '속국'을 구분하고, "속국은 조약을 체결할 권리가 없지만 증공국은 다른 독립 주권국과 동등하게 조약을 상의하거나 약정할 수 있다."라고 주장한 대목이 눈길을 끈다.

청국에게 조공을 바쳐 온 조선은 속국이 아니라 증공국이기 때문에 독자적인 조약 체결이 가능하다는 판단이 행간에 숨어 있다. 1890년 제국주의 열강의 틈바구니에서 고뇌하던 고종은 이 초고를 읽으며 무슨 생각을 했을까.

최근 많은 이들이 여행의 소회를 다양한 사진과 함께 개인 블로그에 남기고 있다. 길 위의 충격들은 아름답고 신선하지만, 한 번쯤은 호기심이나 집안 걱정에서 벗어난 글쓰기를 시도하는 것은 어떨까. 그 전에 먼저 『서유견문』부터 일독하기를!

부처가 있어도
부처가 오지 않는
나라

강제윤

티베트를 꿈꾸는 이유

세상의 모든 별을 보기 위해서라면

세상의 별은 왜 전부 라사에 뜨는가. 오래전 강석경의 장편소설 『세상의 별은 다 라사에 뜬다』를 읽으며 티베트의 높고 푸른 하늘을 그리워했다. 4000미터 고원에 자리 잡은 하늘 호수에 머리를 감는 상상만으로도 즐겁던 시절이었다.

작가의 상상력은 호방하고 우주적이다. "지구는 은하계를 여행하는 우주선이다. 이 순간에도 우리가 탑승한 지구는 시속 11만 킬로미터의 놀라운 속도로 우주를 항해한다." 지구인이라면 누구나 여행가의 삶을 타고난다는 이야기다.

그 지구에 티베트라는 땅이 있고 그 땅을 한 사내가 걷는다. 걸으며 사내는 티베트의 풍광을 만나고 티베트의 사람을 만난다. 겹겹이 쌓이는 만남 속에서 얻은 깨달음이 문장으로 박힌다.

책에 인용된 "난 결코 대중을 구원하려고 하지 않는다. 난 다만 한 개인을 바라볼 뿐이다. 난 한 번에 단지 한 사람만을 사랑할 수 있다."라는 테레사 수녀의 가르침처럼, 티베트에서의 만남은 저마다 독특하다. 사내는 그 유일무이한 모습을 유일무이하게 묘사하려고 애쓴다. 가난하고 지친 삶의 굵은 뼈마디가 툭툭 불거져 나온다. 늙은 라마승은 가죽 앞치마를 두른 채 쇳조각을 붙인 나막신을 손바닥에 끼고 오체투지를 하고, 하늘 호수가 내려다보이는 고갯마루에서 사진을 찍힌 소년은 1위안을 던져 버리고 무조건 5위안을 달라면서 고집을 부려 댄다. 육체를 향한 욕망이든 정신을 향한 욕망이든, 모든 욕망은 지독하며 편협하다.

사내는 아등바등 다투는 삶의 전장을 구름을 닮은 몇 몇 문장으로 맵시 있게 덮어 나간다. 가령 윤회에 대한 고민을 "어제의 나는 오늘 나의 전생이다. 내일의 나는 오늘 나의 후생이다."라고 풀고, 늘 슬픔과 고통에 갇혀 사는 일상을 해결하는 방법으로 "인간의 불행은 미래를 위해 오늘을 살지 못하는 데서 비롯된다."라고 적는다. 멋지다. 그 중에서 흥미로운 문장은 이것이다. "사람의 몸을 붙들어 매는 것은 장소가 아니다. 마음이다. 떠도는 것도 실상은 몸이 아니라 마음이다." 모든 고민의 시작도 내 마음이고 모든 여정의 근원도 내 마음이라는 뜻이다. 갑자기 작가에게 묻고 싶다.

"그렇다면 티베트는요? 마음이 문제라는 것을 티베트로 가기 전에 알았나요, 여행 중에 알았나요, 귀국하여 기행문을 정리하면서 알았나요? 마음이 문제라는 것을 출국 전에 알았다면 구태여 티베트의 험산을 오르내릴 까닭이 없지 않았을까요?"

작가의 말을 따라 내 생각을 밝히자면, 여행은 여전히 중요하다. 왜냐하면 우리네 마음은 시간과 공간 속에서 다스

려져야 하기 때문이다. 시공을 초월하여 언제나 한결같은 마음은 없다. 매 순간 매 시간 달라지는 '내 마음'과 '네 마음'이 있을 뿐이다.

　마음을 멋지게 다스려 간명한 문장에 담는다고 해도 세상의 모든 별이 내 집 골방에 뜨지는 않는다. 세상의 모든 별을 보려면 한없이 높고 더없이 맑은 라사에 가야 한다. 내가 평생 티베트 여행을 꿈꾸는 것도 이 때문이다.

카잔차키스의 여행법

죽음보다 더 빨리 걷고 사랑하고

용맹하기 그지없는 영혼, 번갯불 같은 섬광과 깊은 균열로 가득한 정신의 소유자, 그리스인 조르바를 새롭게 만날 기회가 생겼다. 니코스 카잔차키스 전집이 출간된 것이다. 전집에서 눈길을 끄는 책들은 여섯 권의 여행기다. 영국, 일본, 중국, 모레아, 스페인, 러시아, 지중해를 떠돌며 젊은 카잔차키스는 무엇을 사랑하고 무엇을 후회했을까. 내 손이 가장 먼저 닿은 책은 『지중해 기행』이다. 이탈리아, 이집트, 시나이 반도, 예루살렘, 키프로스를 돌며, 이 영민한 작가는 거룩한 자연과 위대한 신, 그리고 인간의 운명을 어루만진다.

인간은 왜 여행을 떠나는가. 장엄하게 삶을 탕진하기 위하여? 모든 길의 끝에 있는 심연을 발견하기 위하여? 카잔차키스는 답한다. 용감하게 살다 죽는 법을 배우기 위해서니 여행이 상처를 위로하고 치유하리라 기대하지는 말라고. 세상 어디에도 "인간을 기쁨과 긍지와 무용으로 채워 줄 보상 따위는 존재하지 않는다."

우리에게 카잔차키스는 종교적이고 심오한 영혼의 문제를 다루는 작가로만 알려져 있지만, 평생 그는 사회 현실에 관심이 많은 실천가이자 정치가였다. 마을에 닿으면 거주민들의 고통과 슬픔부터 살핀다. 이집트의 웅장한 유적들 앞에 서서 "모든 삶이 수천 년 동안 소수 지배자들의 사욕에 의해 규제되어 왔다."라는 사실에 분노하는 이도 카잔차키스고, 시나이반도에서 짐승과 벌레들, 더위나 목마름에 고생하는 유대인들을 안타깝게 묘사하는 이도 카잔차키스다.

같은 맥락에서 카잔차키스는 무솔리니와의 만남을 소상히 기록한다. 무솔리니를 아는 것이 곧 이탈리아의 현재와 미래를 조망하는 지름길이기 때문이다. 카잔차키스가 발견한 독재자의 특징은, 첫째로 관념이 아니라 신념을 지녔다는 것, 둘째로 매 순간 죽을 각오를 한다는 것, 셋째로 자신을 끊임없이 밀어붙이는 힘을 느낀다는 것이다. 덧붙여 파시즘의 본성을 단숨에 짚는다. "파시즘은 서로 어울리지 못하는 모든 사회적 이익을 국가라는 철권 아래 묶고 조화시키고 싶어 한다."

치욕의 삶과 죽음의 순교가 극에 달한 도시 예루살렘에서, 카잔차키스는 상층과 하층, 밝은 곳과 어두운 곳, 영혼과 육체의 처절한 다툼을 체험한다. 그리고 육신의 단순한 욕망을 최대한 진압하기 위한 방법으로 끝없는 고행을 제안한다.

"육신이 잠을 원하는가? 그렇다면 나는 깨어 있을 것이다. 육신이 먹고 싶어 하는가? 나는 단식할 것이다. 육신이 쉬고 싶어 하는가? 나는 일어나 산을 오를 것이다. 육신이 추워하는가? 나는 발가벗고 암석들 사이를 돌아다닐 것이다."

카잔차키스의 여행은 갖가지 고행의 흔적을 찾고 옮기고 해석한 기록에 다름 아니다. 그는 도덕이나 제도 등에 구애받지 않은 채 달리고 또 걸어가며 쓴다. 그 글이 비록 영혼의 고양, 정신의 각성, 높은 것들을 향한 돌격 등 "신의 의지에 반(反)하는 가장 큰 죄악"이라고 해도.

도시와 형용사
이스탄불이 비애의 도시라면 서울은?

터키 작가 오르한 파묵의 자전 에세이 『이스탄불』은 고향을 향한 최고의 찬사다. 태어나서 지금까지 반백 년을 줄곧 이스탄불에 거주한 작가는 도시의 운명이 사람의 성격이 된다고 주저 없이 적는다. 물론 어떤 이는 파리에서 태어나고, 어떤 이는 뉴욕에서 자라고, 또 어떤 이는 대한민국 서울에서 늙어 간다. 이스탄불에서 태어나지 않았더라면, 대가족 전체가 아파트 한 동에서 지지고 볶는 '파묵 아파트'에서 자라지 않았더라면, 낡고 누추한 이스탄불 거리를 거듭 스케치하며 시간을 탕진하지 않았더라면, 파묵의 글쓰기는 달라졌을까. 파묵은 고백한다. 그의 전 생애는 이스탄불의 우울함과 싸우다가 결국은 그것을 받아들이는 것으로 지나갔다고.

파묵은 두 가지 상반된 방식으로 이스탄불에 접근한다. 하나는 내밀한 경험이다. 가족과 친구, 첫사랑 소녀와의 때론 따뜻하고 때론 부끄럽고 때론 아득하고 먹먹한 순간들. 또 하나는 객관적 자료다. 특히 파묵은 네르발, 고티에, 플로베르의 시문(詩文)에 기대어 서양인의 시선에서 이스탄불이 어떻게 품평되었는가를 소상히 짚는다. 그리고 자신 또한 그 시선으로부터 자유롭지 않았으며, 독자적인 견해를 갖기까지 오랫동안 고뇌했음을 털어놓는다.

그리하여 파묵이 발견한 이스탄불이라는 도시의 특징은 '비애'다. "이스탄불에서 비애는 음악의 중요한 분위기이며 시의 기본적 단어일 뿐 아니라 인생관과 정신 상태, 그리고 도시를 도시이게 만든 재료의 암시이다." 프랑스 인류학자 클로드 레비스트로스가 『슬픈 열대』에서 내세운 슬픔이 서양인의 죄책감과 동정심이 혼합된 감정이라면, 이스탄불 시민들이 늘 젖어 지내는 비애는 도시가 자랑스럽게 흡수하려고 했던 긍정적인 정신 상태다. 비애를 긍정한다는 것은 무엇일까. 이스탄불의 비애는 근대가 낳은 성공을 향한 도전과 질주에 명백히 반대하면서, 빈곤과 혼란을 실패와 무능의 증거가 아니라 어떤 영광으로 지속시킨다. 돈, 연인, 성공 앞에서 의욕적으로 행동하지 않는 이 비애의 역사적 흐름을 훑고 자의식을 담기 위해, 파묵은 이스탄불을 떠나지 못한 채 거듭 이스탄불이 등장하는 소설을 썼다.

두툼하고 아름다운 책을 덮으니 "내가 나 자신을 설명할 때 이스탄불을, 이스탄불을 설명할 때 나 자신을 설명한다."라는 문장이 가슴을 찌른다. 1987년과 2002년과 2008년 6월, 뉴스에서는 서울시청 앞 밤 풍광이 자주 포착되었다. 어마어마한 숫자가 광장으로 몰려든 모습만 같을 뿐 욕망도 구호도 깃발도 미련도 천차만별이다. 같은 서울 시민이라도 분노와 짜증과 두려움과 비아냥거림과 아픔이 각자의 처지에 따라 전혀 다르게 출렁인다. 이토록 다른 6월 항쟁과 월드컵의 붉은 악마들과 광우병 촛불 집회를 아우르는 단어를 하나만 꼽는다면?

서울을 수식하는, 혀에 착착 감기는 밝고 희망찬 형용사가 벌써 많이 등장했다. 이토록 멋진 형용사는 어디서 왔을까. 거기에 서울을 만들고 지키고 성장시킨 시민들의 희로애락이 담겼을까. 유행처럼 머물다 흩어지는 것이 아니라, 오랫동안 서울을 마비시키는 동시에 이 마비의 변명이 될까. 짧게는 20년, 길게는 근대 이후 100년이라는 시간이 쌓인 서울을 어떤 단어로 틀어쥘까. 파묵이 서울 시민이었다면, 복잡다단하고 변화무쌍한 이 도시의 핵심어로 무엇을 꼽을까. 개화기에 이사벨라 버드 비숍을 비롯한 서양인들이나 35년간 군림하며 식민사관을 가르친 일본인들이 편견 가득한 시선으로 언급한 적은 있지만, 오르한 파묵이 『이스탄불』에서 했던 것처럼 근대 이후 서울을 관통하는 개념이나 감정을 추억과 자료로 버무려 펼치는 글쓰기는 없었다. 한국의 예술가여, 너 자신을 알고 싶다면 서울을 통째로 삼켜 보라. 딱 한 번 기침하라!

오름의 유혹

풍광과 시선이 만났을 때

장편소설을 탈고한 후에는 제주도에 간다. 섬 하나 없는 수평선을 바라보고 앉아 있노라면 긴장이 풀리면서 새로운 이야기가 파도처럼 밀려든다. 제주도에는 시린 바다만 있는 것이 아니다. 갖가지 오름이 장승처럼 푸근하게 길손을 맞아 들인다.

제주도 출신 사진작가 고남수가 흑백사진으로 찍고 시

인 이성복이 단상을 붙인 『오름 오르다』는 떨림을 떨리지 않게 잡아내려고 애쓴 한 예술가와 그 담담함에 묘하게 떠는 자신을 관찰하는 다른 한 예술가 사이의 지독한 대화다. 시인의 문체는 오름을 쉬엄쉬엄 오르는 노인네 발걸음처럼 유연하다. 때로는 사진보다 글이 먼저 나오지 않았을까 착각이 들 만큼 둘은 한 몸처럼 자연스럽게 어울린다.

쉽게 읽힌다고 이 책을 단숨에 완독하리라 덤비는 것은 어리석다. 오름 하나하나의 차이를 세심하게 알고 또 그 차이에 시인이 어떻게 반응하는가를 꼼꼼히 따라 짚기 위해서는, 시인만큼이나 사진 앞에서 이 궁리 저 궁리로 세월을 서성거려야 한다. 나는 이 책을 2년 반 동안 롤랑 바르트의 『카메라 루시다』, 알베르 카뮈의 『태양의 후예』와 함께 틈틈이 읽었으며 104개의 문장을 혀로 감으며 밑줄을 그었다.

가령, 시인은 물컹거리는 화면 속의 오름들을 보며 "퍼질러 누워 붕긋한 배와 처진 가슴을 드러내 놓고 잠자는 중년 여인"을 떠올린다. 오름들이 만들어 내는 곡선을 "아무도 달랠 수 없고 저도 어쩌지 못하는 하염없는 곡선"에 비기는 것이다. 하염없음이란 무엇일까. 저리 되지 않기를 바랐지만 그리 되는 것을 막지 못하는 것이 또한 인생임을 깨닫는 순간, 우리는 하염없이 울거나 하염없이 서 있거나 하염없이 걷는다. 운명 앞에 나약한 인간 그 이상도 이하도 아닌 것이다.

"두 개의 오름이 소리 없이 어깨를 맞댄 흑백의 화면처럼 생은 가난하다."라는 대목에선 숨이 막힌다. 시인은 가난을 감추거나 부정하지 않는다. "영혼의 본성 자체가 헐벗음이며 비어 있음"이기 때문에 오히려 가난을 확인하고 받아들이는 자세가 필요하며, 가난 그 자체가 지닌 진실의 아름다움에 감동하는 영혼이 되라고 권한다.

시인은 주장한다. "의미를 담지하지 않은 선(線)은 없다" 시인은 또 이렇게 적었다. "우리는 이미 알고 있는 것만을 볼 수 있다." 도대체 우리는 오름이 지닌 의미를 어떻게 미리 알아차릴 수 있을까. 감히 추측하자면, 시인은 사물과 그 사물이 지닌 비밀을 요모조모 따져 풀어헤치는 글쓰기를 산문이라고 여긴 듯하다.

하지만 멋지고 애석하게도 이 책은 다시 시적인 무언가

에 가닿는다. 책의 시작부터 끝까지 묵은 때처럼 사물에 붙은 낡은 이름을 걷어내고 새로운 의미를 부여하는 탓이다. 시인이 이 책에서 밝힌 오름이란 둥금이며 숨은 그림이며 가난이며 죽음이며 기억이며 임신의 꿈이며 즉물적인 신비며 미친 유혹이며 슬픔이다. 무엇보다도 오름은 겹겹 쌓인 의미로 출렁이는 제주도의 싱싱한 아름다움, 곧 시다.

모든 예술은 사랑

다시, 부여에서 길을 잃다

백제의 심장 부여에 봄이 온다.

부소산 낙화암에서 개나리 꺾어 고란사 아래 백마강에 띄워 보낼 때마다 젊은 시인의 사랑이 새롭다. 봄 풍광은 신동엽의 시에도 심심찮게 등장하지만 이 작은 산문집 『젊은 시인의 사랑』의 봄 향취는 홀로 아득하다.

그 봄, 전쟁이 한창이던 1951년, 신동엽은 무엇을 읽고 무엇을 쓰며 무엇을 그리워했을까. "아 그 옛날/그 강변을 거닐던 아름다운 흰 발들은/지금쯤/어디메 땅 위에서 소요하고 있을는지!" 이 시는 푸시킨의 마음이자 신동엽의 노래다. 그에게 서울은 답답한 곳이다. "서울에 와 있으면 하늘 보는 버릇을 잊는다. 해도 안 본다. 먼 산도 안 본다. 땅도 안 본다. 모두가 제 눈높이만 바라본다." 시인은 고향 부여로 내려오자마자 나들이를 즐긴다. 은산, 충화, 수촌, 규암 나루터까지. 주룩주룩 내리는 비도 사뿐사뿐 내딛는 걸음을 붙들지 못한다.

사이사이 밤새워 독파한 책들도 눈에 띈다. 젊은 신동엽은 어떤 책을 탐독했을까. 박완서의 소설 『그 산이 정말 거기 있었을까』에는 전쟁이 한창인 때에 향토 방위대에 속한 여주인공이 백석의 시집을 비롯한 여러 문학 서적을 탐독하는 장면이 나온다. 신동엽과 박완서, 또 미래의 작가들은 각기 다른 곳에서 저마다의 방식으로 '읽고 싶은 책'을 읽었던 것이다.

산문집에 실린 서목들은 확실히 어떤 선입견을 짓밟는다. 뚜벅뚜벅 괴테가 오고 이광수가 오고 도스토예프스키가 온다. 『좁은 문』이 오고 「날개」가 온다. 리얼리즘이 모더니즘과 인사하고 순수가 참여에게 술을 권한다. "모든 사람의 필요에 응하여 모든 사람은 각자의 소질을 노동으로 100퍼센트 발휘할 수 있는 세상"을 향한 집단적 열망과 "너는 가고 없더라/비인 황무지엔 나만 홀로/갈대처럼" 나부끼는 사사로운 절망이 나란히 선다. 21세기와 함께 논의되기 시작한 리얼리즘과 모더니즘의 회통이 신동엽의 삶 속에 녹아 흐른다. 남자답게 유장하며 부릅뜬 눈으로 현실을 바라보는 이도 신동엽이고, 섬세하고 발칙하고 유연하고 따사로운 이도 신동엽이다.

그 모두를 관통하는 힘은 사랑이다. 시인은 주장한다. "모든 예술은 사랑이다. 시는 사랑하는 생명의 불붙은 마음이다."

불붙은 마음은 곧잘 길을 잃는다. 그 사람이 소중할수록 한 점 티도 용납할 수 없다. 허나 완벽한 삶은 사랑에 들뜬 20대 청년에겐 너무 힘든 과제다. 마음껏 방황하고 마음껏 자학하며 또다시 시작하는 것이 생의 봄날을 맞는 젊은 이의 아름다움이 아니겠느냐고. 정직한 문장들이 제 몸을 찌르며 속삭인다.

시인은 과연 또 이렇게 적고 있다. "인간에 충실하려는 사람은 체계를 싫어한다. 체계란 철갑옷이다."

봄에는 부여행을 권한다. 가서, 길 잃기를, 아름다운 그 사람에 충실하기를!

향취 가득한 나들이

홀로 송도를 유람하다

문화유산 답사는 근대인만의 전유물이 아니다. 조선 시대 선비들 사이에서는 멸망한 고려의 도읍지인 송도 유람이 큰 인기였다. 1477년 채수와 유호인이 봄과 가을에 송도를 유람한 후 지은 두 편의 『유송도록』을 통해 당시 각광받던 답사 경로를 알 수 있다.

몇 해 전 황진이를 주인공으로 소설을 지은 적이 있다.

꽃계곡에서 공부를 마친 진이가 화담 선생을 모시고 송도를 한 바퀴 나들이하도록 그리고는 싶은데, 노변 풍광을 담기가 만만치 않았다. 고려 문인들의 시문집에서 송도 부분을 정리하고 또한 조선 선비들의 송도 여행기를 두루 훑었지만 어딘지 부족했다. 그때 큰 도움이 된 책이 바로 송나라 사람 서긍의 『고려도경』이다.

1123년에 사신으로 왔던 서긍은 단 3개월 동안 보고 들은 바를 40권에 달하는 방대한 책으로 만들어 송나라 휘종에게 바쳤다. 여행 내내 고려라는 나라를 발견하고 기록하는 데만 집중한 것이다. 이 책에는 송도행 뱃길로부터 거리 풍경, 관복과 의례, 사회제도 및 생활 풍속에 이르기까지 주제별로 다양한 모습이 생생하게 담겨 있다. 서긍은 도로 폭이나 성벽 높이, 지붕 모양을 비교할 때도 그 차이에 대해 가치평가를 하기에 앞서 꼼꼼하게 묘사하는 데 주력했다. 단정한 문장과 함께 "고려의 풍속 및 사물 중 그럴듯한 것에 대해 빠뜨림 없이 그림을 그리고 배열"한 것도 이 때문이다. 조선 선비들이 송도에 심은 망국의 슬픔이나 개화기 외국인들이 한양에 덧씌운 동양의 미개함과 어리석음의 선입견을 서긍에게는 찾아보기 힘들다.

서긍은 고려를 '예'와 '도'를 아는 나라로 파악했다. 이런 긍정적인 서술에는 고려와 힘을 합쳐 무지한 오랑캐 국가들과 대결하고 싶다는 송나라의 희망이 서려 있다. 12세기 초 고려는 송의 책봉 요구를 물리칠 만큼 당당했던 것이다. 서긍의 글에는 사이(四夷)와는 다른 고려만의 격식에 대한 설명이 흘러넘친다.

『고려도경』에서 특히 매혹적인 부분은 고려 여인을 묘사한 대목이다. 버들같이 그린 눈썹이 이마의 절반을 차지하고, 푸른색 두건에 금방울을 매단 채 비단 향주머니를 차고 거리를 오가는 여인들. 문장을 훑기만 해도 그 고운 향취가 손에 잡힐 듯하다.

『고려도경』을 덮으면서, 경주 유람, 공주 유람, 부여 유람, 한양 유람부터 다니기로 급한 마음을 다잡았다. 해마다 한 군데씩 문화유산 답사를 다니다 보면 5년 후에는 개성 나들이를 갈 수도 있지 않을까. 황진이와 서경덕이 거닐고

서긍이 찬탄해 마지않던 송도의 옛길을 필마로 돌아들며, 나만의 '유송도록'을 짓고자 하는 뜻이 허황된 바람만은 아닐 것이다.

누워서 하는 여행

그 풍경 속에 마음을 놓고 싶다

감옥에서 지도를 펼쳐 놓고 상상 여행을 다녔다는 황석영의 인터뷰를 본 적 있다. 최대한 느리게 지명 하나하나를 곱씹으며 산도 오르고 강도 건넜다는 것이다. 지도 위에서는 한 뼘도 되지 않는 태백산맥이지만 작가는 계속 오르내리며 봉우리마다 감미로운 사랑 이야기를 세우고 골짜기마다 참혹한 전쟁 이야기를 숨겼으리라.

우리네 조상들도 이런 상상 여행을 즐겼는데, 그때 빼놓지 않고 찾아 읽던 글이 바로 '산수유기'다. 산수유기는 저자의 감회와 개성이 담뿍 담긴 여행의 기록이면서 아직 그곳에 발길이 닿지 않은 이들을 위한 안내서다. 지은이의 생생한 체험을 통해 우리는 그곳의 장단점들을 미리 파악할 수 있다.

한문학자 이종묵이 역대 산수유기를 가려 번역한 『누워서 노니는 산수』에는 여행의 기쁨이 차고 넘친다. 행로는 고되나 발걸음은 힘차고 순간순간 밀려드는 깨달음 역시 답답한 가슴을 뻥 뚫어 댄다. 이때 산수는 그냥 산, 그냥 물이 아니라 그곳에 머문 선학들의 정신이 깃든 곳이다. 지리산에는 조식의 '천 길 우뚝 솟은 기상'이 서려 있고, 청량산에는 이황의 '온유돈후한 삶의 자세'가 담겨 있다.

그네들이 즐겨 찾은 산수는 먼 곳에 외따로 떨어져 있지 않다. 채제공은 자하동을 따라 관악산에서 이익을 그리워했고, 이경전이 눈썰매를 탄 곳은 노량진이며, 홍양호가 반하여 집을 지어 올린 이계는 지금의 북한산 아래 우이동 계곡이다. 일찍이 정약용은 낯익은 산수를 거듭 찾는 즐거움 셋을 이렇게 적었다.

　유년 시절 노닐던 곳을 장년이 되어 이르게 되면 이는 한 즐거움일지라. 곤궁한 시절 지나던 곳에 뜻을 이루어 이르게 되면 이는 한 즐거움일지라. 외롭게 홀로 오가던 곳을 아름다운 손들과 좋을 벗들을 이끌고 이르게 되면 이는 한 즐거움일지라.

한겨울 추위를 탓하며 방에만 웅크리지 말고 지금 당장 지도를 꺼내 상상 여행을 시작하자. 먼 곳으로 떠날 어력이 없는 사람은 가까운 동산도 좋고 실개천도 무방하다. 지도를 펼쳐 동그라미를 치는 순간부터 여행은 이미 시작된 것이다. 이왕이면 그곳에 관한 여행기라도 찾아 읽자.

　이종묵은 간명하게 권한다. 산과 물을 찾을 때는 고기나 술 대신 책을 가지고 가서 읽자고. 나도 흉내 내며 덧붙여 권하고 싶다. 내가 지금 당장 국내 여행을 떠난다면, 『누워서 노니는 산수』와 더불어 한시가 탄생한 풍광을 발로 뛰며 확인한 『조선의 문화공간』을 넣어 가겠다고. 10년 넘게 공들인 이 책은 상상 여행이 현실 여행과 어떻게 아름답게 만나는가를 보여 준다.

한시와 자연 풍광, 그리고 여행에 매혹된 이종묵은 이 책을 통해 거듭 주장한다. 대한민국 방방곡곡엔 한시가 그득하니 그 시들이 뿜어내는 향기에 취하지 않을 도리가 없고. 이제 우리가 그 짙은 향취에 젖을 때다.

6

농도 진한
한국인의
피

소설 신라열전
김동리

신라인의 마음으로
삼국유사를 읽는다
이도흠

신라인의 마음

예술을 위해서라면 이별도 기꺼이

경주에서 문화 엑스포가 성대하게 열리고 있을 당시, 나도 그곳을 방문했다. 황룡사 9층 목탑을 소재로 삼아 쌓아 올린 경주 타워는 웅장했고, 3D 입체 영화 「토우 대장 차차」도 흥미로웠지만, 정작 내 마음을 사로잡은 것은 첨성대 가는 길에 놓인 김동리와 박목월의 시화였다. 석굴암으로 가는 토함산 중턱에 '동리 목월 문학관'이 개장했다는 소식은 진작부터 들었지만, 봉긋하게 솟은 고분들을 배경으로 하고 경주를 노래한 두 문인의 시를 음미하는 맛은 각별했다.

일찍이 목월은 경주를 향한 그리움을 이렇게 읊었다. "밤차를 타면/아침에 내린다./아아 경주역.//이처럼/막막한 지역에서/하룻밤을 가면/그 안존하고 잔잔한/영혼의 나라에 이르는 것을."

문득 그 영혼의 나라를 가꾼 신라인의 마음이 궁금해졌다.

국문학자 이도흠은 『신라인의 마음으로 삼국유사를 읽는다』에서 향가를 해독하는 새로운 방법을 제시했다. 현대인의 시각으로 옛 노래들을 분석하지 말고, 신라인만의 취향이나 상징 혹은 편견을 바탕으로 그 의미를 되살려 내자는 것이다. 이를 위해 『삼국유사』에 실린 단어들을 정리하고 그 쓰임새를 하나하나 새롭게 규정했다.

이도흠이 『삼국유사』를 문헌학적으로 분석하여 신라인의 마음을 추정했다면, 김동리는 이야기를 통해 그 마음을 담아 냈다.

열여섯 가지 이야기에 등장하는 신라인의 면면은 다양하다. 장보고와 같은 장군도 있고 최치원이나 강수 같은 문인도 있으며 우륵 같은 음악가도 있다. 그중에서 특히 눈길을 끄는 인물은 신라 최고의 미녀 수로부인이다. 수로부인은 「헌화가」와 「해가」라는 노래의 주인공이다. 「헌화가」는 암소를 끌고 가던 노인이 절벽에 올라가서 꽃을 따 수로부인에게 바친 이야기를 배경으로 하는 노래고, 「해가」는 해룡에게 붙잡혀 간 수로부인을 구하기 위해 백성들이 부른 노래다.

김동리는 수로부인의 일생을 월명사와의 사랑 이야기로 녹여 낸다. 그 사랑의 핵심을 이루는 것은 월명사의 피리와 수로부인의 춤이다. 둘은 깊이 사랑하지만 혼인에 이르지 못하고 헤어진다. 세월이 흐른 뒤 나라에 큰 가뭄이 들었을 때, 둘은 다시 만나 피리와 춤으로 천신을 감동시켜 비를 내리게 한다. 두 사람의 이루어질 수 없는 사랑에 대하여 김동리는 "두 사람은 결합하지 않고 헤어짐으로써 그 재능은 신명의 응감을 불러일으키는 데 주효했다."라고 주장한다. 안타까운 이별이 두 사람의 예술혼을 더욱 뜨겁게 달구었다는 것이다.

예술을 위해 사랑마저 접는 것이 신라인의 마음일까. 그 마음의 상처 하나하나가 향가가 되고 에밀레종이 되고 석굴암 본존 석가여래좌상이 되어 경주 문화 엑스포를 찾는 우리 가슴을 깊은 감동으로 채우는가. 천년고도 경주가 그립다면 이도흠의 연구서와 김동리의 소설집으로 신라인의 마음을 가늠해 보기 바란다.

마지막까지도 단정한 그 아름다움

빈 합 열고 한숨짓던 순욱을 떠올리며

빈 합 앞에 지천명의 사내가 긴 한숨을 토하며 앉아 있다. 세월이 흘렀어도 풍채는 늠름하다.

그의 이름은 순욱. 일찍이 조조가 "나의 장자방"이라고 칭했던 사람이다. 순욱은 후한의 최고 명문가로 유학을 신봉한 청류의 후예다. 같은 청류인 원소의 품을 떠나 조조에게 간 것은 "의로써 군사를 일으켜 한나라 황실을 구할" 능력이 조조에게 있다고 판단했기 때문이다.

『삼국지』에서 흥미를 끄는 것은 단연 적벽대전을 비롯한 크고 작은 전투다. 그리고 그 전투를 예견하고 준비하며 작전을 짜고 행정을 총괄하는 이들이 바로 지략가 그룹이다. 나관중의 『삼국지』에 유비를 도와 촉나라를 세운 제갈량이 최고의 지략가로 나오지만, 순욱 역시 조조가 위나라를 세우는 데 큰 공을 세운 지략가다.

이 그룹에 속하는 제갈량, 방통, 순욱, 정욱, 노숙 등의 면모를 보면 하나같이 학덕이 풍부하고 충심이 깊으며 다양한 재주를 지녔다. 어쩌면 개개인의 능력은 그들이 받드는 이보다도 뛰어날 수 있다. 그러나 그들은 결코 윗사람의 뜻을 거스르는 전략을 펼 수 없다. 아무리 도리에 맞고 필승의 길이라 해도 우두머리와 뜻이 다르면, 지위는 물론 목숨까지 위태롭다. 그 위태로운 처지를 가장 잘 드러내는 장면이 바로 빈 합 앞에서 한숨짓는 순욱이다.

순욱이 빈 합을 받은 이유는 왕만이 누릴 수 있는 '아홉 가지 예우'를 거절하라고 조조에게 진언했기 때문이다. 이미

새 왕조를 꿈꾸기 시작한 조조는 "겸양하며 물러서 맑은 절개를 지키라."라고 한 순욱의 진언을 물리쳤고, 순욱은 "이런 일이 있을 줄 몰랐도다."라며 한탄한다. 스물아홉 살에 조조를 찾아간 후 21년 동안 순욱은 조조가 한나라 황실의 충직한 신하임을 믿어 의심치 않았던 것이다.

순욱의 지인지감이 형편없지는 않았다. 제갈량을 오장원에서 죽게 한 사마의를 중용한 이도 순욱이고, 정욱, 곽가, 순유 등을 이끌어 최고의 참모진을 구성하고 불협화음 없이 조조를 보좌한 이도 순욱이다. 그러나 순욱은 조조의 야심을 미리 살피는 데 실패했으며, 음식 없는 빈 합을 보낸 조조의 뜻을 읽고 자살한다. 부고를 접한 조조가 후회하며 성대하게 장사를 지내 주었다는 것은 인사치레에 불과하다.

어떤 이는 순욱이 원소의 곁을 떠나 유비에게 찾아갔더라면 비참한 최후를 맞지 않았을 것이라고 한다. 그러나 유비를 따른 그 많은 장수와 지략가 중에 순욱처럼 한나라의 중흥을 꿈꾼 이는 없었다. 그들 대부분은 유비를 군주로 받들며 권세와 영광을 누리기 위해 동참했을 뿐이다.

순욱의 최후에서 오히려 짚어야 할 대목은, 조조를 21년 동안 따라다녔음에도 불구하고 아닌 것은 아니라고 말할 수 있는 용기다. 함께 고생했으니 우리는 모두 같은 편이라거나, 여기까지 왔으니 그냥 주군을 믿고 따르겠다는 속세의 의리와는 전혀 다르다. 문제는 함께 고생한 시간이 아니라 맨 처음 세운 뜻을 끝까지 지키는 것이다.

나관중은 삼국의 역사를 비극으로 만들며 그 주인공으로 유비와 제갈량을 택했다. 그러나 역사적 사실로도, 연의로 옮긴 후에도 한나라를 위해 "한나라 천자를 대할 면목이 없어" 죽은 이는 순욱뿐이다. 『삼국지』에서 가장 순결하고 이상적인, 그리하여 현실에서 패퇴할 수밖에 없었던 인물 순욱. 그 한없는 절망과 마지막 단정한 아름다움에, 오늘도 나는 취한다.

충무공 리더십
**준비하고 또 준비하라,
언제나 열려 있으라**

낮익은 장면 하나가 떠오른다. 카키색 근무복을 입고 열을 지어 생도대에서 학관까지 행진하는 생도들, 수면으로 튀어 오르는 날치, 박물관 옆에 덩그러니 정박해 있던 실물 크기 거북선.『임진왜란 해전사』의 저자 이민웅 해군 소령도 그 틈에 끼어 충무공을 기리는 군가를 불렀을 것이고, 해군 사관학교 교수가 된 후로는 후배들이자 제자들이 행진하는 모습을 날마다 지켜보았을 것이다. 이 책은 바다로 난 그 길 위에서 바다를 위해 젊음을 바치고자 하는 청년들이 가슴에 새기고 또 새겼던 충무공 정신에 대한 정직한 탐구다.

이민웅은 산뜻하고 세련된 길보다 우직하고 품이 많이 드는 방법을 취해 왔다. 조선 수군 전체를 아우르는 시야를 확보하기 위해 '실록' 발췌 수군 관련 사료집인 『조선 시대 수군』을 1997년부터 동료 교수들과 펴냈으며, 필생의 과제인 『다시 보는 한국 해양사』를 집필했다. 조선 수군에 대한 무지와 오해를 사료로 하여금 말하게 하는 이 방식은 이 책 전체를 관통한다. 무수히 나오는 지도와 표와 사진은 이 책을 위해 쏟은 땀방울의 흔적이다.

사료 없이는 한 발자국도 나아가지 않겠다는 저자의 자세는 역설적이게도 이 부분의 논의를 백 보 넘게 전진시킨다. 그것은 저자가 조선의 여러 사료들을 발굴하고 숙독했을 뿐 아니라 7년 전쟁에 참여한 일본과 명나라의 사료들까지 일일이 대조하여 살피고 있기 때문이다. 7년 전쟁은 조선 조정의 당쟁 때문에 일어난 것도 아니고 이순신과 원균의 대립 때문에 일어난 것도 아니다. 정두희 등 선학들의 지적처럼, 이 전쟁은 조선과 일본과 명나라, 즉 동아시아 최강 3국이 지닌 저력이 충돌한 국제전이었다. 따라서 세 나라의 사료들을 비교 검토하는 힘겨운 과정을 거쳐야만 동아시아 최강 3국이 품었던 욕망과 상처를 파악할 수 있다.

저자는 "7년 전쟁 동안 조선 수군의 행적을 있는 그대로만 그려도 이보다 더 극적일 수는 없다."라고 주장한다. 이 말은 역설적이게도, 많은 연구 성과들이 축적되었음에도 불구하고 조선 수군을 총체적으로 조망한 저서가 없었다는 자신감의 표현이기도 하다. 저자는 역사적 흐름에 따라 쟁점들을 예리하게 짚어 나간다.

우선 7년 전쟁에 참여한 왜 수군의 규모와 장수들의 면면을 살핀다. 일본 수군의 뿌리가 센고쿠 시대의 해적에서 비롯되었고 국가적으로 체계화된 수군 조직을 보유하지 못했음을 지적하면서도, 와키자카 야스하루나 가토 요시아키 등 도요토미 히데요시 휘하 장수로 수군을 지휘하게 된 장수들이 지닌 용맹은 따로 조망한다.

개전 초기 경상도 수군의 행적에 대해서도 새로운 주장을 내놓고 있다. 경상 좌수사 박홍과 경상 우수사 원균이 "휘하 세력을 결집하여 함대를 구성하는 데 실패하고 있었다."라는 것이다. 각 수영에 군선들을 한꺼번에 모아 자침시켰다는 것은 상상에 지나지 않으며, 함대를 구성하여 본격적인 전투에 임한 것은 이순신의 전라 좌수군에서부터 비롯되었다고 본다.

강화 교섭기에 조선 수군의 활동은 그동안 상대적으로 전투가 적었기 때문에 주목을 덜 받았던 부분이다. 저자는 한산도에 통제영을 둔 조선 수군의 시련과 도전, 성공과 실패를 꼼꼼히 짚어 나간다.

1594년 극에 달한 전염병은 조선 수군 최대의 적이었다. 전체 병력 1만 8500명 가운데 3분의 1인 5663명이 감염되었고, 그중 1904명이나 죽었다. 조방장 어영담이 이때 죽었고, 이순신 자신도 1594년 3월 병에 걸려 12일 동안이나 고생했다. 군량미 확보 역시 큰 문제였다. 이순신은 둔전을 일구기 위해 선산 부사를 지낸 정경달을 선전관으로 삼기 위해 장계까지 올린다.

　저자는 당시 이순신이 품은 최고의 야심을 250척 규모의 대함대 건설이라고 보았다. 이순신은 군선 250척만 있으면 "일본 수군의 동향과 관계없이 제해권을 확보할 수 있다."라고 믿고 각 수영별로 할당량을 내렸지만 140척 확보에 그치고 말았다. 비록 목표량을 채우지는 못했으나 이때 증조한 군선은 정유재란까지 왜 수군이 감히 조선 수군과 맞서 싸우지 못하는 중요한 요인이 되었다.

　칠천량 패전에 대해서도 새로운 관점을 제시하고 있다. 새로 통제사로 부임한 원균이 조정의 명에 따라 군선을 둘로 나누어 번갈아 부산 쪽으로 나아갔다는 것이다. 그러나 도원수 권율이 통제사 원균을 불러 직접 곤장까지 치고 출정을 종용한 끝에 원균이 조선 수군 함대 전체를 이끌고 부산으로 진격한 것으로 저자는 파악하고 있다. 칠천량 해전의 구체적인 전황과 조선 수군의 패착을 자세히 짚은 것은 물론이고 원균의 부족한 리더십 역시 패전의 중요한 이유였음을 명확하게 밝힌다.

명량 해전에서는 두 가지 매우 논쟁적인 주장을 편다. 먼저 해협에 철쇄를 가설했다는 일부 학자들의 주장을 허구라고 단정 짓는다. 해전 기록에 의하면 일본 군선 31척 격침만 확인되며, 철쇄를 통한 전과는 아군이나 적군 기록 어디에도 존재하지 않는다는 것이다. 또한 명량해전의 격전지 역시 해협의 가장 좁은 곳에서 우수영 앞바다로 조심스럽게 추정한다. 기존 해협은 물살이 너무 빨라 전투 자체가 불가능하며, 왜선이 조선 군선을 에워쌌다는 『난중일기』의 기록에 근거할 때, "해협을 통과하여 우측으로 구부러진 곳"이 전투를 벌인 곳이라고 한다.

현역 해군 장교인 저자에게 이순신은 역사의 위인뿐 아니라 대양 해군을 표방하고 있는 대한민국 해군 장교의 한 표본으로 다가선다. 그는 이순신의 탁월한 리더십을 두 가지로 요약한다.

하나는 준비하고 준비하고 또 준비하는 자세이다. 거북선을 만들고 전라 좌수영 함대를 조련하며 뱃길을 살피고 왜 수군을 정탐하며 출전 직전에 점까지 친 이순신의 모습은 완벽한 승리를 위해 정말 온 힘을 다하는 장수의 모습 그 자체가 아닐 수 없다.

또 다른 하나는 열린 자세다. 『난중일기』를 살피면, 이순신은 밤늦도록 부하 장수들과 논의를 한다. 배울 것이 있다면 군졸이나 목동에게까지 묻기를 주저하지 않는다. 저자는 이러한 이순신의 열린 리더십이야말로 저마다의 장점을 극대화하여 적재적소에 장졸들을 배치할 수 있게 했다고 보고 있다.

조선 수군에 대한 총체적인 접근을 했으니, 이제 '이순신 평전'이나 '조선 수군은 어떻게 살았을까'를 쓰는 것이 저자의 몫이리라. 사료와 사료 사이의 검은 구멍을 메우는 몫을 어리석은 소설가에게만 맡기지 말고, 저자가 정말 이순신이라는 한 수군 장수의 내면으로 침잠하고, 또 이름 없는 수군 장졸들의 고충을 하나씩 밝혀 나가는 작업을 했으면 한다. 저자는 그 특유의 넉넉한 미소와 함께 "내는 몬하요. 김

선생이 하소."라고 말할지도 모르겠지만, 7년 전쟁 동안 조선 수군이 바다에서 거둔 승리의 기록을 이렇게 꼼꼼히 또 재미나게 기록할 필력이라면, 아무리 큰 욕심을 부려도 그것은 욕심이 아닐 것이다.

사족으로 덧붙이자면, 나는 저자와 함께 해군사관학교에 근무한 인연이 있다. 그 작은 인연에 기대어, 『불멸』 초고를 쓰고 『불멸의 이순신』을 개작할 때, 저자를 무던히도 괴롭혔다. 특히 전투가 없었던 시기에 이순신이 조선 수군을 어떻게 재정비했고, 또 부하 장수들을 어떤 리더십으로 이끌었는가 하는 부분에서는 큰 도움을 받았다. 사람과 사람의 인연이 책과 책의 인연으로 이어지니 고맙고도 기쁘다. 바다와 해군을 사랑하는 저자의 갯비린내 나는 다음 글을 기다려 본다.

신의, 지기, 보은

협객은 무엇으로 사는가

정조 연간에는 탁월한 재주를 가진 인물들이 많았다. 박지원의 문장, 김홍도의 그림, 김영의 천문학, 박제가의 시도 빼어나지만, 이름만 들어도 흥겹고 신나는 걸물은 백동수다. 실학자 이덕무의 처남인 백동수는 마상 무예의 달인으로 성격이 호방하고 의리가 깊어 당대의 협객으로 명성이 자자했다.

김홍준의 「장밋빛 인생」처럼, 내게도 대학 시절 숱한 밤을 보낸 낡은 2층 만화방이 있다. 최신간만 따로 진열된 좁은 입구를 지나면, 한쪽 벽을 가득 채운 소설들과 맞닥뜨렸다. 이름하여 무협지! 김용에서부터 시작된 무협 세계의 탐험은 10년이 흐르고도 지치지 않았다. 그 사이 홍콩 영화 「동방불패」와 「소오강호」가 나왔으며, 왕자웨이의 「동사서독」에 이르러 무협은 내면을 들여다보는 또 하나의 예술로 승화되었다.

중문학자 문현선의 『무협』은 역사상 실존했고 또한 영웅화된 협객들의 어제와 오늘을 다룬다. 저자는 사마천의 「유협열전」에 기대어 "알고 지낸 사이도 아닌데 스스로 나서서 억울한 사람의 원수를 갚아 주겠다고 약속하고 그 약속에 자신의 목숨을 걸어 반드시 이행하는 사람"이라고 유협을 정의한다.

저자가 예리하게 파악한 협객의 공통점은 세 가지다. 첫째는 '신의'다. 협객은 특정한 행위를 수행함으로써 완성되는 실천적 존재인데, 그 행위의 핵심이 바로 신의인 것이다.

둘째는 '지기'다. 협객은 자신의 잠재 능력까지 알아보고 대접해 주는 사람을 위해 목숨을 건다. 셋째는 '보은'이다. 협객은 은혜를 받았다면 은혜를 갚고, 원한을 맺었다면 원수를 갚는다.

협객이 영웅인 까닭은 자신을 알아주는 사람으로부터 받은 은혜를 갚고 신의를 지키기 위해 목숨을 걸기 때문이다. 평범한 사람들이 사사로운 이익을 얻으려고 애쓸 때, 협객은 자신을 던져 의로움을 취한다. 정말 "그렇게 하면 살 수 있는 데도 그렇게 하지 않고, 그렇게 하면 죽음을 피할 수 있는 데도 그렇게 하지 않는 것은, 삶보다 더 바라는 것이 있고 죽음보다 더 싫은 것이 있기 때문이다."

화려한 무협 이야기는 대부분 '성장소설'의 구조를 띤다. 주인공은 하나같이 고귀한 혈통이지만 어린 나이에 가문의 몰락이나 부모의 죽음을 겪고 최악의 상황까지 내몰린다. 숱한 역경을 극복하면서 무예를 쌓아 가문의 철천지원수를 제압하는 것으로 대단원의 막이 내린다. 반복되는 구조임에도 계속 무협소설에 빠져드는 이유는 현실의 어려움을 멋지게 이겨 내는 주인공에게서 대리 만족을 얻기 때문이다.

무협소설의 배경인 강호와 21세기 대한민국은 무척 다르다. 협객 한 사람의 힘으로 사파(邪派)를 물리치고 정의를 되찾는 일은 불가능하다. 선거 때마다 대의를 부르짖는 이들이 늘고 있다. 그러나 아무리 눈을 씻고 봐도 덕치주의의 높은 이상을 품고 단호한 용기와 실천력을 가진 이는 드물다. 학식과 무예를 한 몸에 지닌 장쾌한 협객의 시대는 정녕 가 버린 것일까.

희망의 아우라
한 개화기 지식인의 새로운 나라 만들기

척화와 개화의 대립을 선악의 문제로 살펴 단죄할 수는 없다. 인조반정 이후의 조선 후기 사상사가 그 부딪힘 아래로 녹아 흐르기 때문이다. 청나라를 인정하지 않는 북벌과 소중화의 사유는 300년 가까이 정치 권력의 중심에 서 있었고, 청나라의 실체를 인정한 실학파의 고민과 슬픔은 남도의 아름다운 해안과 섬을 맴돌았다. 주변에 머무르던 개화파가 단숨에 중심으로 치고 올라왔던 갑신정변은 조선 후기 사상사의 구도를 뒤엎은 사건이 아닐 수 없다. 열혈 청년 김옥균과 박영효에게 혁명의 기운을 불어넣은 장본인, 그가 바로 개화승 이동인이다.

외세의 침략을 경계하면서도 외세를 통해 국력을 키워야만 했던 개화파의 이율배반적인 태도에 대한 평가는 지금까지도 '뜨거운 감자'로 남아 있다. 『이동인의 나라』의 저자 신봉승은 그의 삶을 따라가며 개화기 지식인이 기획했던 새로운 나라 만들기의 의미를 되새긴다. 머리말에서 밝힌 명치유신과의 횡적 비교를 받아들이지 않더라도, 19세기 말의 지식인들이 낡은 국가를 버리고 새로운 국가를 건설해야 하는 시대적 과제를 안고 있었던 것은 사실이다.

소설은 크게 두 축으로 진행된다. 먼저 외세로부터의 상처와 외세에 대한 관심에 초점을 맞추어 이동인의 삶을 훑어 내린다. 이동인이 휘날린 '개화'의 깃발이 단순한 호기심이나 추종의 결과가 아님을 증명이라도 하듯, 작가는 이동인의 고통에 찬 얼굴과 복잡한 내면을 성장소설적 기법으로 치열하게 더듬는다.

또한 작가는 이동인이 살았던 시대의 큰흐름을 정치 권력을 중심으로 개괄한다. 이 역사적 사건들을 소설의 시간적 배경으로만 간주해서는 안 된다. 이동인의 외교 활동이 정치 권력의 중심, 즉 당시 권력을 장악한 민씨 일파와 왕실의 후원 속에서 이루어진 것이라면, 당대의 정치 권력을 일람하는 것은, 곧 이동인의 한계를 가늠하는 과정이기도 하다.

근경과 원경을 따라가다 보면, 어느새 우리는 일본의 근대화에 대한 이동인의 감동과 이를 조선으로 옮기려는 애국적 열정을 느끼게 된다. 이것은 일본과의 담합을 감추려는 고도의 술책인가 아니면 외세로부터 조국을 지키려는 고뇌에 찬 결단인가. 추종자가 늘수록 의심의 칼날도 번뜩이기 마련이다. 이동인의 실종을 척화파에 의한 납치 및 암살로 처리한 노대가의 추측 역시 이 대목에서 설득력을 얻는다.

개화파들의 새로운 나라는 이동인의 실종, 갑신정변의 실패로 인해 끝내 세워지지 못했다. 그러나 우리는 그 짧은 생애의 행간에서 죽음 너머로 펼쳐진 희망의 아우라를 감지

한다. 그것이 실패한 사상가들의 어지러운 삶을 작은 이야기로나마 정리하여 살피는 이유일 것이다.

태백산맥

조정래

오 하느님

조정래

지독한 인생

파란만장 우여곡절, 그 이후에는

월간지처럼 소설책이 나오기를 손꼽아 기다린 시절이 딱 한 번 있다. 그 책은 대하소설 『태백산맥』이다. 신간을 읽은 날에는 뿌듯한 마음으로 염상진처럼 김범우처럼 가끔은 하대치처럼 역사와 정의로움에 관해 벗들과 격론을 벌였다. 염상진이 자폭하고 하대치가 그 무덤 앞에 무릎을 꿇었다가 사라진 후엔, 이제 무엇을 읽으며 삶의 균형을 잡을까 망연자실했다.

조정래가 『아리랑』과 『한강』 집필에 몰두하는 동안, 나도 부족한 소설책을 내고 문단 말석에 이름을 올렸다. 역사소설을 쓰기 위해 산천을 떠돌면서 『태백산맥』과 다시 조우했다. 발바닥으로 가고 눈으로 보고 손으로 정리하지 않은 것은 쓰지 않는다는, 글이 잘 풀리지 않을수록 책상 앞으로 바싹 당겨 앉는다는 대하소설 작가의 작업 지침을 나는 『태백산맥』과 『누구나 홀로 선 나무』를 통해 배웠다. 우리 생의 파란만장을 담은 대하소설을 짓기 위해서는 정직한 문체로 전력투구할 수밖에 없다.

『오 하느님』은 빙빙 주변을 돌지 않고 격렬한 이야기로 곧바로 진입한다. 여기, 노르망디에서 포로로 잡힌 한 사내가 있다. 그는 조선인이다. 그가 노르망디까지 오게 된 여정은 소설의 소제목만 훑어도 간명하게 드러난다. 일본군, 소련군, 독일군, 미군의 포로! 조선인임에도 불구하고 그는 일본군이 되었다가 소련군의 포로로 잡혔고, 다시 소련군이 되었다가 독일군의 포로가 되었고, 다시 독일군이 되었다가 미군의 포로로 잡힌 것이다.

　이 소설의 주역은 어쩌면 2차 세계대전이다. 신길만을 비롯하여 소설에 등장하는 조선인들은 전투의 승패에는 관심이 없다. 그들은 오로지 살육의 현장에서 살아남기 위해 발버둥 친다. 소설 도입부에 펼쳐진 몽골의 대초원은 온 천하가 전쟁터임을 암시한다. 지평선이 훤히 보이는 드넓은 땅이건만 이 한 몸 숨길 방법이 없어 다치고 죽고 악취를 풍기며 까마귀의 먹이가 되는 것이다.

　『오 하느님』은 지금 이 순간 삶이 끝났다는 두려움의 절규일 때도 있고, 오늘을 무사히 넘긴 후 내뱉는 안도의 혼잣말일 때도 있다. 탄식은 최소한의 여유를 전제로 한다. 두 손 모으고 무릎 꿇고 눈 질끈 감은 채 절대자에게 의지할 비록 짧지만 소중한 시간이 허락되는 것이다. 저자는 마지막 장면에서 이러한 여유마저 사라지는 비정한 최후를 그린다. 소련으로 송환된 조선인들은 독일에 항복했다는 이유로 기관총 세례를 받고 즉사한다. 독일과 일본이 전쟁에서 패했으니 이제 무사히 고향으로 돌아가리라는 기대는 한순간에 핏빛 죽음으로 바뀐다.

　단권으로도 충분히 뛰어난 소설이지만, 읽는 내내 이런 소재라면 웅장한 대하소설이 더 어울리겠다는 생각이 들었다. 조정래가 지리산 굽이굽이를 누비며 『태백산맥』이라는 걸작을 완성했듯이, 이제는 젊은 작가들이 지구 곳곳을 답사하며 새로운 인생을 발견할 때다.

망각을 기억하는 책

**색색가지 밑줄과 들쑥날쑥한 메모로
남긴 감동**

대하소설의 시대는 가 버렸다고 한다.

두 권도 많고, 한 권을 내더라도 독자의 구미에 맞도록
양장에 경장편으로 가라는 것이다. 나는 파란만장한 삶을
풍부하게 담은 대하소설을 쓰고 싶다. 스물여덟 살 늦가을
『완월회맹연』이라는 소설을 읽은 후 굳힌 결심이다.

『완월회맹연』은 반만년 역사를 통틀어 이 땅에서 지어

진 이야기 가운데 가장 긴 작품이다. 프랑스에 발자크의 『인간희극』이 있고, 러시아에 톨스토이의 『전쟁과 평화』가 있다면, 우리에겐 180권 180책의 『완월회맹연』이 있는 것이다. 하루에 한 권씩 독파해도 꼬박 여섯 달이 걸리고 두 번 읽으면 한 해가 저문다. 완월대에서의 혼약이 이루어지는 과정을 그린 결 고운 연애소설이자 천상의 운명이 유장하게 펼쳐지는 역사소설이기도 하다.

『완월회맹연』을 둘러싼 망각은 두 겹이다.

첫째로 이 작품은 한국 소설사에서 사라진 부분을 꼬집는다. 조선 후기에 등장하기 시작한 대하소설은 『완월회맹연』 외에도 『임화정연』, 『명주보월빙』, 『윤하정삼문취록』, 『명행정의록』 등 50권이 넘고, 속편이나 파생작까지 살피면 작품의 규모와 독자의 관심은 가히 폭발적이었다. 『완월회맹연』을 읽는 내내 문학판 벗들에게 이 작품을 소개했지만 되돌아오는 눈빛은 차디찼다. 낯선 제목에 고개를 갸우뚱거리거나 혹시 그 작품이 중국이나 일본 번역물이 아니냐는 물음을 던지기도 했다. 판소리소설이나 군담소설에만 익숙한 그들에게 웅숭 깊은 조선 시대 대하소설이 믿기지 않는 모양이다. 버젓이 존재하면서도 잊혀지는 것은 정말 서러운 일임을 그때 처음 알았다.

둘째로 이 작품은 소설 읽기에서 망각이 지닌 독특한 맛을 선사한다. 스물여덟 살 그 늦가을 『완월회맹연』을 완독한 후 짧은 논문이라도 쓰려고 줄거리를 정리했다. 우중충한 저녁에 이미 나는 소설의 상당 부분을 잊고 있었다. 등장인물과 사건은 뒤죽박죽 섞이고 100권에서 잠깐 나왔던 인물을 앞에서 찾아내느라 밤을 꼬박 새우기까지 했다. 문득 엉뚱한 생각이 들었다. 이 소설의 참다운 독법은 기억하는 고통보다 망각하는 즐거움이 아닐까. 소설이 인생을 가장 많이 닮은 예술이라면, 기억과 망각이 부부처럼 어우러진대도 탓할 일이 아니다.

서른여덟 살 늦가을, 『완월회맹연』에 관한 논문을 심사하느라 며칠을 끙끙대고 있었다. 작품 분석에 사용한 장면들이 떠오르지 않아서였다. 책장 위 구석자리에서 먼지 앉은 소설책을 꺼내 폈다. 색색가지 밑줄과 들쑥날쑥한 메모가 10년 전 이 책을 읽으며 감(感)하고 동(動)하는 얼굴과 함께 튀어나왔다. 아, 지금의 나는 이 감동을 모두 잊은 나였다. 그리하여 나는 망각을 기억하는 책 『완월회맹연』을 다시 읽기로 작정했으며, 기억하는 속도보다 잊혀지는 속도가 빠른 멋진 작품도 하나 만들고 싶어졌다. 대하소설의 시대가 가 버렸대도.

7

사실 혹은 상상, 그 혼미한 경계선에서

시선으로서의 역사

진실은 언제나 진실이다

언제부터인가 '팩션'이라는 신조어가 유행처럼 사용되고 있다.

나는 이언 피어스의 『핑거포스트, 1663』을 이 유행어의 맨 뒷자리에 세울 뜻이 없다. 오히려 이 소설은 팩션이라는 개념이 지닌 약점을 예리하게 파고든다. 팩션(faction)은 사실(fact)과 허구(fiction)를 따로 상정한 다음 이 둘의 결합을 논한 것이다. 그러나 사실과 허구는 선명하게 구분 짓기 어려운데, 이언 피어스는 『핑거포스트, 1663』에서 네 명의 화자를 차례대로 등장시켜 '오직 이것만이 사실'이라고 주장하는 이야기를 펼쳐 놓아 그 혼미한 경계선을 넘나든다.

확실한 사실은 두 가지다. 1663년 영국 옥스퍼드 뉴칼리지 신학 교수 그로브 박사가 독살당했다는 것과 사라 블런디라는 여성이 진범으로 체포되어 재판을 받고 처형되었다는 것이다. 흥미로운 점은 사라가 죽고 20여 년이 지난 뒤 네 명의 화자(베네치아 신사 콜라, 반역자의 아들 잭 프로스콧, 암호 해독가 존 월리스, 사학자 앤서니 우드) 모두 사라 블런디는 그로브 박사를 죽이지 않았다고 주장하는 것이다. 그렇다면 누가 그로브 박사를 죽였고, 또 누가 사라 블런디에게 그 죄를 뒤집어씌웠을까.

"진실을 침해하는 것은 침묵과 거짓말"이라는 소설 속의 잠언처럼, 이언 피어스는 두 번째 이야기가 첫 번째 이야기를 거짓말로 만들고, 세 번째 이야기가 앞의 두 이야기를 거짓말로 바꾸며, 마지막 네 번째 이야기가 앞의 이야기 전부를 거짓말로 간주하는 방식을 취한다. 그리고 각 이야기에 프랜시스 베이컨의 『노붐 오르가눔』에 나오는 시장의 우상, 동굴의 우상, 극장의 우상, 핑거포스트라는 소제목을 붙이고 있다. 여기서 핑거포스트는 '손가락 모양의 길 안내 표지'로 문제를 해결할 수 있는 유일하고 절대적인 길이다.

자신의 증언을 핑거포스트로 주장한 앤서니 우드가 사학자라는 점에 주목할 필요가 있다. 앤서니는 오직 자신만이 '공평무사한 입장'에 서서 사실을 적는다고 밝힌 후 그로브 박사를 죽인 이에 관한 놀라운 고백까지 내놓는다. 이 고백은 사실일까.

이 책을 번역한 김석희는 앤서니의 증언을 "자신의 편견을 만사에 투사하여 생각하는 데서 생기는 인류 공통의 '종족의 우상'에 사로잡힌 강박관념의 단면"이라고 지적한다. 앤서니는 공평무사한 사학자가 아니라 처형된 사라 블런디를 '사랑한' 사학자였던 것이다. 앞의 세 사람은 신경질적이고 몸을 함부로 굴리는 여자로 사라를 묘사했지만, 앤서니에게 사라는 아름답고 진지하며 자신의 종교적 신념을 지키고자 한 멋진 여인으로만 보인다. 앤서니는 이 살인 사건의 배후에 영국 왕 찰스 2세가 국민들 몰래 가톨릭교로 개종하려 했다는 비밀이 숨겨져 있음을 힘겹게 밝혀내고도 침묵하고자 한다. 사학자 역시 진실을 침해할 수 있음을 자기모순을 통해 드러내고 있는 대목이다.

이 작품을 읽으며, 사실이 사실다우려면 실존 인물이나 사건에 국한되지 않고, 그 시대 문화의 총체까지 아울러야 한다는 생각을 더욱 확실히 가지게 되었다. 이언 피어스가 펼쳐 보이는 1663년 영국의 문학, 역사, 철학, 과학, 종교의 파노라마는 화려하고도 깊다. 역사소설이 소설역사가 되는 순간을 보고 싶은 독자라면, 그 두께에 주눅 들지 말고 이 소설을 핑거포스트 삼아 내란과 혁명, 연역과 귀납, 왕권과 의회 주권이 회오리쳤던 17세기 영국으로 젖어들 일이다.

왕 여인의 죽음

조너선 D. 스펜스

문학과 역사의 만남

**시간과 공간을 초월한
같은 욕망을 발견할 때**

우리의 역사를 공부하다 보면 그 시절 중국이나 일본은 어땠을까 궁금해진다. 막연한 호기심의 차원을 넘어 우리네 삶을 좀 더 넓고 다양하게 이해할 수 있는 방편이기도 하다.

임진왜란에 관한 소설을 쓸 때는 레이 황의 『1587 만력 15년 아무 일도 없었던 해』를 곁에 두고 읽었다. 덕분에 명나라의 시선으로 이 전쟁을 새롭게 조망할 수 있었다. 조선 시대 여성의 삶에 집중하고 있을 무렵 조너선 D. 스펜스의 『왕 여인의 죽음』을 반복해서 읽었다.

17세기 말 산둥성 탄청현에서 살해당한 왕 여인에게 다가가는 스펜스의 걸음은 황소걸음이다. 다양한 자료를 통해 탄청현의 비참한 과거를 훑고 토지를 중심으로 경제 사정을 살피며 가족제도를 분석한다. 대단원이 눈앞인 데도 왕 여인은 등장하지 않는다. 이 책이 소설이었다면 벌써 던져 버렸으리라.

역사와 소설은 이토록 다른 것인가.

지루한 나열에 싫증 날 즈음, 갑자기 글씨체가 달라지고 문장이 바뀐다. 건조하고 딱딱한 분위기 대신 현재형의 단문이 왕 여인의 욕망과 환상을 그려 나간다. 이건 소설이다! 더욱 놀라운 사실은 그 일곱 면을 채운 아름다운 문장들이 대부분 왕 여인과 동시대를 살았던 포성령의 『요재지이』에서 직접 인용되었다는 점이다.

낯선 이의 책에서 같은 욕망을 읽을 때면 숨이 턱 막히고 삶이 신비롭기까지 하다.

　내게는 지난 10년간 역사소설을 쓰면서 아무에게도 고백하지 못한 꿈이 하나 있다. 주인공을 흉내 내는 것이 아니라 주인공 그 자체로 말하며 생각하기다. 주인공의 문집과 주변 인물의 시문에 집착한 것은 조금이라도 더 가까이 들러붙기 위함이었다. 그러나 아무리 연구를 해도 주인공과 한 치의 오차도 없는 인물을 만들어 내기란 불가능하다. 그 어두운 낙담의 자리로 이런 구상이 파고든다. 내가 문장을 만들 것이 아니라 차라리 그 인물이 만든 문장으로 소설을 짓는 것은 어떨까. 좀 더 솔직히 고백하자면, 16세기 시문에서 단어와 문장을 발췌한 역사소설을 탈고한 후 가슴 뿌듯하던 봄날 저녁, 나와 똑같은 방식으로 소설적 상상의 날개를 편 이 책을 발견한 것이다. 아찔함과 함께 존경의 마음을 품을 수밖에 없었다.

　미시사의 붐이 일면서 문학과 역사의 거리가 한층 좁혀지는 요즘이지만, 그 둘이 어떻게 만나야 하는가는 여전히 어려운 숙제로 남아 있다. 한 번도 영향을 주고받은 적이 없

는 미국의 탁월한 역사학자와 한국의 어리석은 역사소설가
가 24년의 시차를 두고 같은 욕망을 품으며 비슷한 글쓰기
를 했다면, 그것이 바로 문학과 역사가 행복하게 포옹할 수
있다는 증거가 아닐까. 이 즐거운 망상을 위해 오늘도 나는
『왕 여인의 죽음』을 기꺼이 더듬는다.

침묵과 거짓말
속마음까지 실려 있는 역사서

이 세상에는 소설보다 더 재미난 역사서도 많고, 소설가보다 더 입담 구수한 역사가도 꽤 있다. 나는 특히 앞서 소개한 미국의 중국 사학자 조너선 D. 스펜스를 스티븐 킹만큼이나 좋아한다. 『왕 여인의 죽음』에 담긴 풍부한 내면 묘사뿐 아니라 『마테오 리치, 기억의 궁전』의 감미로우면서도 단정한 속삭임은 질투가 날 정도다. 스펜스의 역사서는 사료에 기반을 두되 인간의 욕망과 죄의식까지도 지적하고 분석하는 '이야기'다. 역사가 이야기라는 사실은 소설이 이야기라는 사실과 묘하게 겹친다. 이야기인 역사와 소설은 어떻게 같고 다른가. 『삼국사기』에 가득한 변신 이야기, 신이한 짐승들의 출몰, 종교적 기적은 어디까지 사실이고 어디까지 허구일까.

『마르탱 게르의 귀향』은 16세기 프랑스에서 벌어진 기막힌 사건 하나를 추리소설처럼 파헤친다. 저자인 나탈리 제먼 데이비스는 사건이 일어난 아르티 가의 풍습과 기후와 산업에 대한 설명부터 시작한다. 그러나 첫 장이 지루하다고 책을 덮어서는 안 된다. 내면독백으로 화려하게 대미를 장식하는 『왕 여인의 죽음』도 17세기 말 산둥성 탄청현에 대한 시시콜콜한 정보들로 시작하지 않았던가. 소설가라면 이런 정보들을 소설 첫머리에 장황하게 나열하지 않겠지만, 역사가들에게 배경 지식은 더 높이 도약하기 위한 버팀목이다.

마르탱 게르라는 사내가 아버지의 곡식을 훔친 것이 발각되어 집을 떠났다가 8년 만에 돌아왔다. 그로부터 3년 후 그가 마르탱 게르가 아니라는 소송이 제기된다. 툴루즈 고등법원의 판결 직전에 전쟁터에서 한쪽 발을 잃은 진짜 마르탱 게르가 나타났고, 가짜는 교수형에 처해졌다.

이 사건에서 데이비스가 주목한 것은 마르탱 게르의 부인 베르트랑드이다. 당시 법원은 소송을 제기하기 직전에야 남편이 가짜임을 알아차렸다는 그녀의 진술을 인정했다. 그러나 데이비스는 "아내에 대한 남편의 손길을 착각할 수 없다."라며, 베르트랑드가 가짜 마르탱 게르와 '창안된 결혼'을 했다고 주장한다. 진짜 남편과는 이룰 수 없었던, 평화롭고 화목하고 열정적인 가정을 꾸리기 위해 거짓을 묵인했다는 것이다.

이 사건을 미국 남북전쟁 시대로 옮겨 리메이크한 영화 「써머스비」에서 아내로 열연한 조디 포스터는 데이비스의 주장을 그대로 따른다. 16세기 농촌 여인에게 과연 이런 능동성을 기대할 수 있는가는 두고두고 '신문화사'의 논쟁거리로 남아 있다.

아내 마음은 남편도 모른다는데, 데이비스는 어떻게 베

르트랑드의 마음을 알았을까. 사료를 아무리 들추어도 속마음까지 실려 있지는 않다. 데이비스도 이 대목이 부담스러운지 자신의 책에는 "엄격히 점검된 창안물"이 담겼다고 적었다. 엄격히 점검되었음을 믿어 의심치 않지만, 어쨌든 창안물은 창안물이고 이야기는 이야기다.

팩션이든 역사소설이든 혹은 소설역사든, 변화무쌍한 인생을 다룬 이야기들이 다양하게 넘쳐나기를 소망한다.

아집과 실패의
전쟁사
에릭 두르슈미트

패장의 어리석음

나는 이렇게 졌다

일찍이 보들레르는 이 세상에서 존경할 만한 위인으로 사제와 시인과 군인을 꼽았다. 신의 말씀을 알고 그 권능으로 인간을 축복하는 사제, 언어를 통해 천지 창조를 이루는 시인, 그리고 소돔과 고모라에 불벼락을 내리듯 인간을 죽이고 사회와 국가를 파괴하는 군인이야말로 외양간이나 고치는 직업 이상의 존재들이라는 뜻이다. 나폴레옹이 등장했을 때 유럽의 지성들이 그토록 열광한 것도 그가 포병술에 뛰어난 군인이면서 괴테의 소설 『젊은 베르테르의 슬픔』을 군영에서 탐독한 시인적인 풍모를 함께 지녔기 때문이다.

전쟁이란 존재의 완전한 소멸을 낳는 죽음과 뺨을 비비는 나날이다. 예의와 체면으로 중재되고 가리워진 인간의 다양한 속성이 전쟁과 함께 노골적으로 드러나는 것도 그 시간들이 지닌 단절에의 공포 때문이다. 이 압도적인 공포 앞에서 용감한 이는 더욱 용감하게 몸을 던지고 비겁한 이는 한없이 비겁하게 꼬리를 내리는 법이다. 특히 수천 수만의 군사를 거느린 장수의 자질은 전쟁의 승패와 직결되는 경우가 허다하다. 손무가 『손자병법』에서 전쟁의 승패를 결정짓는 다섯 가지 요소에 장수의 지모와 재능, 상벌의 신뢰성, 병졸에 대한 사랑, 용감성과 과단성, 군기의 엄격함과 밝음을 포함시킨 것이나 제갈량이 『장원』에서 장수의 오강(伍强)과 팔악(八惡)을 지적한 것도 이 때문이다.

장수는 전쟁을 통해 국가적인 영웅이 되기도 하고 가문의 수치가 되기도 한다. 베트남전쟁부터 아프가니스탄 분쟁까지, 30년이나 종군기자로 전장을 누빈 에릭 두르슈미트는 승리의 열망과 패배의 두려움에 몸서리치는 장수들을 현미경처럼 들여다본다. 그는 이 책의 원제이기도 한 "예측 불가능하면서도 승패의 향방을 결정짓는 전환 요소" 가운데서도 승장의 위대함보다 패장의 어리석음에 주목한다. 그렇다고 한니발이나 계백처럼 "최선을 다하고도 하늘로부터 버림받은" 불운한 장수들까지 비판하지는 않는다. 그가 열 편의 전투를 통해 비판하는 장수들은 "편견에 찬 고정관념으로 급변하는 상황을 재단하는 지도자, 명료한 상황 판단이 아닌 무지, 복수심, 또는 개인적 영광 때문에 터무니없는 명령을 내리는" 얼치기들이다.

십자군을 사막의 불바람에 몰아넣어 패배를 자초한 '하틴의 뿔 전투'에서의 뤼지냥 왕이나 영국군 섬멸을 눈앞에 둔 시점에서 구데리안과 롬멜에게 정지 명령을 내렸던 '아라스 전투'에서의 히틀러는 자신의 권위만 믿고 휘하 장수들의 전문가적 식견을 무시한 대표적인 예다. 무거운 갑옷을 입은 기병들을 좁고 젖은 들판으로 내몬 '아쟁쿠르 전투'에서의 달브레 백작과 알랭숑 공작, 영국군이 주둔한 중앙 분지를 단숨에 선점하겠다는 욕심으로 보병의 지원도 없이 기병대를 출동시킨 '워털루 전투'에서의 프랑스 기병대장 네는 전공에 대한 장수의 지나친 집착이 어처구니없는 패전을 낳는다는 것을 증명한다.

관심과 흥미를 더하는 전투는 자중지란으로 적에게 승리를 헌납한 '카란세베스 전투'와 '발라클라바 전투', 그리고 '타넨베르크 전투'다. 술과 여자를 탐내며 다투다가 아군끼리 일으킨 소란을 적군의 급습으로 오인하여 스스로 후퇴하는 대목이나 연락 장교가 공격 지점을 잘못 전달하여 아군을 죽음으로 몰아넣은 일화는, 장수가 통신 수단과 지휘 체계, 형벌 제도를 확립하고 장악하지 못하면 승전고를 울릴 수 없다는 『오자병법』의 주장을 되새기게 한다. '타넨베르크 전투'에서 러시아가 독일에게 패한 것은 1군 사령관 렌넨캄프와 2군 사령관 삼소노프의 반목 때문이다. 독일군이 그들의 사사로운 원한을 부풀리는 이간계를 쓰자 러시아군은 힘 한 번 쓰지 못하고 무너졌다. 여기서 우리는 장수 개개인의 이익이나 취향을 국가의 공익보다 우선할 경우 패망을 면하기 어렵다는 가르침을 얻는다.

이 책은 최소한의 상식과 책임감도 없는 2차 세계대전 이후의 영국 지도자들을 향한 비판으로 읽힐 수도 있다. 장수의 자질이 전쟁의 승패를 결정하듯이 지도자의 자질은 그 나라의 흥망을 예견하기 때문이다. 미래의 정치가나 장군을 꿈꾸는 젊은이라면 이 책에 실린 열 편의 전투를 타산지석으로 받아들이면서 『울료자』의 한 구절을 경청해도 좋을 것이다. "장수가 출전 명령을 받으면 그날로 집안일을 잊어야 하며, 군사를 거느리고 야전에 들어가면 부모 친지를 잊어야 하며, 북채를 잡고 전투를 지휘하면 자기 자신도 잊어야 한다."

거시사의 매력

**장강은 흐르고 나는 천 년을
단숨에 노래하련다**

이제 역사를 논하는 것은 낯선 일이 아니다. 텔레비전 앞에만 앉아 있어도 고구려(「주몽」, 「바람의 나라」)와 후삼국(「해신」, 「태조왕건」)과 조선 중기(「불멸의 이순신」, 「여인천하」), 조선 후기(「상도」, 「이산」, 「바람의 화원」)와 개화기(「명성황후」, 「경성 스캔들」)를 살필 수 있으니까. 사실의 왜곡과 영웅사관, 풍속에 대한 이해 부족 등 역사 드라마가 안고 있는 문제는 여전히 심각한 수준이지만, '역사의 대중화'에 기여한 것만은 인정해야 한다. 강단에만 머물러 있던 사학자들이 다양한 '대중 역사서'를 내는 것 또한 환영받을 일이다. 역사서만을 전문적으로 내는 출판사도 생겼고, 대형 서점에는 역사서 코너가 따로 마련될 정도이다.

최근 출간되는 대중 역사서들을 살피면 크게 두 가지 흐름이 있다. 하나는 특정 시기를 횡으로 잘라 그 삶의 다양성을 친절하게 설명하는 미시사적 서술이다. '어떻게 살았을까' 시리즈나 '생활사' 시리즈가 대표적인 경우이다. 성풍속이라든가 생로병사, 관아의 조직 체계와 여성의 삶만을 특화하여 살핀 책은 물론이고, 특정 인물의 삶을 당시의 문화적 환경 속에서 논한 저술 역시 넓게 보면 미시사적 역사 서술의 변주로 볼 수 있다. 미시사적 서술의 관건은 얼마나 실증적인 자료를 두루 조사하여 눈으로 보고 손으로 만지듯이 그려 낼 수 있는가에 달려 있다. 미시사적 서술에 문학적 향기가 나는 것도 이상한 일이 아니다. 미시사적 서술은 왕조에 따라 선험적으로 규정되었던 많은 편견들을 아래로부터 무너뜨린다.

또다른 경향은 거시사적 서술이다. 이 글쓰기는 미시사와는 정반대로 수천 년에 이르는 역사를 종적으로 담아내는 작업이다. 하늘로부터 내려와 바다로 치달아 다시 돌아오지 않는 것이 역사라면, 거시사는 그 거대한 역사의 물줄기를 처음부터 끝까지 단숨에 노래하는 것이다. 여기서 문제는 생략이다. 수천 년 동안 벌어진 일을 단 한 권의 책에 담기 위해서는 과감한 건너뜀과 무시와 또 그에 따른 자기 합리화가 필수적이다. 공부가 깊고 마음이 담대한 사람이 아니고는 결코 거시사를 쓸 수 없는 것도 이 때문이다.

레이 황은 상이한 두 경향을 모두 아우르는 특이한 학자이다. 일찍이 그는 『1587 만력 15년 아무 일도 없었던 해』에서 당시의 풍광을 드라마틱한 사건이나 인과율에 의거한 구성을 따르지 않은 채 담담하게 그려 낸 바 있다. 16세기 말 명나라의 풍속과 문화를 손바닥에 올려놓은 것처럼 알 수 있는 미시사의 결작이다. 『허드슨 강변에서 중국사를 이야기하다』는 춘추시대부터 원나라까지의 중국사를 쟁점별로 쭉 훑어 내린다. 100년 정도 건너뛰는 것은 흔히 있는 일이고, 위대한 사상가들 중에서 이름이 언급된 사람도 극소수에 불과하다.

그는 중국사를 크게 통일의 시기와 분열의 시기로 나눈다. 춘추전국시대를 논하며 그 많은 석학들이 나왔음에도 중원이 통일되지 못한 이유를 살피고, 진나라와 한나라를 지날 때는 통일 왕조 수립 후에도 사회 체제가 불안하고 변란이 끊이지 않은 까닭을 탐색한다. 위진 남북조를 새로운 통일 왕조를 위한 과도기로 규정한 후 그 성격을 살폈고, 수나라와 당나라에서는 중앙정부의 통제가 지방까지 미치지 못한 이유를 따져 본다. 송나라와 원나라에 이르러서는 농경 문화와 유목 문화의 충돌과 습합이라는 큰 틀로 두 왕조의 다툼과 화해를 설명하고 있다.

통일 왕조의 건설, 중앙과 지방의 유기적인 사회 체제의 수립이라는 두 시선으로 중국사를 훑는 레이 황의 작업은 현대 중국이 안고 있는 문제와 맞닿아 있다. 과거를 공부하는 것은 미래를 알기 위해서라는 말이 있듯이, 레이 황은 중국사의 거대한 흐름 속에서 20세기 중국의 실험과 도전을 살피고자 했던 것이다. 중국사에서도 5호 16국이나 5대 10국과 같은 분열의 시기가 있었지만, 레이 황은 이 시기를 새로운 통일로 나아가는 짧은 간이역에 불과하다고 언급함으로써, 중국과 대만의 통일에 대한 낙관을 조심스럽게 내비치고 있다.

그가 더욱 걱정하는 것은 중국 정부와 지방 간의 분열과 차등 발전이다. 왕안석의 변법이 실패로 끝날 수밖에 없는 이유를 행정 관리와 법 체계의 미흡으로 파악한 그는, 에필로그에서 현대 중국 역시 동일한 문제를 안고 있다고 토로한다.

나는 오늘날 대륙의 작품을 볼 때, 중국에 자본주의적 성격이 침투했는지, 또 중국이 공산주의의 취지를 계속 보류해야 하는지의 여부를 따진다는 것은 이미 실제적인 의미가 없다는 글을 발표한 바 있다. 오늘날 가장 중요한 작업은 재정과 조세 수입을 상업화하는 일이고, 민간 경제도 이와 유사한 조직을 구성하게 하여 제2선과 제3선의 지지를 만들어 내는 일이다. 이를 위해서는 반드시 신용을 강화하여 개인의 재산권을 확립시키는 일부터 착수해야 한다. 송대의 왕안석에게는 이러한 혁신적인 과업을 완성시킬 방법이 없었기 때문에, 끝내 기술적인 방면의 성과는 버려지고, 다만 의식 형태만 대두되었다.

레이 황의 주장이 얼마나 타당한가를 논하기에 앞서, 우리의 현실을 돌아보게 하는 대목이다. 대중 역사서들이 봇물처럼 쏟아지고 있지만, 레이 황과 같은 문제의식을 담아낸 책은 없기 때문이다. 남북 통일을 거시사적 관점에서 당위의 수준으로 파악하면서, 지역 감정과 불균형 발전에 대한 불만의 목소리를 잠재울 수 있는 대안을 제시하는 역사서의 출현은 불가능한 것일까. 새로운 것, 신기한 것을 선보이는 수준을 뛰어넘어 한국사의 큰 흐름을 고등학교 교육을 받은 정도의 독자라면 편안하게 쟁점별로 훑어 내릴 수 있는 책이 언제쯤이면 나오게 될까.

사족을 하나만 덧붙이자면, 낯선 시기나 왕조에 대해 두려움을 갖는 독자도 있을 법하다. 5호 16국의 이름과 위진 남북조 시대 왕들의 재위 순서를 아는 이가 몇이나 되겠는가. 그러나 이 번역서에는 각 장 첫머리에 핵심을 간추려 놓은 「옮긴이의 글」이 붙어 있어 큰 도움이 된다. 그래도 내용이 이해되지 않는다면 큰 맘먹고 그냥 지나치는 건 어떨까. 어차피 거시사란 세세한 강물의 떨림을 살피는 것이 아니라 장강의 거대한 물줄기를 먼 눈으로 크게 일람하는 것이니까. 학자의 꼼꼼함보다 시인의 호방한 기운이 필요한지도 모르겠다.

그 사람이 바로 나

**기막힌 운명 속으로 들어가서
소설의 본질과 만나다**

일찍이 김현은 비평집 『말들의 풍경』 서문에서, 풍경이 저마다 다른 이유를 이렇게 꼽았다. "하나의 풍경도 보는 사람에 따라 다르고, 풍경들의 모음도 그러하다."

소설과 역사의 차이를 논하는 자리마다, 나는 김현의 윗글을 언급하면서, 소설이 역사보다 조금 더 인물의 '내면 풍경'에 집중하는 글쓰기라는 의견을 내놓곤 한다. 특히 1인칭 역사소설은 소설의 장점을 극한까지 밀어붙인 글쓰기다. 한 인물의 감각으로 세상을 보고 듣고 먹고 마시며, 그 인물의 생각으로 객관적 사건들을 이리저리 들춰 보는 일이란, 삶을 살고 있는 인물과 그 삶을 쓰는 작가 사이의 교감을 전제로 한다. 마르그리트 유르스나르의 『하드리아누스의 회상록』은 교감을 넘어 일치로 나아갔고, 장정일의 『북경에서 온 편지』는 이 일치가 작가에 의해 만들어진 허구라는 점을 날카롭게 지적했다.

중국 작가 쑤퉁의 『나, 제왕의 생애』는 새로운 교감의 형식을 선보인다. 「작가의 말」에서 그는 "독자가 이 책을 역사 소설로 오해하지 않았으면 좋겠다."라고 적어 역사적 고증에 대한 짐을 덜지만, 1인칭 주인공이자 이야기를 이끌어 가는 제왕의 목소리는 작가의 작위적인 입김이 묻어나는 대목이 전혀 없다.

쑤퉁은 전아한 문체로 섭국의 왕 단백의 생애를 3부로 나누어 펼친다. 1부와 2부는 제왕으로서의 호화로운 궁궐 생활을 다루었고, 3부에서는 폐위된 뒤 줄타기 광대로 살아가는 모습을 그렸다. 소설은 "머지않아 섭국의 재난이 닥치겠구나."라는 암울한 예언을 반복하며 진행되는데, 총애를 얻기 위해 날마다 다투는 궁궐 비빈들에게 둘러싸인 단백은 무소불위의 권력을 지녔으면서도 늘 불편하고 갑갑하다. 역설적이게도 단백이 자유를 느낀 곳은 폐위된 후 올라선 휘청거리는 줄 위다. 단백은 특별한 스승, 비싼 장비나 귀한 장소도 찾지 않고 대추나무 두 그루에 줄을 건다. 무소유의 참맛을 깨우친 사내는 줄 위에서 기뻐 날뛰며 아래에 있는 사람들에게 소리를 지른다.

"나는 이 세상에 둘도 없는 줄타기 광대라오. 나는 줄타기 왕이오."

새로운 왕이 탄생하는 순간이다.

소설은 단백이 폐위되고 섭국마저 멸망하는 것으로 막을 내린다. 제왕이라는 지위도 국가라는 울타리도 한낱 껍데기에 불과한 것이다. 남은 것은 이 시절을 관통한 인간의 생애뿐이다. '나는 어떤 사람인가'를 장황하게 설명하던 소설은 "그 사람이 바로 나였다."라는 말로 끝을 맺는다. 나는 누구인가. 이렇듯 두껍고 다채로운 내면 풍경을 기억하는 사람이다. 내면 풍경이 곧 나다.

쑤퉁은 폐위된 제왕의 줄타기 재간을 보기 위해 사람들이 몰려드는 대목을 설명하면서 "구경거리로는 남의 운명을 들여다보는 것만 한 것이 없다."라고 적었다.

그 앞에서 나는 소설이란 무엇인가 다시 묻지 않을 수 없었다. 남의 기막힌 운명을 들여다보는 글쓰기가 바로 소설이라면, 쑤퉁의 『나, 제왕의 생애』는 소설의 본질에 맞닿은 작품이다.

치욕 너머의 세상

'역사의 혼'을 찾아서

내 책상 위 낡은 액자에는 사마천의 초상이 있다. 2천 년이 넘도록 그를 가리키는 단어는 '궁형'과 '사기'였다. 이 완벽한 암(暗)과 명(明)에는 어떤 비밀이 숨어 있을까. 수염 없는 남자 사마천의 일생에 대한 관심은 『사기』의 파란만장함이 저자의 삶에도 녹아 있으리라는 기대에서 비롯된다.

천퉁성은 굴원의 『초사』에서 제시(題詩)를 뽑아 그 기대를 한껏 고조시킨다. 멱라강에 투신자살한 비운의 사내만큼 이 역사가의 삶도 드라마틱하다는 암시다. 인간은 막다른 골목에서 흔히 두 가지 태도를 취한다. 나를 이곳까지 몰아붙인 내 밖의 모든 것들을 향한 저주, 이곳으로 몰리는 동안 벌어진 모든 일을 내 안에서 무화시키는 달관. 천통성이 정리한 사마천의 삶에도 저주와 달관으로 빠지기 쉬운 장면들이 있다.

궁형의 치욕은 평생 씻을 수 없는 상처임에 분명하고, 공자의 『춘추』에 버금가는 역사서를 지으라는 아버지 사마담의 유언 또한 턱없이 무거운 짐이다. 한 무제의 명을 받아 변방에 사신으로 나간 것도, 영웅들의 발자취를 쫓아 중원을 헤맨 것도 아무나 감당할 일이 아니다. 허나 이러한 분노와 치욕의 나날을 보내면서도 사마천의 문장은 흔들림이 없었다.

가볍게 날아오르지도, 쉽게 절망하지도 않았다. 천통성은 아마도 이런 탁월함에 취해 '역사의 혼'이라는 제목을 지었으리라. 천통성은 사마천이 보여 준 정면 돌파의 투혼을 평전으로 재구성했다. 「태사공자서」와 「임안에게 답하는 편

지」를 기본으로 관련 자료를 최대한 모은 후 퍼즐을 맞추듯
한 무제의 시절을 더듬었다.

더 이상 자료가 발견되지 않는 '역사의 검은 구멍'은 추
측과 상상으로 메워 나갔다. 사마천에 대한 소설적 형상화
가 완벽한 것은 아니다. 어린 시절 전쟁놀이에서 대장을 맡
는 대목은 지나치게 통속적이어서 차라리 없었으면 하는 생
각까지 든다.

하지만 『사기』의 몇몇 언급으로부터 사마천의 내면을 역
추적해 재구성한 2장(스무 살, 길을 떠나다)과 3장(사명을
받들어 남서 오랑캐를 설복하다)은 역사가의 젊은 날을 훌
륭하게 복원시켜 놓았다. 그렇다면 과연 '역사의 혼'은 어디
에 있는가. 사마천으로 하여금 평생 『사기』를 쓰도록 만든
동력은 무엇인가. 천통성은 4년 혹은 5년이라는 숫자로 사
마천의 저술 기간을 명시한다. 그러나 환희와 희열의 순간을
표나게 그리기 위해서라도 끊임없이 이어진 사색과 집필의
공간을 느릿느릿 묘사해야 한다.

작가(역사가든 소설가든)의 일상만큼 지루하고 별 볼

일 없는 것이 또 있을까. 작품이 깊고 넓을수록 그의 삶은 단순할 수밖에 없다. 하루에 16시간 이상을 집필과 퇴고에 매달린 발자크나 월요일부터 금요일까지 꼿꼿한 자세로 타자기를 두드린 헤밍웨이를 보라.

사마천도 그들처럼 하루도 빠짐없이 읽고 쓰고 고치기를 반복했을 것이다. 우정도 가족애도 궁형의 고통까지도 잊은 채, 지금 그가 쓰고 있는 오직 이것(역사라는 괴물)에만 자극받고 몰두했으리라.

그러다가 불현듯 몇 달 혹은 몇 년 동안의 노동(글쓰기)이 힘을 발휘하는 순간이 찾아든다. 이미 죽어 없어진 영웅의 혼이 문장 속에서 되살아난다. 「항우본기」를 짓던 그 밤처럼 그 혼과 하나가 되면, 붓은 질주하고 입은 짜릿한 도취로 헐떡이며 두 눈은 기쁨의 눈물을 쏟는다.

천통성은 지극히 차분한 어조로 역사적 사실을 설명하다가도 사마천의 목소리가 직접 인용되는 순간부터 지나치게 흥분해 감상에 젖기도 한다.

역사는 논리적인 이성, 소설은 비논리적인 감정에 치중

한 글쓰기라는 전제가 깔린 듯하다. 사마천은 이미 그 둘의 만남(역사소설 혹은 소설역사)이 가능하다는 사실을 『사기』로 증명했지만, 천통성은 다시 좌우로 찢어진 옷을 사마천에게 입힌 꼴이다.

사마천이 이 책에서처럼 시도 때도 없이 상처받는 가녀린 영혼의 소유자라면, 강물에 몸을 던졌을지언정 뚜벅뚜벅 큰 걸음으로 『사기』를 완성할 수는 없지 않았을까. 오히려 사마천은 치욕을 감내한 자신의 선택을 굴원과는 또 다른 용기라고 믿었다.

현명한 사람은 진실로 자신의 죽음을 중히 여긴다. 저 비첩과 천한 사람이 분개해 자살하는 것은 진정한 용기라고 할 수 없으니, 계획을 다시 고쳐 실현시킬 용기가 없을 따름이다.

루카치는 도스토예프스키에게서 소설의 미래를 발견한 바 있다. 저주와 달관의 문장이 판치고 불륜과 과장의 이야기가 범람하는 요즘, 나는 사마천처럼 이 세계와 진검승부를 벌이는 '소설의 혼'을 만나고 싶다.

역도들의 외침

진실 따로 게임 따로

늘 겪는 일이지만 대통령 선거 때마다 갖가지 예언이 등장한다. 구체적인 데이터를 제시하는 여론조사에서부터 실명 소설이나 『토정비결』에 이르기까지, 누가 앞으로 5년 동안 이 나라를 이끌 것인가에 대한 의견이 분분하다. 선거 결과를 보면 그 중 하나만 옳고 나머지는 거짓 예언으로 판명이 나겠지만, 거짓이라고 벌을 받거나 목숨이 달아나는 일은 없다.

여기, 예언과 목숨을 맞바꾼 이들이 있다. 영조와 정조 시대에도, 그들은 예언서에 기대어 새로운 날들을 꿈꾸었다. 『남사고비결』이라는 책과 『정감록』이라는 책이 역적으로 몰려 처형된 자들과 함께 거론되었다. 패자는 말이 없고 승자는 화려하고 긴 승전의 기록을 남기는 법이다. 『조선왕조실록』에 담긴 역적에 대한 기록 역시 철저하게 왕실과 조정의 입장에서 이들을 '패륜아'로 전락시킨다.

『대숲에 앉아 천명도를 그리네』에서 16세기 초 대유학자 김인후와의 색다른 만남을 선보였던 백승종은 『정감록 역모사건의 진실게임』에서도 실존 인물들의 내면과 외면을, 소설가처럼 자유롭게 오간다. 그는 인물들의 삶에서 단 하나의 진실만을 찾는 작업을 진부한 근대 역사학으로 치부한 후 역사적 사건과 행위에 담긴 '중층성'을 통해 역사 속 인물들이 선택했던 다양한 '생존 전략'에 주목한다. 기록되지 않거나 폄하된 사료를 바탕으로 인물들을 탐색하기 위해서는 "역사적 지식을 통해 얻어진 상상"을 개입시킬 수밖에 없다는 것이다.

과연 이 책은 기존 역사서에 대한 상식을 무너뜨린다. 사건의 도입부에는 '등장인물'이 소개되고 다양한 추리가 쉼 없이 이어진다. 가상 대담은 물론이고 각 인물의 초상화까지 등장하여 이야기의 생생함을 더한다. 각 장 말미에 붙은 『조선왕조실록』의 관련 기사를 살피면, 저자가 얼마나 이 사건을 곱씹었으며 등장인물들을 보듬고자 애정을 쏟았는가를 짐작할 수 있다.

허나 새로운 역사 쓰기에 대한 즐거움과 기대는 여기까지다. 팩션을 천명한 이 책이 다양한 진실을 중층적으로 드러냈을까? 노력은 빛나지만 아쉬움 역시 크다. 문양해의 정감록 사건의 경우만 보더라도, 역모 사건 5인방의 가상 대담은 깊은 울림을 낳지 못한다. 삶은 처절했으되 후일담은 저자의 앞선 주장을 반복하는 정도에 머무른다. 또한 이야기를 끌어가는 어투가 너무 똑같아서 몰입에 방해가 되었다. 서북 출신 주형채와 지리산에서 은둔한 문양해의 서울 말투를 사투리로 바꾸는 것은 소설가의 몫으로 남겨 두었을까.

저자는 자신의 글쓰기를 일종의 '진실 게임'이라고 했다. 근대 역사학의 실증주의를 넘어서려는 욕망을 모르는 바는 아니지만, 과연 그것에 대체하는 용어로 '게임'이 적당한가는 따져 보아야 한다. 역사와 문학이 행복하게 만나는 미시사의 가치는 십분 인정하지만, 적어도 내게는 성찰의 영역인 진실과 즐거움의 영역인 게임을 함께 놓기가 불편하다. 이 어색한 불편함은 어디서부터 온 것일까.

산해경

작자미상

상상 지도 만들기

상상하라 그리고 두려워하라

말과 사물 사이에는 무엇이 존재할까. 이사벨라 비드 비숍의 『한국과 그 이웃나라들』을 넘기면 폭과 넓이와 빛깔을 나타내는 숫자들과 단어들을 곧잘 마주치게 된다. 『신증동국여지승람』에도 기초 정보는 있지만, 그 위에 덧붙여 많은 문장들과 시들이 빛나고 있다. 비숍을 비롯한 외국 여행객은 아무리 눈을 부릅뜨고 살펴도 시간을 넘나들며 켜켜이 쌓인 이 감미로운 흔적을 발견할 수 없다. 공간을 다녀간 이들의 숨결과 느낌까지 소중히 여기는 자세가 필요한 것이다. 그리고 그 공간에서 뭉게뭉게 피어난 몽상 역시 중요한 구성 요소이다.

조선 팔도 산천은 이무기와 용 이야기로 넘쳐난다. 이야기를 들려주는 노인들은 이무기의 꼬리와 용의 비늘도 눈으로 본 것처럼 설명한다. 골짜기에 우뚝 선 바위 한 덩어리부터 웅덩이 하나, 고목 한 그루도 이무기와 용의 분투를 증명하는 도구다. 이야기꾼의 바람이 덧붙는 순간, 평화로운 일상은 무너지고 신이한 기운이 흘러 넘친다. 수천 마리의 이무기가 웅크린 채 기다리고 수백 마리의 용이 날아오른다.

미셸 푸코는 『말과 사물』에서 세르반테스의 『돈키호테』를 예로 들어 말과 사물의 오묘한 관계를 설명한다. 그에 의하면, 풍차를 무시무시한 거인으로 간주하는 이는 시인일 수도 있고 광인일 수도 있다. 인간 이성의 믿음에 근거한 '일물일어'의 대원칙은 무너진다. 내가 글을 쓰고 있는 이 집필실도, 100년 전에는 논이었고 1000년 전에는 무덤이었으며 1만년 전에는 늪이었다. 그렇다면 다시 묻지 않을 수 없다. 당신이 지금 책을 펼쳐 들고 읽고 있는 그곳은 어디인가.

푸코는 보르헤스가 발견한 중국인의 독특한 동물 분류표에 감탄한다. 보르헤스가 모아 꾸민 『상상동물 이야기』에 넘쳐나는 기기묘묘한 생명체들을 보라. 이 기이한 책을 이해하기 위해서는 일찍이 사마천이 "감히 말할 수 없다."라고 했던 『산해경』을 읽어야 한다. 『산해경』에는 무엇이 있을까. 산과 바다에 동물들과 식물들이 우글거린다. 대체 누가 무엇을 하려고 어디서 어떻게 이것들을 만들었을까.

『산해경』을 넘기며 상상한다. 만약 내가 『산해경』의 세계를 홀로 여행한다면? 머리가 셋인 새에 꼬리가 아홉인 여우는 기본이고, 가슴에 구멍이 뚫린 족속과 머리가 없는 무사가 당신을 향해 달려들리라. 손오공은 괴물을 물리치다 보면 깨달음의 땅인 서역에 닿으리라는 기대로 하루하루를 버텼지만 내게는 희망이 없다. 이 산을 피해 저 바다로, 저 바다를 피해 그 산으로 가도 내가 편히 쉴 곳은 없다. 그러고 보니 미래 모험 이야기에 등장하는 각양각색 로봇과 외계 생명체도『산해경』의 상상의 동물들을 쏙 빼닮았다.

서책을 덮고 영화관을 뛰쳐나와도, 지구라는 행성에 가
득 찬 상상의 동물들이 두렵다. 그리고 문득 쓸쓸하다. 내가
그 동물들을 상상하여 만든 인간이라는 사실이.

내겐 너무 낯선 진실

기이함을 논하다

흡혈귀들은 이제 우리네 삶 깊숙이 들어왔다.

몇 년 전 인기 드라마 「안녕, 프란체스카」에 이어 영화 「썬데이 서울」과 「흡혈 형사 나도열」이 관객의 목덜미를 노렸다. 박쥐 떼 날고 여인들 비명과 함께 찾아들던 20세기 흡혈귀와 최근의 흡혈귀는 확실히 다르다. 훨씬 발랄하고 엄청 웃긴다. 속세에서 그들은 괴물도 아니고 영웅도 아니다. 사람과 아주 조금 다를 뿐이다. 이야기는 그 '다름'을 부각시키며 전개된다. 때론 그 다름이 심각한 위기를 낳기도 하지만 상대를 격멸시키려는 적대적 의지로 발전하지는 않는다.

흡혈귀 이야기는 동서양을 막론하고 일찍부터 주목받아 왔다. 청나라 사람 포송령의 『요재지이』에 등장하는 흡혈귀는 발바닥을 통해 피를 빨아먹는다. 목덜미를 빠는 흡혈귀가 섹스어필하는 배우의 과장된 손짓을 닮았다면, 발바닥을 빠는 흡혈귀는 자신이 저지른 짓을 숨기려는 옆집 아저씨의 심심한 농담 같다.

중국 옛 설화집을 펴면 숱하게 들락날락거리는 여우 이야기 중 가장 인상에 남는 장면 하나. 처녀로 둔갑한 후 순진한 사내를 홀려 아들딸 낳고 잘 살던 여우가 어느 날 갑자기 '커밍아웃'을 한다.

"여보! 사실 나 여우예요."

서양에서라면 당장 그 여우를 처치하는 이야기가 전개되겠지만, 사내는 여우를 뚫어져라 바라보다가 이렇게 답한다.

"뭘 그까짓 일로 그래? 당신은…… 귀신도 아니잖아?"

그러고는 처가 식구 여우들까지 모두 불러 백년해로했다고 한다.

당나라 사람 배형의 『전기』는 기이함이란 무엇인가를 보여 주려는 자신감으로 가득하다. 2년 전 귀천한 백남준이 '비디오아트'라는 새로운 예술 장르를 창조한 것처럼, 배형 역시 기이함을 전하는 이야기 갈래 자체를 자신의 설화집 제목으로 삼았다.

협객, 귀신과의 사랑, 선녀와의 연애가 이 책의 세 가지 줄기다. 그 신이한 존재들 역시 세상을 향해 발톱을 세우지 않는다. 별세계(別世界)에 살며 신출귀몰한 능력을 지녔지만 세상을 정복하거나 인간을 멸망시키는 것은 관심 밖이다. 오히려 인간보다도 삶을 더 많이 이해하고 어찌할 수 없는 운명을 더 자주 안타까워한다.

허면 왜 요즘 기이한 이야기들이 사랑받는 것일까.

요즘의 흡혈귀들도 서양 문학의 전통 속에서 발전된 여러 가지 언행과 복식을 차용하지만, 마음 씀씀이와 세상을 바라보는 태도는 지극히 토속적이다. 그 속에는 '정(正)'을 앞세워 모든 것을 획일화하려는 주장을 의심하는 시선과 함께, 개개인의 작은 자유를 훼손당하지 않으려는 바람이 맞물려 있다. 일탈은 하되, 너무 멀리 가서 돌아오지 못하거나 홀로 상처받기 두려운 것이다. 지금 흡혈귀들이 '다름'을 극복하려고 땀을 뻘뻘 흘리며 좌충우돌할 때, 어둠 속 인간들은 화면을 바라보며 배꼽 잡고 웃다가 갑자기 섬뜩해진다. 유쾌한 한바탕 백일몽으로 돌리기에는 우리네 표정과 너무 닮은 탓이리라.

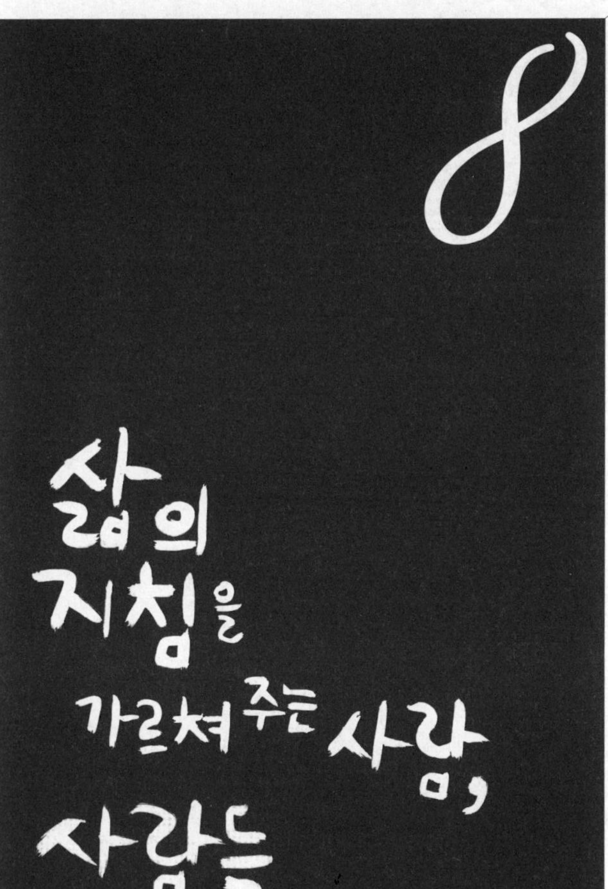

8
삶의
지침을
가르쳐 주는 사람,
사람들

작가다운, 한없이 작가다운

괴테에게 배운 삶의 비밀들

『괴테와의 대화』를 한 달 동안 느릿느릿 읽었다. 그 후 소설을 쓰고 다른 책을 읽고 여행을 다녀오느라 이 책의 많은 부분을 잊었다. 어떤 책이든지 읽고 한 달만 지나면 그 책의 대부분을 잊기 마련이다.

한때는 내가 읽은 무엇인가를 잊는 것이 싫어서 책에 밑줄을 긋거나 포스트잇을 붙이거나 대학 노트에 옮겨 적기도 했다. 그러나 그렇게 표시해서 다시 읽는 부분은 인용으로 써먹을 때는 유용하지만 처음 그 구절을 읽었을 때의 감동을 재현하지 못한다. 요즘은 차라리 희미하긴 해도 그때의 강렬했던 느낌을 붙잡으려고 노력하는 편이다. 괴테든 누구든 대화를 나누다 보면 자기에게 꼭 필요한 것들만 귀에 들어오는 법이니까.

우선 괴테가 자신과 실러의 삶을 비교하는 대목이 눈길을 끌었다. 간단히 요약하면, 괴테는 예술을 깊이 이해하는 돈 많은 귀족의 도움으로 말년까지 줄기차게 작가의 길을 걸을 수 있었는 데 반해, 실러는 귀족에게 도움받기보다 자신의 작품을 시장에 던지며 살아가는 길을 택했기 때문에 점점 더 창조력이 고갈되어 결국 비참한 최후를 맞았다는 것이다. 불확실하고 천박한 시장을 믿느니 고매하고 예술을 사랑하는 귀족을 믿는 편이 낫다! 확실히 괴테는 풍족한 경제적 조건 속에서 독일 문학의 여러 흐름과 유럽 문학의 장점을 집대성할 수 있었다. 나는 괴테를 비판할 마음이 추호도 없다. 적어도 괴테는 자신의 삶을 근거로 그런 주장을 편 것이니까. 그러나 이 대목을 읽으며 은근히 화가 났던 것은 내 처지로부터 비롯된 몇 가지 물음 때문이다. 제대로 창작을 하려면 돈도 많고 예술도 이해하는 신흥 귀족을 찾아 나서야 한단 말인가. 귀족에게 매인 자유와 시장에 매인 자유 중 어느 쪽이 더 지독할까. 괴테처럼 내 인생을 걸고 곰곰 따질 문제다.

또 하나 재미있는 장면은 괴테가 나폴레옹을 평가하는 부분이다. 에커만이 나폴레옹의 인품이 지닌 독특한 마력을 지적하자, 괴테는 그 마력을 나폴레옹 통치하의 프랑스 국민들이 모두 자기들 삶의 목적을 달성할 수 있다고 확신한 것과 연관 짓는다. 또한 누가 누구를 섬긴다는 것은 그렇게 하는 것이 자신에게 이롭다는 것을 알기 때문이라고 첨언한다. 그러니까 나폴레옹의 정치력은 그를 따르면 자신들에게 이로울 것이라는 프랑스 국민들의 믿음에서부터 나왔으며, 이 믿음 자체를 만들고 부풀릴 줄 알았던 사람이 곧 나폴레옹이라는 것이다. 비약이겠지만, 이 대목을 읽으면서 자꾸 히틀러가 연설하는 장면이 뇌리를 스쳤다. 히틀러를 따른 독일

국민들의 선택 역시 나치즘이 자신들에게 이로울 것이라는 믿음에서부터 비롯된 것이 아니었던가. 그리고 그 탁월한 연설을 통해 이것을 부풀리고 조장한 이가 바로 히틀러가 아니었던가.

마지막으로 창작자라면 꼭 경청해야 하는 비유 하나. 괴테는 노래를 익히는 가수에 비겨 창작자의 자기 연마에 관해 논하고 있다. 아마추어 가수는 자기 목청에 맞는 음만을 취하지만, 프로페셔널 가수는 자신의 목청에 맞지 않는 음도 낼 수 있어야 한다는 것이다. 가수가 모든 음을 능수능란하게 다루듯이, 시인이 되려면 주관적 성향과 객관적 방향까지 두루 공부하고 익히라는 것이 괴테의 결론이다. 이것은 몇 개의 이미지와 미끈한 문체 하나로 변주에 변주만 거듭하는 젊은 작가들을 향한 괴테의 비웃음이기도 하다. 이 비웃음은 지금까지도 유효하다.

작가들에게 유난히 친절하고 맑은 눈을 지닌 편집자 S와 전화 통화를 나누었다. 공교롭게도 그 역시 『괴테와의 대화』

를 읽는 중이었다. 나는 위에서 언급한 세 장면을 들려주었다. 그는 잠자코 내 이야기를 듣더니 이렇게 카운터펀치를 날렸다.

"김 선생님은 역시 작가시니까 괴테에게 초점을 맞추시는군요. 당연한 일입니다. 헌데 저는, 이게 직업병인지 모르겠지만, 괴테의 이야기를 두 눈 크게 뜨고 열심히 메모하며 듣고 있는 에커만에게 자꾸 관심이 가네요. 편집자란 뭘까요? 편집자란 결국 책을 쓰는 작가들과 인간적인 유대감을 형성하고, 그들이 훌륭한 생각을 할 수 있도록 돕고, 그들이 쓴 글들을 미리 읽고 독후감을 전하면서, 그 작가의 자기완성을 지켜보는 것이 아닐까요? 마지막에는 물론 그 작가의 글 중에서 가장 훌륭한 글을 자신이 직접 편집하고 출간해야겠죠. 괴테가 에커만을 『유고전집』의 책임 편집인으로 정한 것은 탁월한 선택이었어요. 당연한 일입니다. 저는 언제쯤이면 에커만의 경지에 오를 수 있을까요?"

괴테와 에커만에게 절망한 우리는 깊은 한숨과 동시에 전화를 끊었다.

노동하는 손
홀로 일하는 영혼은 아름답다

어느 날 밤 책상 서랍을 정리하다가 10년 전의 습작 노트를 발견했다. 그때는 소설가도 문학 비평가도 아니었고, 그저 문학에 눈 먼 청년에 지나지 않았다. 한 장 한 장 노트를 넘길 때마다 낯선 글들이 보인다. 유치하고 거친 문장들도 눈에 거슬리지만, 기억에서 완전히 지워진 글을 만나면 무척 당황스럽다. 내가 언제 이런 걸 썼었지?

누구나 이러한 경험이 한 번쯤은 있게 마련이다. 이삿짐을 싸다가, 책장 정리를 하다가, 대청소를 위해 옮긴 장롱 뒤에서, 자신의 낯선 기록을 발견하고 이런 독백을 흘린 적이 있을 것이다. 부족하고 모자란 모습이지만 그래도 치열하게 고민하며 열심히 살았구나. 그 시절의 내가 곧 지금의 나를 만들었구나.

프랑스 파리로 여행을 떠났을 때 가고픈 곳이 두 군데 있었다. 하나는 하루에 스무 시간을 집필에 매달린 『인간희극』의 작가 발자크의 집필실이었고, 또 하나는 조각가 로댕의 작업실이었다. 마침 발자크 기념관이 내부 수리 중이었으므로 발길은 자연스럽게 로댕 기념관으로 향했다. 다행히 그곳에서 로댕이 만든 배불뚝이 발자크의 전신상을 보고, 발자크가 저돌적으로 집필에 몰두하던 방을 살펴보지 못한 아쉬움을 달랠 수 있었다.

낯익은 작품들이 실내외에 가득했다. 정원에 자리잡은 「지옥문」과 「칼레의 시민」의 정교함도 대단했고, 실내 전시실에 있는 「영원한 우상」이나 「작별」도 창작자의 감정을 충분히 느낄 수 있었다. 빅토르 위고의 툭 튀어나온 이마를 본 것은 뜻밖의 수확이었고 카미유 클로델의 역동적인 작품까지 함께 살필 수 있어서 좋았다.

그중에서 가장 감동받은 것은 정원의 대형 조각들도, 실내 전시실의 작품들도 아니었다. 정원 구석에 마련된 유리틀 안에는 기기묘묘한 손과 발과 머리와 몸통이 있었다. 돌에서 반만 나온 엉덩이라든가 겨우 무릎의 윤곽만 알 수 있는 석고도 있었다. 그것들은 로댕이 작품을 만들기 위해 연습한 것들의 모음이었다. 문학으로 비유하면 서툰 습작품들인 것이다. 일렬로 진열된 손들이 특히 눈길을 끌었다. 주먹을 쥔 놈, 중지만 구부린 놈, 무언가를 들기 위해 손목을 뒤로 젖힌 놈, 악수하는 놈, 애무하듯 손등을 쓰다듬는 놈. 어두컴컴한 작업실에서 이것들을 하나하나 만들며 고개를 갸웃거리고 화를 내고 양손에 얼굴을 묻는 로댕의 얼굴이 떠올랐다. 이런 지독한 연습이 있었기에, 로댕은 프랑스 제일의 조각가가 될 수 있었다.

관람을 마치고 로댕 기념관을 나서려는데, 정문과 이어진 벽에 낯익은 이름이 하나 박혀 있었다. 라이너 마리아 릴케. 『말테의 수기』라는 감각적이고 실존적인 산문을 썼고, 평생 시인으로 살기 위해 직업을 갖지 않았던 독일 최고의 시인 말이다. 청년 릴케는 1902년 늦여름부터 이미 대가의 반열에 오른 예순두 살의 로댕과 함께 이 집에서 지냈던 것이다. 그는 로댕의 개인 비서로 일하면서 대가의 일거수일투족을 관찰하고 메모한다.

『릴케의 로댕』은 그러니까 문학청년 릴케의 눈에 비친 조각가 로댕에 대한 기록이다. 다른 평전이나 위인전과 다른 점은 두 사람이 모두 예술가라는 사실과 릴케가 궁극적으로 예술과 관련된 일이 아니고는 로댕에 관해 그 어떤 글도 쓰지 않았다는 점이다. 시시콜콜한 신변잡기는 그의 관심 밖이었다.

로댕으로부터 얻은 깨달음은 훗날 릴케의 시 창작에 많은 영향을 끼친다. 그중에서 가장 기본적이면서도 중요한 깨달음은 창작을 철저하게 하나의 노동으로 인식한다는 점이다. 편히 쉬고 놀면서 가끔씩 흥이 나면 끼적이는 것이 결코 작품이 될 수 없다는 것이다. 부와 명예와 명성을 뒤로 한 채, 어두컴컴한 작업실에서 여기저기 나뒹구는 습작 더미에 묻혀, 땀을 뻘뻘 흘리면서 돌을 옮기고 두드리고 깎는 인간. 릴케는 그 모습에서 위대한 예술가의 본질을 파악한다. 릴케는 특히 로댕의 굵은 팔뚝과 탱탱한 다리, 넓은 가슴을 여러 번 묘사한다. 장시간의 노동을 지탱할 수 있는 강건한 육체를 강조하기 위함이다. 「지옥문」이나 「칼레의 시민」보다 더 아름다웠던 것은 바로 그것들을 만들어 내는 예술가의 노동하는 손이었던 것이다.

실패가 두려운 것이 아니라 노동하지 않는 것이 문제이다. 자신의 모든 영혼을 바쳐 일하는 인간은 설령 그가 하는 일이 더럽고 흉하다 할지라도 아름다운 인간인 것이다. 혹시 불만에 가득 찬 손, 절망과 슬픔에 젖어 있는 손을 가지고 있지는 않은가?

『릴케의 로댕』은 많은 도판이 담겨 있어 예술가의 내면을 들여다보는 재미를 각별히 느낄 수 있다. 인생을 조각하는 법을 배우고 싶다면 이 책을 들여다보자. 릴케의 유려한 문장이 당신을 노동하는 손으로 이끌어 줄 것이다.

아련한 기억

빛나는 그림자를 찾아서

삶에 대한 왈가왈부는 글쓰기의 영원한 주제다. 예술가를 다룬 전기는 삶과 작품을 겹쳐 떠들 수 있기 때문에 그 재미가 증폭된다. 대부분의 예술가들이 스스로 빛나는 것을 주저하며 눈부신 작품 뒤에 그림자로만 남기를 희망하지만, 세상의 눈과 혀는 집요하게 그 어둠을 파고든다.

먼저, 발바닥에 의존하여 뒤지기. 남아 있는 자료를 바탕으로 예술가의 삶을 재구성하는 것이다. 『츠바이크의 발자크 평전』을 보면, 하루에 열여섯 시간 이상 작업하는 발자크에게 한 번 놀라고, 발자크가 남긴 글을 교정본 하나하나까지 샅샅이 훑는 츠바이크의 끈기와 자료소화력에 또 한 번 놀란다.

그다음, 기억에 의존하여 돌아보기. 일정 기간 시간과 공간을 함께한 이들의 회고를 통하여 창작의 산실에 접근하는 방식이다. 새벽부터 밤까지 어둠 속에서 홀로 돌을 깎는 로댕의 모습은 릴케가 그의 개인 비서였기에 묘사할 수 있었고, 죽어 가는 모리의 유머와 통찰을 화요일마다 담는 일도 미치 앨봄이 그의 제자였기에 가능했다.

예술가의 아내라고 해서 비서나 제자보다 회고의 밀도가 반드시 높은 것은 아니다. 예술가의 창작 활동을 얼마나 깊이 이해하고 또 서로 영감을 주고받는가가 더욱 중요한 지점이다. 이런 의미에서 도스토예프스키의 아내 안나가 쓴 『도스토예프스키와 함께한 나날들』은 대가의 자잘한 일상과 치열한 창작활동을 동시에 살필 수 있다는 점에서 이채롭다. 속기사인 안나는 도스토예프스키가 구술한 소설『도박꾼』을 옮겨 치고 정서하는 과정에서 사랑을 싹틔웠고, 그의 청혼을 받아들인 이후 같은 방식으로『죄와 벌』을 마무리했다. 말년의 대작을 읽은 최초의 독자이면서 이야기의 전개와 등장인물의 성격을 함께 분석하고 논한 비평가이기도 했다.

기억에 의존한 글쓰기는 두 가지 약점을 지닌다. 하나는 기억의 부정확함이다. 이를 보완하기 위해 안나도 신문이나 편지로 흐릿한 기억의 순간들을 확인한다. 또 하나는 기억하는 대상에 대한 지나친 애정이다. 남편에 대한 사랑과 예술가에 대한 존경, 자신이 만들어 가고 있는 문장의 주어에 대한 집착이 어우러져 일방적인 편들기와 비판의 부재를 낳는다. 안나 역시 남편에 대한 애착으로부터 자유롭지 못했다.

그럼에도 이 책에는 마음을 흔드는 장면이 많다. 남편이 "사람의 소리라고 할 수 없는 울부짖음"을 토할 때마다 몸서리치도록 무서웠다고 회고하는 대목에서, 나는 안나만의 특별한 운명을 본다. 육체적 고통과 창작의 고통을 토로하는 소설가 곁에 그림자처럼 머무는 것이 어디 쉬운가. 그녀는 홀로 지샌 번민과 상처의 밤에 남편의 소설만이 위로이자 구원이었다고 말한다. 허나 내게는 이 두툼한 회고록이야말로, 몸서리치도록 무서웠던 순간에도 당당히 나아가 떨고 있는 소설가를 부둥켜안은 그림자의 빛나는 후일담이자, 삶으로 빚을 수 있는 단 한 권의 뜨거움으로 다가온다.

즐거운 노년

내 나이는 마음에게 물어라

드라마를 시즌별로 구입해 한꺼번에 보는 고약한 버릇이 생겼을 적이다. 「식스 핏 언더」와 「24」의 감동이 끝나기도 전에 「롬」으로 접어들었다. 이야기는 카이사르의 활약과 암살로 집중되지만 책에서만 보던 낯익은 인물도 함께 등장한다. 특히 카이사르의 탁월한 능력을 인정하면서도 로마의 공화정을 지키기 위해 노력한 비판적 지성 키케로를 만날 수 있어 좋았다.

키케로의 『노년에 관하여』는 여든네 살의 정치가 카토가 30대의 스키피오와 라일리우스의 요청에 따라 늙음에 관하여 대화하는 방식으로 이루어져 있다. 딱딱한 논리나 증명 대신 한 늙은이가 자신의 늙음을 어떻게 받아들이고 있는가를 알기 쉽게 들려준다. 여기서 지적된 노년이 비참하게 보이는 이유는 네 가지이다. “노년은 우리를 활동할 수 없게 만들고, 우리의 몸을 허약하게 하며, 우리에게서 거의 모든 쾌락을 앗아 가고, 죽음으로부터 멀리 떨어져 있지 않다.”라는 것이다. 키케로는 카토의 목소리를 빌어 조목조목 반박한다.

첫째, “큰일은 체력이나 민첩성이나 기민성이 아니라 계획과 명망과 판단력에 의하여 이루어진다.” 이러한 자질은 나이를 먹을수록 늘어난다. 활동이 없는 것이 아니라 그 활동의 방식과 깊이가 달라지는 것이다.

둘째, “기력이 떨어지는 것은 늙어서라기보다는 젊었을 적의 방탕 때문인 경우가 더 많다.” 늙어서 허약한 것이 아니라 청년과 장년 시절에 절제하지 못한 결과다.

셋째, 쾌락의 부재는 저주가 아니라 축복이다. "욕망이 지배하는 곳에서는 자제력이 설 자리가 없고 쾌락의 영역에서는 그곳이 어디든 미덕이 존립할 수 없기 때문이다." '함께 먹기'나 '함께 마시기'보다 '함께 살기'를 제대로 실현할 때가 바로 노년이다.

넷째, "죽음은 전혀 나이를 가리지 않는다." 노인이 죽음에 가깝고 청년이 죽음으로부터 멀리 떨어져 있다는 것은 착각이다. 역설적이게도 키케로는 노인이 청년보다 형편이 낫다고 본다. "젊은이는 오래 살기를 원하지만 노인은 이미 오래 살았다."라는 것이다.

키케로는 권한다. 젊음과 힘과 쾌락을 좇지 말고 미덕을 실천하라고. 그리하면 훌륭하게 살았다는 의식과 훌륭한 일을 많이 했다는 기억으로 노년이 즐거우리라는 것이다. 성현들은 사랑이나 인내, 자비나 미덕을 삶의 중요한 지침으로 제시하지만, 그 지침에 따라 살아가기란 무척 힘들다. 허나 혼탁한 세상을 떠나는 날까지 조용하고 순수하고 우아하게 삶을 가꾸는 일을 어찌 포기할 수 있으리.

산책 그리고 깨달음

무엇이 우리를 여유롭게 하는가

남해안에서 열흘을 보낸 적이 있었다.

김만중의 마지막 유배지인 노도에 서서 짭쪼름한 바닷바람도 맞고 조식이 평생을 보낸 산청의 산그늘 아래에서 낮잠을 즐기기도 했다. 왕명에 의해 유배를 가든 스스로 몸을 숨기든, 그들은 이 아름다운 자연과 벗하며 글을 읽고 시를 지으며 시간을 보냈다. 기껏해야 여름에 잠깐 스치듯 해수

욕장을 찾거나 계곡에서 매미 소리를 듣다가 다시 부리나케 꽉 짜인 일상으로 돌아오는 우리로서는 감히 상상할 수도 없는 일이다.

집필실로 돌아와서 김만중의 『사씨남정기』와 조식의 『남명집』을 제일 먼저 읽어 보았다. 열흘 동안 보고 들은 것들이 문장 하나하나에서 살아나는 듯했다.

여행하는 열흘 동안에는 『기싱의 고백』을 내내 옆구리에 끼고 다녔다. 그 여름에는 해마다 읽던 도스토예프스키의 소설들로부터 벗어나고 싶었던 것이다. 약간은 단순하면서도 담담하게 삶을 되돌아보면서, 언제든지 펼쳐 읽을 수 있고 또 언제든지 읽기를 멈출 수 있는 책을 원했다. 봄 여름 가을 겨울 사계절로 크게 나눌 뿐 아니라 또 각 계절이 여러 개의 아포리즘으로 채워진 『기싱의 고백』은 복잡하게 구조를 따질 필요도 없고 등장인물들의 갈등이나 불필요한 묘사를 살필 이유도 없다. 그저 소설가 기싱의 읊조리는 듯한 문장들을 따라서, 19세기 영국 소설가의 내면을 음미하면 그만이다.

　이 책을 택한 것은 역자가 이상옥이기 때문이기도 했다. 이상옥이 쓴 『이효석』을 아주 즐겁게 읽었던 기억이 있어서였다. 간결하면서도 명확한 이상옥의 문체는 약간은 건방진 듯한 느낌까지 주는 기싱의 단정적인 어투와 썩 잘 어울린다. 감상적인 부분은 더욱 감상적이고 날카로운 부분은 더욱 날카로운 느낌을 자아낸다.

　이 책의 원제는 '헨리 라이크로프트의 수상록'이다. 평생 소설을 써서 생계를 유지했던 기싱이 라이크로프트라는 가상 인물을 내세워 인생을 성찰하는 내용이다. 여기서 라이크로프트는 궁핍한 삶을 살다가 뜻하지 않은 상속을 받아 갑부가 된다. 그때부터 시골에 머물면서 자신의 천성에 어울리는 고요와 명상을 즐기고 예전에 발표했던 글과는 전혀 다른 글을 쓰게 된다. 가난은 죄악이며 인간의 성찰 자체를 방해하는 가장 큰 원인이라는 지적은 평생 밥벌이를 위해 글을 써야 했던 기싱의 처절한 고백으로 들린다.

　느림이나 여유가 강조되는 요즘이지만, 과연 얼마나 많

은 이들이 자기가 원하는 것만 하면서 기쁘게 살아가고 있을까. 얼마나 많은 이들이 9시 이전에 출근해서 6시 이후에 퇴근하는 삶으로부터 자유로울까. 물론 『기싱의 고백』에는 삶에 대한 빛나고 아름다운 사유가 많이 들어 있다. 400쪽이 넘는 책에서 300개가 넘는 문장에 밑줄을 그었으니까. 그러나 그런 사유를 낳기 위해서는 든든한 경제적 뒷받침이 필요하다는 주장에는 동의하기 어렵다. 역설적이지만, 오히려 평생을 경제적 궁핍에 시달렸던 기싱이기에 이렇게 놀라운 사유들을 7주라는 짧은 시간 동안 쏟아 낼 수 있었던 것이 아닐까.

조식이나 서경덕 같은 16세기의 처사들은 결코 넉넉한 삶을 살다 가지 않았다. 오히려 찢어지게 가난했다. 그러나 그들은 자신들의 선비다움을 지키는 데, 자연을 벗하며 살아가는 데 넉넉한 부가 필요하다고 생각하지 않았다. 오히려 청빈한 삶에서부터 더욱 곧고 바른 정신이 생겨난다고 믿었다.

세상과 거리를 두고 산수에 묻혀 지내기를 즐긴 것은 조선의 처사들이나 라이크로프트나 똑같지만, 그 삶을 가능하게 만드는 근본에 대한 생각은 왜 이렇게 다를까. 혹시 산업 혁명에서부터 시작된 영국의 자본주의적 발전으로부터, 기싱이 이 발전 자체에 여러 차례 비판을 가하고 있지만 자유롭지 못했던 것은 아닐까.

부를 기반으로 인생을 논한 『기싱의 고백』을 읽은 후에는 청빈을 바탕으로 삶을 고뇌한 『화담집』과 『남명집』을 읽어 보길 권한다. 자, 당신은 어느 쪽에 서 있는가?

가난해도 사모할 만한 인간

**힘겨운 삶의 모습,
그 속에서 발견한 우리네 풍속**

　몇 해 전 대취한 끝에 동양화가 백범영의 집에서 하루를 머물었을 때다. 흥이 오른 그는 부채에 소나무를 한 그루 그려 주었다. 용처럼 힘이 넘치면서도 어진 나무는 그가 뿌리 내린 동네를 빼닮아 있었다.

　문인과 화가가 어울린 것은 어제오늘 일이 아니다. 조선 최고의 풍속화가 김홍도 역시 박지원을 비롯한 백탑파 서생들과 깊이 사귀었다. 특히 간서치 이덕무는 김홍도의 화선에 시까지 남기며 돈독한 우정을 과시했다. 구태여 문인화를 언급하지 않더라도 시와 글씨와 그림은 지식인이라면 누구나 갖추어야 할 교양이었다. 지금은 이 셋을 함께 아우르는 이가 드물다. 앎은 쪼개어지고 넘나듦은 더 많은 노력을 필요로 한다.

근대 이전 화첩을 감상할 기회 역시 급속히 줄었다. 고흐나 피카소, 클림트의 화집들은 판형을 달리하며 여러 출판사에서 나왔지만, 우리 화가들의 솜씨는 몇몇 옛 그림을 설명해 놓은 책에서 희미한 축약본으로 짐작될 뿐이다. 스스로 눈을 찌른 최북의 처절함이나 천하가 놀랐다는 김명국의 나귀도 발품을 팔고 연구서를 뒤적이며 얻은 어리석은 상상에 그쳐야 했다.

옛 그림을 화가별로 일람할 수 있는 시리즈 발간은 불가능할까. 드가의 화집에서 눈부신 무희들과 즐기다가 신윤복의 화첩으로 건너뛰어 맵시 좋은 검무에 빠져들 수는 없을까. 출판계의 몇몇 지인들은 나의 이런 푸념에 대해 아직은 시기상조라고 답했다. 화첩의 색상을 살리고 고풍스러운 맛을 더하려면 많은 비용이 드는데, 독자가 비싼 돈 들여 우리네 화첩을 살 정도는 아니라는 것이다. 이러한 시각에 기대자면, 몇 년 전 출간된 『단원 풍속도첩』은 과감한 도전이 아닐 수 없다.

'오침안정법'이라는 우리만의 제책 방식을 따른 것도 이색적이지만, 눈길을 끄는 것은 한문학자 안대회가 가려 뽑은 주옥 같은 문장들이다. 김홍도가 그린 25가지 생활 풍속이 그와 동시대를 살았던 문인들의 시선으로 꼼꼼하게 되새김질된다. 강세황의 지적처럼 "눈으로 쉽게 볼 수 있는 것은 아무렇게나 그려서 사람들을 속일 수 없기" 때문에, 이 그림과 저 문장은 예리하게 우리네 풍속의 단점을 찌르고 장점을 키운다. 풍속화가와 실학자가 어떻게 만나고 왜 만날 수밖에 없는가가 단숨에 드러나는 대목이기도 하다. 그들의 관심사는 미미하고 가난해도 사모할 만한 인간 그 자체였다.

화첩을 넘기다 보니, 골동품에 빠져 재산을 탕진한 늙은이 이야기가 「서화 감상」이라는 그림과 나란히 놓여 있다. 그림도 좋고 글씨도 탐나지만 힘겨운 우리네 삶이 더욱 중요하다는 또 다른 감상이 아닐까. 문득 올해의 풍속을 담은 그림과 문장은 어떤 것이 있을까 궁금해졌다. '속화는 화가 가운데 하류가 그리는 것'이라는 편견을 벗어던지고, 지금이라도 남김없이 이 사소한 발견들을 기록할 일이다. 🕮

영혼과 영혼으로 만나는 사람들

**'함께'라는 말은
하루를 버티게 만드는 힘이다**

크고 작은 선거 때마다 어제의 적군이 오늘의 아군으로, 오늘의 벗이 내일의 원수로 바뀐다. 중요한 것은 권력을 잡는 일뿐이며 선거에서 승리하기 위해서라면 어떤 변신도 받아들일 태세다. 유권자는 혼란스럽다. 나 외에 과연 누구를 믿을 수 있다는 말인가.

한결같음의 위력, 맑은 영혼이 그리울 때는 박제가 산문

집 『궁핍한 날의 벗』을 든다. 이 책에서 궁핍은 물질적 가난
이자 희망 없는 시절에 대한 배고픔이다. 허기를 달래기 위
해 박지원, 박제가, 홍대용, 백동수 등은 종로 백탑(원각사지
10층 석탑) 아래 모였다. 시를 짓고 노래하고 춤을 추지만 그
들을 위로해 준 것은 시문이나 가무가 아니다. 함께 분노하
고 함께 취해 가는 벗들의 눈망울이 하루하루를 버티게 만
드는 힘이다.

그들은 서로를 다독이며 맹세했다. 초발심을 잊어버리
지 않기, 제도의 권위에 눌리지 않기, 관례를 혁파하고 하루
하루 새로운 정책들을 주장하기. 정조 등극과 함께 그들에게
도 기회가 왔다. 이룬 것도 있는 만큼 더 큰 절망이 찾아들기
도 했지만 백탑파의 삶은 변절이나 배신과는 거리가 멀었다.
함께 늙어 간 멋진 벗들이 서로의 삶을 살폈기 때문이다.

신문을 가득 채우는 말들의 상찬이 의심스러운가. 국가
지도자로 나서려는 그들의 벗을 살펴보라. 궁핍한 시절을 같
이 이겨 낸 오랜 벗들이 그와 어깨 걸고 있는가. 아니면 지난
시절 풍광은 모조리 사라지고 멋진 오늘과 더 멋진 내일만

홀로 그려 내는가. 독불장군이 새 역사를 열어 가기는 어렵다. 정조 시절에도 또 21세기에도.

위대한 참

세속에 발을 담그고 신과 악수하고

가끔씩 나는 인류가 십진법에 길들여진 노예가 아닐까 하는 엉뚱한 상상을 해 보곤 한다. 세기말에 벌어진 '1999년' 과 '2000년' 사이의 그 어지러운 축하는 물론이거니와 유명 인들의 탄생일과 서거일도 10으로 딱 나누어 떨어지는 해에 만 성대한 행사를 갖기 때문이다. 해방 이후 한국사를 살필 때도 흔히 6.25 세대, 4.19 세대, 유신 세대, 광주 세대처럼

10년 단위로 끊어 말한다.

지난 2001년 함석헌 탄생 100주년을 기념하는 행사가 성대하게 열렸다. 함석헌의 생애가 MBC와 KBS에서 동시에 조망되고 그가 번역한 『간디 자서전』과 『바가바드기타』와 같은 책들이 판형을 바꾸어 출간되기까지 했다. 근대 한국에서 가장 위대한 사상가이자 종교인이며 언론인이자 민주 투사라는 상찬이 이어졌다. 1989년 세상을 떠난 후 1990년대 내내 이어진 무관심과 침묵이 오히려 이상할 정도였다. 탄생 98년이나 99년은 별로 중요하지 않고 100년을 꼭 채운 후에야 한반도 백성들이 동시에 무언가 엄청난 깨우침을 얻은 것일까.

행사는 지나가기 마련이다. 100주년 기념 행사는 거창하고 멋있었지만, 101주년이나 102주년은 어떠했는가. 그때도 이 땅의 백성들이 함석헌을 마음의 스승으로 받들면서 그의 삶에 열광했던가. 사실 나는 1990년대로 접어든 후 10년 내내 1년에 두세 권씩은 꼭 함석헌의 책을 읽어 왔지만, 올해는 그 십진법에 대한 거부감 때문에 일부러 스콧 니어링과 주희 쪽으로 빠졌다. 함석헌에 대한 나의 관심은 모태 신앙으로부터 유년 시절과 청소년 시절을 교회에서 보냈으면서도 지금은 교회에 가지 않는 나 자신을 향한 물음과도 같다.

전국을 자전거로 돌아다닌 김훈은 팔도의 명당자리마다 여관과 고깃집이 들어섰다고 개탄한 적이 있다. 거기에 덧붙여 나는 각 마을에서 가장 볕이 잘 들고 높은 곳에는 어김없이 교회의 십자가가 서 있다고 말하고 싶다. 지금 내가 살고 있는 아파트 단지만 해도 장로교, 침례교, 감리교를 합쳐 모두 일곱 개의 교회가 있고 앞으로 두 개가 더 들어올 예정이라고 한다. 하일지의 소설을 떠올리지 않더라도 밤늦게 아파트 입구로 들어서다가 건물마다 번쩍이는 교회의 붉은 십자가를 보면 내가 지금 공동묘지로 들어가고 있는 것이 아닐까 착각하게 된다. 불경한 생각인지는 모르겠지만, 왜 저렇게 많은 교회들이 좁은 공간에 슈퍼마켓처럼 들어차야 하는지 모르겠다. 종파끼리 합의해서 교회의 수를 줄일 수는 없을까. 대학 3학년으로 접어들 즈음(함석헌이 세상을 떠난 바로 그 해다.) 함석헌의 다음과 같은 주장을 빛바랜《사상계》에서 찾아 읽고 그의 팬이 되었다.

교회당 탑이 삼대같이 자꾸만 일어서는 것은 반드시 좋은 현상이 아니다. 그것은 궁핍에 우는 농민과는 아무 관계가 없다. 그들의 가슴속 양심의 수준을 높여 주어야 정말 종교인데, 이 교회는 그와는 반대다. 교회당 탑이 하나 일어설 때 민중의 양심에는 어두운 그림자가 한 치 깊어 간다. 그렇기에 "예수 믿으시오." 하면 "예수도 돈 있어야 믿겠습니다." 한다. 이것은 악한 자의 말일까? 하나님의 음성 아닐까? 석조전을 지을수록 거지는 도망하게 생기지 않았나?

작년 가을에 읽다 만 『바가바드기타』를 찾다가 『함석헌 평전』을 발견하고 펼쳐 들었다. 원래 이 책은 『바가바드기타』를 소리내어 읽다가 지치면 재미 삼아 훑으려고 구입한 것이다. '평전'이라는 제목이 붙은 책 중에서 한 인간의 삶을 냉정하게 평(評)하는 전(傳)은 만나기 힘들고, 대부분은 그 인물의 업적을 부풀리고 약점이나 잘못을 가리는 경우가 대부분이기 때문이다. 그런데 「시작하는 말」에서, 간디만큼 위대하지 않기 때문에 그에 대한 전기를 쓸 수 없다는 네루의 말을 비판하면서, "못났으면 못난 대로 그의 삶과 생각에 대해 '냉정'하고 '공정'하게 쓰기로 했다."라는 언급을 읽은 후 자세를 고쳐 앉았다. 이런 자의식이 있다면 최소한 위인전을 쓰지는 않을 것이라는 확신이 들었던 것이다.

과연 저자 김성수는 함석헌의 생애를 크게 네 시기로 나누어 치밀하게 살피면서 엄정한 비판을 시도할 뿐 아니라 그 비판 너머로 한 인간에 대한 연민과 고뇌를 드러냈다. 1944년 흥남비료 공장에 취직하여 노동자를 계몽시키자는 김교신의 권유를 거절한 것을, 생활고에 허덕이는 가족에 대한 책임과 연결짓는 대목이라든가, 1960년 일어난 죄(여자 문제)를 논하면서, 이 일을 통해 죄인 한 사람이 사회 전체로부터 얼마나 철저히 고립될 수 있는가를 절실히 체험했으며 이 체험은 이후 함석헌의 험난한 삶을 개척하는 힘의 원천이 되었다는 주장은 탁견이 아닐 수 없다. 저자의 단정하고 정곡을 찌르는 글을 통해 자유분방하고 모순적이며 때론 현란하기까지 했던 함석헌의 생애가 훨씬 분명하게 손에 잡히는 것 같다.

명멸하는 역사적 인물 중에서 한 사람을 택해 생애를 조망하는 것은 곧 그의 삶에 기대어 자신의 문제를 풀기 위함이다. 저자가 머나먼 영국까지 가서 함석헌의 퀘이커적인 삶을 탐색한 이유를, 함석헌의 40대와 50대를 살피면서 소제목으로 택하기도 한 "기독교는 위대하다. 그러나 참은 보다 더 위대하다."라는 문장 속에서 살짝 엿본다면 억측일까. 함석헌이 기독교보다 더 위대한 참을 찾아서 역사의 현장으로 나섰듯이, 저자인 김성수에게도 또 이 글을 쓰고 있는 나에게도 위대한 참이 필요한 건 아닐까.

헌데 과연 지금 우리에게 위대한 참이 있기나 할까. 있다면 그 위대한 참은 어떤 과정을 통해 다가설 수 있는 것일까. 지금으로서는 지름길이 보이지 않으니 함석헌의 생애를 곁눈질하며 멀리 둘러갈 수밖에 없다. 그 길마저 지루하고 힘들다면, 이 책을 펼치기 바란다. 발밑을 비추는 램프이자 앞으로의 여정을 알려 줄 지도가 그 안에 숨어 있다. 갈증을 날려 버릴 시원한 한 모금의 샘물도 함께.

추방과 귀환의 나날

나는 두렵지만, 두렵지 않다

책만큼 시대의 흐름에 민감한 것도 없다. 뉴욕의 쌍둥이 빌딩이 무너지자, 미국에서는 노스트라다무스의 예언서들이 불티나게 팔렸고, 우리나라에서도 새뮤얼 헌팅턴의 『문명의 충돌』과 하랄트 밀러의 『문명의 공존』이라는 책들이 나란히 독자의 눈길을 끌었다. 텔레비전에서는 권투 시합을 벌이기라도 하듯 두 책의 내용을 대비시키면서 저자들의 인터뷰까지 내보냈다. 『문명의 충돌』이 소비에트 몰락 이후 미국을 위협할 절대악으로 이슬람을 택했다는 것은 두말할 나위도 없지만, 비교적 비서구인들에게 우호적인 시각에서 쓰여졌다는 『문명의 공존』 역시 내게는 불만스러운 책이었다. 공존의 절대적 가치는 인정하면서도, 누가 그 공존을 어렵게 만들고 있으며 누가 지금까지의 분쟁을 책임져야 하는가에 대해서는 진전된 논의가 없었다. 서구를 분쟁의 피해자이자 분쟁 해결의 주도자로 단정하는 두 책 모두 서구가 아니면 안 된다는 전제를 깔고 있는 것이다.

　세계를 몇 개의 문명권으로 묶는 것은 무척 낯익은 발상이다. 우리나라에서는 조동일이 중세 문학과 자국어 문학이라는 틀을 가지고 중세에 확립된 거대 문명과 그 안에서 각 민족이 추구한 근대로의 지향을 명쾌하게 설명했다. 또 『소설의 사회사 비교론』을 통해, 중세에서 근대로의 이행과 그 과정에서 소설이라는 문학 장르가 지닌 다층적이고 논쟁적인 역할이 모든 문명권에서 공통적으로 나타난다는 사실을 증명하기도 했다.

지금은 섣부른 대안을 제시하기보다, 그동안 중동 그 모래바람 부는 사막에서 터를 닦고 살아가는 이들이 어떤 상처를 입었는가를 차분히 살피는 편이 낫다. 에드워드 사이드는 『오리엔탈리즘』이라는 논쟁적인 저서로 널리 알려진 학자이다. 서구의 눈에 비친 동양, 서구인에 의해 자주 비틀리고 과장되는 동양인의 모습을 진단하고, 그것이 얼마나 무지와 편견의 산물인가를 꼼꼼하게 드러냈다. 문화다원주의나 미국의 패권주의를 논할 때면 반드시 읽고 넘어가는 필독서이다. 이 때문에 『에드워드 사이드 자서전』 역시 아주 공격적이고 논리적인 책이 아닐까 하는 생각을 갖기 쉽다. 허나 이 책은 놀랍게도, 그 어떤 자서전보다도 아름답고 부드러우며 자기 자신에게 정직한 고백으로 가득 차 있다.

1994년 5월 그가 이 책을 집필하기 시작한 이유는 백혈병에 걸렸기 때문이다. 소식을 접한 후 그는 잠을 줄여 가며 시간을 거슬러 오르기 시작한다. 그 회상은 어린 시절부터 1962년 박사 과정을 마칠 때까지이다. 자아가 확립되던 시절만을 다룬 것이다. 에드워드 사이드도 자신의 글쓰기가 자아 정체성의 탐구라는 것을 처음부터 강조하고 들어간다.
공식적인 사회 활동을 시작하기 전, 철저하게 자기 자신에게
만 속했던 순간들을 처음으로 하나씩 끄집어 내어 언어로
옮기기 시작한 것이다. 이 회상에서 던지는 물음은 단 하나
이다. 나는 누구인가? 책을 읽는 사람에게는 이렇게 그 문제
가 변주되기 마련이다. 미국의 대학에서 월급을 받으며 살아
가는 교수이면서, 미국의 중동 정책을 강력하게 비판하는 논
객, 팔레스타인 망명 정부의 국회의원까지 지낸 에드워드 사
이드는 누구인가?

그는 학창 시절 내내 완전한 서구인이 되기 위해 노력했
다. 취학 전부터 영어를 익히고 영국식 교육을 받았기에 미
국에서의 공부가 낯설지 않았던 것이다. 허나 이것은 단지
겉모습일 뿐이다. 속을 들여다보면 지독한 콤플렉스가 보인
다. 아무리 노력해도 결코 서구인이 될 수 없다는 것을, 영국
아이들과 어울리면서, 왕따를 당하면서 터득한 것이다. 그는
이렇게 고백한다.

나는 우리가 학교에 들어가기도 전에 이미 영국인도 아니고 진정한 신사도 아니고 사실상 교육시킬 수도 없는 모자라는 인간(또는 근본적으로 품질이 떨어지는 인적 자원)으로 이미 평가가 내려진 듯한 기분을 느낄 때가 많았다.

'합리'를 내세우는 미국이 팔레스타인 민족을 내쫓고 이스라엘에게 그 땅을 불하한 이후 에드워드 사이드에게 있어 삶의 화두는 '추방'이었다. 탕아라면 간절히 회개하고 눈물로 사죄하며 가족의 품으로 돌아가면 되지만, 추방된 민족은 어디로 가야 한단 말인가? 세계를 떠돌던 유대 민족에게 정착의 축복을 내리기 위해, 팔레스타인 민족의 땅을 빼앗고 세계를 떠돌게 만드는 것이 신의 뜻이며 정의란 말인가? 문명 비평가로 이름을 얻은 후 그는 그것이 결코 신의 뜻도 아니고 정의도 아니라고 목소리를 높였다. 그러나 이 추방의 기억은 고향 없는 떠돌이 의식을 영원히 그의 가슴에 심어 놓았다. '떠남'과 그 떠남의 '두려움'이 자신의 존재를 증명하게 되는, 떠나지 않고 정착하면 오히려 불안해지는 나날이 반복된 것이다. '추방의 내면화'에 다름 아니다. 추방당한 이는 결코 이방의 땅에 정착할 수 없다는 체념이 무의식 깊은 곳에 깔려 있는 것이다. 그는 또 이렇게 고백한다.

　　나는 내가 떠나온 곳으로 다시는 돌아가지 못할지도 모른다는 은밀하고 근원적인 두려움을 갖고 있다. 그 후 나는 이런 두려움에도 불구하고 일부러 떠날 기회를 만들어 자발적으로 두려움을 불러일으킨다는 사실을 발견했다. '떠남'과 '두려움'은 내 생활 리듬에 절대적으로 필요한 것 같고, 내가 병에 걸린 뒤 그 필요성은 급속히 높아졌다.

　　이 책은 두려움 깊숙한 곳에 깔린 체념과 맞서 싸운 투쟁의 기록이기도 하다. 비록 고향이라는 행복한 공간으로 팔레스타인 민족이 모두 함께 돌아가기는 어렵지만 추방 이전의 행복했던 순간들로 나 혼자만이라도 시간을 거슬러 올라갈 수는 있을 테니까. 그리고 그 불면의 밤 동안, 추방 이전의 행복과 추방 이후의 불행을 지극히 개인적이고 내면적인 문체 속에 선명하게 담기 위해 노력했다. 이러한 귀환은 근본적으로는 죽음을 앞둔 자의 자기 위로일 테지만, 그 어떤 민족도 다른 민족을 그들이 정착한 고향에서 강제로 추방할 수 없다는 주장을 담고 있기도 하다.

쌍둥이 빌딩이 폭발하고 탄저균이 미국 전역을 공포의 도가니로 몰아넣고 미국과 영국의 전투기들이 아프가니스탄을 폭격하는 장면을 접할 때마다, 새뮤얼 헌팅턴도 아니고 하랄트 뮐러도 아닌, 민족적 추방과 개인적 귀환, 공간적 추방과 시간적 귀환에 관한 깊은 사색을 보여 준 에드워드 사이드에게 묻고 싶어진다.

"속 깊은 상처를 치유할 방법은 없을까요? 전쟁이나 테러가 아닌 다른 길은 정녕 없을까요?"

시간을 정복한 남자
류비셰프

다닐 알렉산드로비치
그라닌

이상한 정복 일기

시간이 부족한 당신, 이 사람을 보라

밀도가 전부다.

이 하루는 그 한 해와 맞먹고, 그 반평생은 이 반나절에
도 미치지 못한다. 문체든 인생이든, 밀도가 떨어지는 텍스트
는 논할 가치가 없다.

열정이 곧 재능이 아니라 그 열정을 평생의 과업에 지속
적으로 쏟을 수 있는 '방법론'을 아는 것이 곧 재능이어야 한

다. 한없이 빽빽하게 인생의 밀도를 채워 나간 러시아 과학자 류비셰프는 그 지난한 앎의 과정을 일기에 고스란히 남겨 두었다. 허풍쟁이로 비웃음을 한 몸에 받으면서도 책상 앞에서는 경건하게 16시간 동안 집필과 퇴고를 감수한 발자크, 자신이 쓴 글자 수를 매일 기록한 헤밍웨이도 정해진 시간 속에서 고군분투한 사람들이다. 그러나 류비셰프처럼 그 모두를 매일매일 기록하고 월별, 연별 그래프와 표를 작성한 이는 일찍이 없었다.

우리 중 누구도 류비셰프처럼 살 수 없고 살 필요도 없다. 『시간을 정복한 남자 류비셰프』의 저자 다닐 알렉산드로비치 그라닌은 "오래전에 멸종한 공룡처럼 이런 종류의 사람은 이제 세상에 존재하지 않는다."라고 책머리에서 꼬집었다.

요즘 쏟아지는 '아침형 인간'식의 시간 안배 기술을 배우기 위해서라면 이 책은 어울리지 않는다. 이 책은 류비셰프의 삶 전체를 체계적으로 조감하고 있지도 못하다. 오히려 그라닌은 경이로운 눈망울로 장마다 새로운 물음을 쏟아 낸다. 그 물음들은 시간과 맞서 싸울 수밖에 없는 저 깊은 인간 실존과 맞닿아 있다.

이제 우리의 관심은 류비셰프의 방대한 연구 실적이 아니라 엄청난 글을 쏟아 낼 수 있었던 '삶의 방법'으로 바뀐다. 시대나 국적은 달라도 시간의 활용과 집중은 인류의 보편적인 관심사가 아닐 수 없다. 다작이 반드시 탁월한 것은 아니지만 그 안에 깃든 한결같음의 위력은 외면하기 어렵다.

한결같음을 유지하기 위해서는 나 자신의 변화에 민감해야 한다. 하지만 보통 사람들은 나 자신이 어떻게 변하고 있는지, 일에 대한 열정, 취향, 관심사가 어떻게 바뀌고 있는지 알지 못한다. 이 무지는 심각한 결과가 일어나기 전까지 미세한 변화를 확인할 방법을 모르기 때문이다.

류비셰프는 그 방법을 도끼눈을 뜨고 시간을 노려보는 데서 찾았다. 그는 하루하루를 거울처럼 기록하면서 자신의 삶을 주기적으로 되짚어 통계를 뽑는다. 그 시간 통계를 바탕으로 어제를 반성하고 내일을 계획한다. 무엇이 변했고 무엇이 한결같은가를 시간에 기대 객관적으로 확인하는 것이다.

시간을 잣대로 자신을 측정하는 것은 그라닌의 지적처

럼 끔찍한 일이다. 감정도 이성도 없는 시간은 어떤 변명도 들어 주지 않는 법이다. 그러므로 시간의 숫자 놀음으로 자신의 진심을 증명하기 위해서는 강철 같은 의지가 필수적일 수밖에 없다.

시간에 대한 철저한 자기 관리는 학문하는 자세에도 고스란히 반영되었다. 논쟁 없는 진리, 근거 없는 확신, 절대적인 판단 앞에서 몸서리쳤기에 그는 늘 논쟁의 한가운데 있을 수밖에 없었다. 그 싸움은 자신의 전공 영역에 머무르지 않고 일파만파로 퍼지는 형국이지만, 이 깐깐한 과학자는 어느 것 하나 허투루 물러서는 법이 없었다.

영국 화가 마크 퀸은 5년마다 자신의 피를 4리터씩 뽑아 「셀프」라는 제목으로 두상을 만들었다. 류비셰프 역시 시간을 눈에 보이는 물체처럼 만들어 자신의 삶을 '채굴'하고 싶었는지도 모른다. 자기 자신으로의 이 끔찍한 몰입을 집착이라고 하든 사랑이라고 하든, 류비셰프가 인생의 벽돌을 한 장 한 장 쌓을 때마다 최선을 다했음은 부인할 수 없는 사실이다.

허나 어찌 인간이 시간을 정복할 수 있으랴. 산이 거기에 있어 오르듯 시간 역시 거기에 있으므로 맞설 따름이다. 그라닌은 소설가처럼 내면을 그리지는 않겠노라고 슬쩍 비켜섰으니, 이제 직선적이고 저돌적인 시간 인식의 극한에서 류비셰프가 떠안은 불안을 상상하는 것은 독자의 몫이 되었다.

마지막으로 진지하면서도 우스운 상상 하나. 말 그대로 꽉 찬 충만을 꿈꾼 류비셰프에게 노장의 텅 빈 충만을 선물하면 어떻게 응할까. 이 분류와 통계의 귀재는 노장의 책을 읽은 시간과 그 책을 가지고 고민한 시간을 각각 또 자신의 일기에 건조하게 적으리라. 정말 못 말리는 그래서 더욱 사랑스러운 인간이다.

어떤 음모론

**마오쩌둥은 문화대혁명을
이렇게 말했다**

비록 순간이지만, 중국의 문화대혁명을 희망의 칼날로 여긴 적이 있었다.

68 혁명을 이끈 프랑스의 지성들은 베이징행 비행기에 올랐고 핑퐁외교와 함께 마오쩌둥 어록이 하버드를 비롯하여 북중미의 대학가를 휩쓸었다. 문화와 교육을 통한 새로운 인간형의 창조는 자본주의적 인간소외의 대안으로 비쳤다.

그 후로 오랫동안 문화대혁명은 분서갱유와 맞먹는 잔혹한 상처였다.

천하 대란의 시절을 직접 체험한 홍위병 세대가 문화 예술의 전면으로 등장하면서 문화대혁명은 광기와 부도덕 그 자체로 전락했다. 우리에게도 익숙한 천 카이거와 장이머우의 영화들, 다이 호우잉의 『사람아 아, 사람아!』 같은 소설은 역사의 수레바퀴에 짓눌린 자의 고통을 살갗을 벗겨 내듯 생생하게 형상화했다. 『낙타샹즈』로 널리 알려진 세계적인 작가 라오서가 손자뻘인 홍위병들에게 학대당한 후 "나는 우리의 나라를 사랑했다. 그러나 누가 나를 사랑해 주었던가?"라고 슬퍼하며 강으로 뛰어들어 스스로 목숨을 끊은 사건은 그 시절의 참담함을 단적으로 드러낸다.

마오쩌둥은 입버릇처럼 말하곤 했다. "나는 평생 두 가지 일을 했다. 하나는 장제스와 일본인들을 몰아내고 나라를 세운 일이고, 또 하나는 문화대혁명을 일으킨 일이다."

《산케이신문》 특별취재반의 『모택동비록』은 문화대혁명

을 가해자의 입장에서 다룬다.

  내면의 찐득찐득한 상처보다 발빠른 다큐멘터리적 구성이 돋보이는 것은 1999년을 전후로 쏟아진 문화대혁명기의 전기와 회고록에 힘입은 바 크다. 이를 통해 풍문으로만 떠돌던 몇몇 장면들을 모자이크처럼 짜맞추는 것이 가능해졌다. 마오쩌둥이 22년 만에 두 번째 부인 허쯔전과 리산에서 재회하여 회포를 푸는 장면이나, 세 번째 부인 장칭이 실크 잠옷 차림으로 수입 비디오를 보다가 체포되는 장면은 잘 다듬어진 단편소설 같다.

  이야기의 중심에는 언제나 마오쩌둥이 있다. 마오쩌둥과 린뱌오, 마오쩌둥과 저우언라이, 마오쩌둥과 덩 샤오핑, 마오쩌둥과 문혁 4인방, 이런 식으로 파트너를 달리 하며 시소를 타는 형국이다. 파트너가 바뀔 때마다 마오쩌둥의 새로운 면이 부각되며, 그것들이 쌓여 이미지를 복합적으로 구축하는 것이다.

  마오쩌둥이 "각 지방은 많은 손오공을 올려 보내서 천궁(天宮)을 소란스럽게 만들어야 한다."라는 말을 문화대혁명이 일어나기 직전에 했다거나 톈안먼 광장에서 홍위병 쑹빈빈의 이름을 쑹야오우로 바꾸게 한 일화는 간접적이면서도 확실한 대중 장악력을 드러낸다. 2년이 흐른 뒤 홍위병의 5대 영수를 불러 놓고 "투쟁하지 않고 비판하지 않고 개혁하지 않는다." 하고 질책하며 하방(下放)을 명령하는 대목에서는 맺고 끊음이 분명한 냉철함을 보여 준다. 또한 덩 샤오핑을 "솜 속에 바늘이 있다. 겉은 온화하지만 속은 강철같다."라고 평가한 대목에서는 탁월한 지인지감을 살필 수 있다. 마오쩌둥의 절대 권위는 린뱌오의 쿠데타 계획서로 알려진 노트 속에 적힌 "현대의 진시황제를 타도하라."라는 구호 속에서 역설적으로 드러나며 측천무후가 되고 싶어 한 장칭을 통해 희화화되기도 한다.

눈에 선한 장면들을 따라가다 보면, 어느새 마오쩌둥의 죽음과 '역사적 문제에 관한 당의 결의'라는 문건을 접하게 된다. 1981년 채택된 이 결의에서 문화대혁명에 대한 마오쩌둥의 과오가 공식적으로 인정되었고, 공산당 지도자는 과오를 저지르지 않는다는 무오류성의 신화도 깨어졌다.

발빠른 취재와 치밀한 고증은 돋보이지만 첫 장을 펼칠 때부터 품었던 의문은 여전하다. 희망과 상처와 침묵의 세월이 흐른 지금 왜 또다시 마오쩌둥을 살펴야 한단 말인가. 홍위병과 문혁 4인방이 전면에 나섰지만 마오쩌둥이 결국 모든 것을 배후 조종했다는 '음모론'을 문화대혁명의 실체로 확정하기 위함인가.

마오쩌둥의 고뇌와 철학이 덧붙여졌다면 이 책은 더욱 빛났으리라. 닉슨에게 당당했던 마오쩌둥처럼, 지금 중국은 '팍스아메리카나'를 향해 제 목소리를 내고 있다. 김정일의 중국 방문에서도 알 수 있듯이, 반백 년이 넘도록 혈맹을 자처해 온 북한은 모든 방면에서 중국과 보조를 맞춘다. 북한의 미래를 살피기 위해서는 지난 반세기 동안 중국이 걸어온 길을 알아야 하는 것이다. 우리에게 마오쩌둥이 의미 있는 자리는 그의 더운 심장을 통해 중국 현대사의 영광과 좌절을 만질 때뿐이다. 대약진 운동의 실패로 굶어 죽어 가고 있는 2000만 명의 인민을 살리기 위해, 스탈린 사후 흔들리기 시작한 사회주의권을 하나로 묶기 위해, 미국과 맞서기 위해,

마오쩌둥이 지새운 밤들과 읽었던 책들과 만났던 사람들은 어디로 숨어 버렸을까. 《산케이신문》의 기자들은 왜 이것들을 찾지 않았을까.

중화인민공화국의 건국 영웅이면서 27년이나 권좌를 지켰던 거인 마오쩌둥을 정치적 음모와 술수로만 살피는 것은 재미있긴 해도 지나치게 가벼운 발상이다. 그런 고뇌 자체를 인정하기 싫었는지도 모르겠다.

억만장자의 큰 생각

냉정과 열정 사이에서

이 남자 특이하다. 케이블 방송 「어프렌티스」에 나와서 "당신은 해고야!" 하고 거침없이 외치고, 혼전 계약서 없이는 절대로 결혼하지 말라고 주장하는 사내. 추진력을 잃는 것은 숨쉬기를 멈추는 것과도 같다며 문제를 피하지 말고 정면으로 맞서서 돌파하라는 호전적인 사내. 그가 바로 부동산 투자로 큰돈을 번 도널드 트럼프다.

그의 저서 『억만장자 마인드』는 "당신은 부자가 될 수 있는 자질을 갖추었는가?"라는 물음에서부터 시작한다. 트럼프는 2퍼센트의 부자에 들기 위해선 98퍼센트의 사람들과 다르게 살아야 한다고 강조한다.

트럼프와 함께 이 책을 지은 빌 쟁커는 교육 회사 '러닝 아넥스'의 설립자다. 쟁커는 트럼프를 아넥스의 강사로 초빙하는 과정에서 황당한 일을 겪는다. 1회 강연료로 1만 달러를 책정한 쟁커는 부자의 사회적 책임 운운하며 승낙을 받아 내려 한다. 그러나 트럼프의 비서 노마는 쟁커가 100만 달러의 강연료를 부를 때까지 요지부동이며, 트럼프는 한술 더 떠서 몇 명을 모아 올 수 있느냐고 따진다. 쟁커가 1000명이라고 답하자 트럼프는 1만 명을 모으면 강연에 응하겠다고 조건을 단다. 이렇게 시작한 '러닝 아넥스 웰스 엑스포'의 참가자는 자그마치 3만 명을 훌쩍 넘었고, 쟁커는 100만 달러를 트럼프에게 지불하고도 큰돈을 챙겼다. 돈보다 더 중요한 소득은 큰 틀에서 사업을 성공시킨 쟁커의 자신감이다. 그때부터 쟁커는 1만 명 이상을 불러 모으는 강연을 연이어

기획했고 러닝 아넥스는 눈부시게 성장했다.

트럼프는 말한다. 크게 생각하고 과감하게 행동하라. 항상 최고를 노리고 자신보다 큰 사람과 사귀어야 정글의 싸움에서 먹히지 않고 승리한다는 것이다. 드라마보다 재미있는 트럼프의 성공담은 중단 없는 열정과 피나는 노력의 산물이다. 트럼프는 자신의 성공을 행운으로 치부하려는 사람들에게, 키가 무척 작았지만 메이저 골프 대회에서 아홉 번이나 우승한 게리 플레이어의 명언을 들려준다.

"더 열심히 훈련할수록 더 많은 행운을 누리게 되는 것 같습니다."

끊임없이 스스로에게 희망을 북돋고 집중력을 잃지 않는 것이야말로 성공의 지름길이다. 집중력과 인내심은 선천적인 재능이 아니라 후천적인 습관이므로 반복해서 노력하면 향상된다는 주장도 경청할 만하다.

그러나 트럼프가 추천하는 몇몇 삶의 자세는 치열함을 넘어 섬뜩하다. 부당한 취급을 당했을 때 참고 넘어가면 바보가 되니, 공개석상에서 상대의 가장 약한 부분을 단숨에 반격하여 치명적인 모욕을 줘라. 그리하면 주변 사람들까지 자신에 대한 비판을 자제할 것이므로 일거양득이라는 식이다. 똑똑한 사람을 고용하되 믿지는 말라는 충고 역시 나 자신 외에는 아무도 신뢰하지 않는 현대사회의 비정함을 드러낸다. 인간적이면서 품위를 지키는, '나쁘지 않은'을 넘어 '위대한' 부자의 길은 정녕 없는 것일까.

9

읽어야 할 책이
많기에,
써야 할 글이
넘치기에,

삶은
결코 지루하지 않다

누워서 책 읽는 여자

책의 마돈나, 나의 침실로!

세상에는 두 종류의 책 읽기가 있다. 책상에서의 책 읽기와 침대에서의 책 읽기. 전자가 단정한 자세의 정독을 지향한다면 후자는 자유로운 몽상을 불러일으킨다. 장정일은 일찍이 이렇게 적었다. "나의 어릴 적 꿈은 동사무소의 하급 공무원이나 하면서 아침 9시에 출근하고 오후 5시면 퇴근하여 집에 돌아와 발 씻고 침대에 드러누워 새벽 2시까지 책을 읽는 것이다." 그렇게 새벽까지 침대에서 뒹굴며 읽은 책들을 제멋에 겨워 가르고 묶어 평한 글 모음이 바로 정혜윤의 『침대와 책』이다.

『침대와 책』은 온전히 저자의 독특한 취향과 독자의 직접적인 필요에 근거한다. 저자는 "존재에 대한 깊이 있는 탐구"를 이끌기 위해서가 아니라 "현실에서 즉각적으로 도움을 주고자", 맛집 추천서나 술집 추천서처럼 책 추천서를 썼다. 이 책에는 저자가 싫어하는 작가나 문장은 하나도 없고, 저자가 "거의 졸도할 만큼 좋아하는 구절"로만 차고 넘친다. "도시의 연인들이 여자들의 가슴 크기에 주목하게 될 때", "내 옆의 남자들이 매력 없고 한심해 보이면", "부장님께 된통 깨지고 나서" 무슨 책을 읽겠는가.

저자는 "피 맛을 본 짐승처럼 사랑하자."라는 루쉰의 말을 아끼지 않는다. 침대가 독서와 휴식뿐 아니라 사랑의 공간임을 염두에 둔다면, 추천 내용에 유독 연애와 관련된 항목이 많은 것도 이상한 일이 아니다.

"사랑 때문에 자신감이 생기고 사랑 때문에 삶이 바쁘

고 촘촘해진다는 것은 사랑을 해 본 사람은 다” 알지만, 그 럼에도 “사랑 때문에 골머리를 앓고 있다면” 동성애를 다룬 소설 중 백미인『브로크백 마운틴』을 읽어 보라 권한다. 이 아름다운 소설에서 저자가 특히 강조하는 대목은 마지막 장면이다. 애니스는 살해당한 잭과의 행복한 나날을 꿈에서나마 즐긴 후 깬다. 그랬더니 베개와 시트가 동시에 젖었다. 저자는 이 광경을 놀랍도록 따뜻하고 깊은 물음으로 감싼다. “사랑하는 사람에게 어떻게 눈물과 정액 둘 중 한 가지만 골라 바칠 수 있겠는가?”

이상하게 들리겠지만, 나는 이 깔끔한 책이 정혜윤이라는 독서광이자 라디오 피디인 여자의 자서전 중 일부로 읽힌다. 그녀도 이 책 어느 귀퉁이에 “한 사람이 평생 읽은 책으로 그의 자서전을 꾸며 볼 수도 있겠구나.”라고 적었다. 저자는 맛깔스러운 입담과 세밀한 감성, 그리고 놀라운 순발력까지 두루 갖춘 이야기꾼이다. 헌데 인용과 잡담이 절묘하게 얽힐수록 나는 그녀가 무척 외로운 영혼의 소유자라는 생각이 든다. 사람이란 "오로지 이야기를 함으로써 자기 자신이 되고 외로운 한 인간이 우주와 자신 앞에 홀로 서는 것"이 문학의 영원한 테마임을 그녀가 알기 때문이다.

나도 '책의 마돈나' 정혜윤처럼 명예롭게 살고 싶다. 그녀가 엉뚱하게 규정한 단어집에 의거하면 명예란 "하루 세 편의 영화를 보고 일주일에 세 권의 책을 읽는 것이다." 그것도 침대에 누워!

책은 만인의 대학

젊은이여, 인생의 성적표를 관리하라

한 해를 결산하는 방법은 다양하다. 고3 수험생은 성적 통지표를 곰곰 따지고, 내 집 마련의 꿈을 키우는 서민은 한 푼 두 푼 저축한 금액을 확인한다. 다이어리 메모를 훑는 이도 있고, 개인 홈피 방명록에 글을 남긴 사람들에게 때늦은 안부 메일을 보내는 이도 있다.

1년 동안 읽은 책을 정리하는 것도 좋은 방법이다. 책장에서 올해 구입한 책들만 뽑아 한 권 한 권 쓰다듬으며 자문 자답의 시간을 갖자. 내가 왜 이 책을 샀지? 왜 이 책은 완독하지 못했고 저 책은 첫 장도 넘기지 않았을까? 곱씹어 답한 후 '내 입맛에 맞는 올해의 책'을 선정하는 시간을 갖는 것도 좋겠다. 올해 나를 가장 심하게 흔든 책을 가까운 친지나 벗들에게 송년 선물로 안기는 기쁨은 덤이다.

연말이면 나는 꼭 다치바나 다카시의 자신감으로 똘똘 뭉친 책『나는 이런 책을 읽어 왔다』를 읽는다. 이 무시무시한 독서광은 구입한 책을 보관하기 위해 '고양이 빌딩'이라는 지하 1층, 지상 3층짜리 건물을 올렸다. 그의 책 읽기는 저돌적이다. 무엇을, 어떤 목적으로 읽는가를 항상 염두에 두며, 독서를 글쓰기의 수단으로 활용하는 솜씨는 세계 최강이다.

그는 스스로도 질릴 만큼『일본 공산당 연구』에서『우주로부터의 귀환』이나『뇌사』에 이르기까지 광범위한 테마로 글을 써 왔다. "제너럴리스트다운 스페셜리스트"가 되기 위해 택한 길이 바로 독서다. 「실전에 필요한 14가지 독서법」

은 타짜다운 안목과 구체성이 번뜩인다. 도쿄 대학 학생들을 향해 바보가 되었느냐고 꾸짖은 그답게 마지막 권유는 짧고 통렬하다. "대학에서 얻은 지식은 대단한 것이 아니다. 사회인이 되어서 축적한 지식의 양과 질, 특히 20~30대의 지식은 앞으로의 인생을 살아가는 데 결정적인 역할을 하는 중요한 것이다. 젊은 시절에 다른 것은 몰라도 책 읽을 시간만은 꼭 만들어라."

다치바나 다카시는 전자 미디어를 통한 콘텐츠의 시대가 열려도 종이책이 여전히 경쟁력을 지닌다고 주장한다. 그에 따르면 종이책은 디지털 콘텐츠보다 일람성과 속독성에서 압도적으로 우세하며 책 여기저기에 메모와 필기가 가능하고 사물 그 자체로서의 매력을 지닌다고 한다.

결론적으로 저자는 "책이란 만인의 대학"이라고 목소리를 높인다. 대학을 나왔건 나오지 않았건 일생 동안 책이라는 대학을 계속 다니지 않는다면 아무것도 배울 수 없다는 것이다.

책이라는 대학에 선뜻 들어서기가 겁나는 독자라면 해

가 가기 전에 신입생 축하 강연과 비슷한 분위기를 풍기는
『나는 이런 책을 읽어 왔다』부터 읽고, 책이라는 대학이 어
떤 곳인지 알았으면 한다. 그렇다고 이 책의 내용을 모두 신
뢰하는 것은 금물! 다치바나 다카시도 책 말미에 이렇게 적
었다. "책에 쓰여 있다고 해서 무엇이든 다 믿지는 말아라.
이 책도 포함하여."

비평의 풍경이 아름다운 그곳

안과 밖은 하나다

평생 잊기 힘든 순간이 있다. 작가들은 그 순간을 언어로 옮겨 시의 집이나 소설의 강을 이룬다. 때론 그 집 담벼락이 너무 높고 때론 그 강 물살이 너무 빨라, 멀리서 추측하거나 애써 외면하며 지나친 적도 많다. 비평가란 주저하는 독자보다 먼저 그 집과 그 강을 음미한 후 자신의 체험을 소상히 들려주는 사람이다. 따라서 어떤 비평가가 집과 강에 뛰어드는가에 따라 '말들의 풍경'은 달라진다.

『말들의 풍경』은 김현의 마지막 비평집 제목이기도 하다. 그는 서문에서 "내 밖의 풍경은 내 충동의 굴절된 모습이며, 그런 의미에서 내 안의 풍경이다. 밖의 풍경은 안의 풍경 없이는 있을 수 없다. 안과 밖은 하나이다. 하나는 둘을 낳고 둘은 만물을 낳는다."라고 명쾌하게 적었다.

그래서일까. 죽음을 닮은 시어들이 투병 중인 김현에게 붙들려 쓸쓸하게 빛난다. 김현은 최승호의 시를 두고, "이 썩어 문드러진 육체를 갖고 너무 안달하지 말라고 시인은 말한다. 나는 못 들은 체한다. 그러나 그 소리는 내 의식 밑바닥에 꽉 달라붙어 있다. 너는 죽는다. 네 죽음이라는 구멍은 그 무엇으로도 메울 수가 없다. 그런 끔찍한 전언을 35세의 시인이 보내고 있다. 나는 너무 오래 살았다!"라며 절규한다.

최승자의 시를 "사랑받지 못한 사람의 고통스러운 신음 소리"로 듣고, 김정란의 시에서 "나도 그녀처럼 존재의 어둠 속에서 몇 번이고 현기증을" 느낀다. 그리하여 마침내 김현은 기형도에 가닿는다.

'공격적인 허무감'과 '허무적 공격성'. 이 무시무시한 도돌이표 속에서, 김현은 기형도의 시를 '그로테스크 리얼리즘'이라고 명명한다. 기형도의 시 "진눈깨비 쏟아진다, 갑자기 눈물이 흐른다, 나는 불행하다/이런 것은 아니었다, 나는 일생 몫의 경험을 다했다."에서 '진눈깨비'라는 시어를 건져 올린 후, 김현은 "나는 누가 기형도를 따라 다시 그 길을 갈까 봐 겁난다. 그 길은 너무 괴로운 길이다. 나는 불행하다, 나는 삶을 증오한다는 끔찍한 소리를 다시는 누구도 하지 않기를 바란다. 그것이 이뤄질 수 없는 꿈이라고 해도."라며 마지막 희망을 부여잡는다.

얼마 전 술자리에서 요즘 문학청년들은 김현도 모른다고 한탄하는 이야기를 들었다. 그 순간 나는 기형도를 그리워하는 김현을 흉내 내며 "무서워라!"하고 외치고 싶었다.

"그의 육체를 기억하는 사람들이 다 사라져 없어져 버릴 때, 죽은 사람은 다시 죽는다. 그의 사진을 보거나 그의 초상을 보고서도, 그가 누구인지를 기억해 내는 사람이 하나도 없게 될 때, 무서워라, 그때에 그는 정말로 없음의 세계로 들어간다."

비평이란 문학이 '완전한 없음'으로 사라지는 것을 막는 마지막 보루가 아닐까. 서산으로 해 진 뒤 시도 소설도 모두 잠잘 때 말들의 풍경을 되살려 홀로 빛나는 반딧불이. 비평의 풍경이 아름다운 곳은 바로 그 '말들의 검은 구멍'인지도 모르겠다.

문화적 인간, 인간적 문화

**슬픔은 왜 따뜻함이며
희망은 어찌하여 사랑인가**

유쾌하고 부드러우면서도 건강한 글을 읽은 적이 언제였던가. 김용석의 『문화적인 것과 인간적인 것』에는 1980년대의 엄숙과 1990년대의 쾌락이 가진 짓눌림과 비비 꼬임이 없다. 힘들지만 개선될 것이고 지독하지만 나아질 것이라는 낙관이 면면히 흐른다. 그리고 놀랍게도 그 낙관의 근거는 '지성'이 아니라 '사랑'이다.

그는 '문화'와 '인간', 두 단어의 언저리를 빙빙 돌면서 묻고 또 묻는다. 계급적인 이분법도, 유행처럼 번졌던 다원주의도 그의 방식과는 거리가 멀다. 전문가를 끌어당기면서 대중에게 다가가기를 동시에 원하는 그의 양서류 같은 글쓰기는 텍스트를 설득하여 무장 해제시키고 품에 안는 관용의 글쓰기다. 숨겨 둔 보물을 찾기 위해 책을 읽는 것이 아니라 책 읽기 자체를 보물로 만드는 것처럼, 그는 『미운 오리새끼』나 『피노키오』와 같은 구제직인 텍스트를 들이밀기도 하고, '문화 환경 균형론'이니 '인간 자기 보존론'이니 하는 추상적 개념들을 늘어놓기도 하면서 결론을 유보한 채, 천천히 아주 천천히 독자를 설득한다. 깊고 넓은 관용은 타인의 텍스트를 자기 몸처럼 아끼고 사랑하는 데서 나왔다. '인간에 대한 물음이 아프도록 어려운 것은 그것이 자기 밖의 대상에 대한 질문이 아니라 자기 스스로에 대한 질문이기 때문'이라는 깨달음은 쉽게 다다를 수 없는 경지다.

그는 각 개인이 '세계의 정신과 혼'을 가져야 한다고 주장한다. 인간이 휴머니티를 뒤쫓을 것이 아니라 휴머니티가 인간 안에 있어야 한다는 뜻이다. 체제나 집단을 변화시켜 새로운 세계를 열겠다는 지난날의 전략과는 참으로 다르지만, 인간 개개인이 스스로의 힘으로 세계의 참된 의미를 찾아갈 수 있다는 계몽주의적 확신에는 흔들림이 없어 보인다. 이 세계의 허무와 싸우는 그의 자세는 지극히 단정하고 일상적이다. 매일매일 만나야 하는 세계요 텍스트라면, 표나게 병실에서 비명을 지르는 '자의식의 환자'가 아니라 티타임 자리에서 삶의 위안과 깨달음을 노래하는 '일상의 시인'이 될 수도 있지 않을까. 비극적 존재 조건을 타고난 인간이지만, 바로 그 조건 때문에라도 눈물과 한숨으로 삶의 의미를 찾을 수는 없는 것이다.

황지우는 「눈보라」에서 "슬픔은 왜 독인가 희망은 어찌하여 광기인가"라고 노래했다. 미친 '척'하는 극단적인 몸부림만이 삶을 껴안을 수 있는 시대에 어울리는 물음이다. 김용석의 『문화적인 것과 인간적인 것』은 황지우와 정반대에 있다. 그는 슬픔은 왜 따뜻함이며 희망은 어찌하여 사랑인가를 이 낯선 책에서 목소리 낮추어 들려준다.

상상의 집 만들기

연장통 하나 장만하세요

책과 램프 사이에서 떠도는 상상적인 것을 다듬기 위해서는 훌륭한 연장통을 마련해야 한다. 이러한 깨달음을 준 이는 공포소설의 달인 스티븐 킹이다.

쓰는 것보다 사는 것이 중요하다고 믿는 나는 최근 글쓰기 광풍이 낯설다. 논술을 위한 필독 도서가 날개 돋친 듯 팔려 나가고 글 짓는 기법과 예상 주제까지 짚어 내는 학원이 성황을 이룬다. 물론 논술이 없는 것보다는 있는 것이 낫지만, 초등학생부터 논술 관련 문제를 푸는 것을 보니, 저 어린아이들이 이 세상 글쓰기 중 논술이 최고라고 믿지나 않을까 두렵다.

논리로 따져 해결되는 고민도 있겠지만, '지금 여기'의 내 모습을 결정짓는 것은 순간적인 느낌이나 자세 혹은 스스로도 알 수 없는 고집일 경우가 많다. 논법들을 들춰 가며 사랑을 하고 벗을 사귀며 추억을 만드는 것은 아니니까.

작가로 살아가는 탓에 어떤 글이 좋은 글이냐는 질문을 종종 받는다. 그때마다 나는 감동을 주는 글이라고 답한다. 시든 소설이든, 논리적인 글이든 감각적인 글이든, 가슴 한 구석이 뭉클해지면서 삶 전체를 반성하게 만드는 글을 쓰고 싶고 읽고 싶다. 마지막 책장을 덮은 후에도 아무런 감(感)과 동(動)이 없다면, 책을 읽기 전과 읽은 후의 삶이 똑같다면, 그 글이 무슨 가치가 있겠는가.

작정하고 스티븐 킹의 소설을 집중해서 읽었고 또한 감동했다. 그는 '불안'을 집요하게 물고 늘어지는 좋은 작가다.

그 불안은 글을 쓰는 자기 자신에 대한 응시(『미저리』)로부터 최첨단 디지털 기술이 집약된 도구(『셀』)에 이르기까지 다양하게 변주되고 발전한다. 그는 도덕이나 법, 가족애로 치장되거나 감춰진 불안을 날것으로 보여 준다. 피가 뚝뚝 떨어지는 육신과 공포에 사로잡힌 심리를 명쾌한 문장으로 극한까지 밀어붙인다. 도스토예프스키의 『지하 생활자의 수기』나 『악령』이 되살아난 것처럼 몸서리가 쳐진다. 1990년대 무라카미 하루키, 2000년 즈음의 존 그리샴도, 소설의 성격은 다르지만 내게 많은 감동을 선사했다. 그들은 쓰고자 하는 주제의 가치와 또 그것을 어떻게 쓰는지 아는 작가들이다.

'스티븐 킹의 창작론'이라는 부제가 붙은 『유혹하는 글쓰기』는 그가 발표한 소설들만큼이나 솔직하고 날카롭다. 좋은 글을 쓰기 위해서는 연장을 잘 선택해야 하고, 연장을 잘 선택하기 위해선 연장통을 미리미리 가지런히 정리해 두어야 한다. 자주 쓰는 연장들인 낱말, 어휘, 문법은 가장 위층에 넣고 그 아래에는 문체, 특히 문단에 대한 고민들로 채우라는 것이다. 또 스티븐 킹은 주장한다. "소설은 이미 존재

하고 있으나 아직 발견되지 않은 어떤 세계의 유물"이며 "작
가가 해야 할 일은 자기 연장통 속의 연장들을 사용하여 각
각의 유물을 최대한 온전하게 발굴하는 것"이라고.

문학의 새로운 성운

구비문학은 미래문학이다

구비문학은 모든 문학의 할머니요 손자다. 기록문학이 시작되기 훨씬 전부터 입에서 입으로 서정과 서사를 전했다는 점에서 고전문학의 첫머리에 서야 하고, 기록문학의 위기가 논의되는 지금도 채팅과 게시판 댓글을 통해 구어(口語)를 닮은 기기묘묘한 문장들이 잉태된다는 점에서 현대문학의 끝머리에 놓인다.

오래전 국어국문학 대회 디지털 스토리텔링 분과 회의에서 좌장을 맡은 적이 있다. 그때 게임을 즐기는 젊은 대학원생들을 제외하고 좌석을 꽉 채운 교수들은 구비문학 전공자였다. 신화부터 게임까지 그들의 관심은 깊고 넓었다. 'MMORPG(다중 사용자 온라인 롤플레잉 게임을 뜻하는 말로, Massively Multi-player Online Role-playing Game의 약자)'의 다국적 네트워킹을 '이야기판' 구조와 비교하고, 롤랑 바르트의 『현대의 신화』를 참고하여 후기 자본주의 사회의 '스타 신화'와 '물신 신화'를 분석한 것도 바로 그들이다.

열여덟 명의 구비문학 전공자들이 참여한 『한국인의 삶과 구비문학』은 크게 세 부분으로 나누어진다. 전통의 보존과 계승, 전통의 현대적 변용, 현대와 미래의 구비 문학. 총론을 쓴 서대석에 따르면 "구비문학은 고전문학과 현대문학, 나아가 미래문학에 두루 걸쳐 있는 보편적이고도 기초적인 문학의 영역"이다. 설화가 소설이나 동화로 재탄생하는 장면이나 창작 판소리의 탄생도 흥미롭지만, 현대인의 삶을 구비문학적 관점에서 분석한 제3부가 가장 눈길을 끈다.

심우장이 분석한 「현대 유머의 존재 양상과 미적 특성」을 보자. 유머는 인터넷 글쓰기의 근간이다. 풍자와 해학에서부터 말장난에 이르기까지 다양한 유머가 탄생하고 옮겨 실리다가 소멸한다. 예전에는 유머를 전달하기 위해 누군가를 만나야 했지만, 지금은 골방에 틀어박혀서도 쌍방향성이라는 디지털 매체의 장점에 기대어 세계인과 유머를 공유할 수 있다.

대중가요를 민요와 연결해서 분석한 장유정의 논의도 신선하다. '트로트'를 일본 근대음악과 비교하던 기존 방식을 훌쩍 뛰어넘어, 소리꾼 김용우나 가수 이상은의 최근 작업에서 가요와 민요의 행복한 만남을 꿈꾼다. 시와 노래를 분리하지 않고 '시가(詩歌)'로 통합하여 바라보는 관점이 있기에, 대중가요까지 문학 연구 대상으로 아우른 것이다.

구비문학 전공자들은 또한 사이버공간에 관심이 매우 많다. 미학적 완결성을 최우선으로 두는 연구자들에게 이 공간은 형편없는 이야기들이 득실대는 오물통이지만, 구비문학의 관점에서 보면 이 공간은 탐험을 기다리는 신천지이자 디지털로 몸단장한 이야기판이다. 무더운 여름날 시골 노인정을 돌며 수첩에 일일이 적고 사진을 찍고 모았던 이야기들이, 웹마다 그득그득 쌓여 있는 것이다.

이 재미난 고민거리를 구비문학 전공자들에게만 맡겨두지 말자. 지금이라도 당장 줄기세포 이야기, 월드컵 이야기를 찾아서 정리하고 따져 보자. 여기 문학의 새로운 성운이 있나니!

디지털 미디어
스토리텔링
캐롤린 핸들러 밀러

상호작용이라는
유행 혹은 본질

디지털 스토리텔링이라는
유령에 대해서

문화 산업의 발달과 함께 우리말로 번역하기 어려운 유행어가 속속 등장했다. '콘텐츠', '웹진', '컨버전스', '이메일'과 함께 '스토리텔링'도 그중 하나다. 단어 앞에 '디지털'이라는 최신 유행어까지 붙이면 의미가 더욱 모호해진다.

'디지털 스토리텔링'이란 무엇일까. 그것은 기존 서사물과 어떻게 다를까? 문화 산업 토론회장마다 콘텐츠의 질을 향상시키는 열쇠가 '디지털 스토리텔링'이라고 주장하면서도, 정작 모두가 동의하는 개념에 대한 규정조차 이루어지지 못한 실정이다.

『디지털 미디어 스토리텔링』은 이런 답답함을 단숨에 해결하겠다는 열망으로 가득 찬 역저다. 600쪽에 이르는 분량도 벅차거니와 디지털 미디어의 역사적 발전에서부터 각 미디어의 특징과 새로운 프로젝트를 만드는 방법, 나아가 디지털 스토리텔러로 먹고사는 길까지 빠짐없이 짚는다. 친절하게 붙인 소제목의 그물망에 이 신생 분야와 관련하여 거론됨직한 문제들이 모두 걸린다.

저자는 디지털 유행어들과 함께 일상을 보내는 전문가 60명을 선별하여 인터뷰했고, 그 덕분에 이 책은 딱딱한 교과서 같은 첫 인상에서 벗어나 때로는 낯설고 때로는 극적인 요소들까지 두루 지녔다. 어린이를 위한 프로젝트에서 범하기 쉬운 잘못들을 '일곱 가지 죽음의 키스'로 묶는 솜씨나 아프리카 도곤 족의 종교의식과 '인터랙티브 엔터테인먼트'의 유사성을 논하는 시선은 참신하고 날카롭다

하지만 두꺼운 책을 하나 독파한다고 '디지털 스토리텔링'에 대한 모든 고민이 해결되는 것은 물론 아니다. 특히 저자가 부제로 정한 또 다른 유행어 '인터랙티비티'를 설명하는 대목에서 자꾸 눈길이 멈추었다. 국내외 디지털 스토리텔링 연구자들은 '재미', '몰입', '능동적 참여' 등의 용어를 총동원하여 인터랙티비티, 즉 상호작용을 강조해 왔다. 게임 산업의 발달과 함께 디지털 스토리텔링과 인터랙티비티는 진지하게 논의되기보다 열징적으로 추구해야만 하는 유행어가 되었다. 그러나 나는 『논어』를 완독한 후 기뻐 춤추는 서생에게서 진정한 상호작용을 본다. 적을 때려눕히는 순발력이나 적진을 교란시키는 전략이 없더라도, 눈동자와 손을 정해진 프로그램에 따라 움직이지 않더라도, 상호작용은 우리네 삶 곳곳에 존재한다.

디지털 미디어의 인터랙티비티가 아날로그 방식의 그것과 '다른' 점은 인정하겠지만, 이것이 최초라거나 질적으로 더 뛰어나다는 주장에는 선뜻 동의하기 어렵다. 게임이 소설과 영화를 능가할 것이라는 주장 역시 양적 팽창만을 주목한 성급한 전망이다. 놀이가 산업이 되고 그 산업이 예술이 되기까지는 많은 고비가 닥친다. 디지털 스토리텔링 역시 이 고비를 넘어서서 인간의 영혼을 감동시킬 수 있어야만, 소설이나 영화와 어깨를 나란히 할 수 있을 것이다.

저자는 "인터랙티비티가 스토리텔링에 중요한 영향을 끼치지만 스토리의 본질을 대체하지는 못한다."라고 했다. 이제 그 본질을 고민할 때다.

한국형 디지털
스토리텔링
이인화

디지털 게임
스토리텔링
한혜원

가장 어린 서사, 게임

이야기 예술의 끝은 어디인가

상식이지만 20세기까지 이야기 예술의 핵심은 단연 소설이었다. 하지만 21세기 아날로그의 재래식 소설 장르는 '디지털 스토리텔링'이라는 유령과 맞서느라 힘겨운 나날을 보내고 있다. 앞서 설명했듯이, 디지털 스토리텔링은 디지털 기술을 표현 수단이나 매체 환경으로 받아들인 이야기 예술을 말한다. 1995년 미국 콜로라도에서 열린 '디지털 스토리텔링 페스티벌'을 통해 처음 알려진 이 신조어는 아날로그 소설로는 담아낼 수 없는 낯선 이야기 예술이 확산되고 있음을 보여 준다.

　서사(스토리 혹은 내러티브) 대전환을 주도한 대표적인 장르가 바로 영화와 게임이다. 보라. 한국 영화의 도약은 눈부시다. 「친절한 금자씨」의 주제 의식은 도스토예프스키의 『죄와 벌』에 육박하고, 「웰컴투 동막골」에서는 국가 보안법을 뛰어넘어 남북한 병사가 힘을 합쳐 연합군 폭격기를 공격하는 문제적 장면까지 등장한다. 1990년대 이후 한국 소설이 '문학의 죽음'을 재촉하는 동안 영화는 1000만 관객 시대를 열었다. 그리고 게임이 있다.

　『한국형 디지털 스토리텔링』의 저자 이인화와 『디지털 게임 스토리텔링』의 저자 한혜원은 게임이야말로 디지털 스토리텔링의 꽃이며 문화 산업의 중추라고 주장한다. 한혜원의 현란한 수사를 빌자면 "구텐베르크 시대(활자 시대)를 넘어 디지털 패러다임이 지배하는 새 은하계의 중심에 게임이 있다.”라는 것이다. 한국은 온라인 보급률과 속도를 기반으로 인터넷 온라인 게임 분야에서 세계 1위를 차지하고 있다. 한혜원의 경우 디지털 게임 스토리텔링에 대한 최근 연구 성과를 맛깔나게 정리하는 데 성공을 거두었다.

그의 말에 따르면 게임을 소설, 영화 등 기존 서사의 연장으로 이해하려는 서사학과, 새로운 디지털 기술이 만든 시뮬레이션 경험으로 이해하려는 게임학이 서로 대립 중이다. 중요한 것은 두 입장 모두 게임을 새로운 서사 양식으로 받아들인다는 점이다. 이 와중에 이인화는 한혜원의 논의를 바탕으로 MMORPG, 즉 다중 사용자 온라인 롤플레잉 게임인 ‘리니지 2’를 촘촘히 분석한다.

『영원한 제국』의 작가이자 이화여대 디지털미디어학부 교수인 그는 알고 보면 세계 정상급 게이머다. 사이버공간에서 이인화는 ‘리니지 2’에서 칭기즈칸 혈맹의 군주였다. 그런 그는 게임에서 음악, 음향, 그래픽 등 이질적인 예술들이 어우러지는 데 주목한다. 캐릭터를 정하고 게임을 시작하는 순간 눈과 귀와 손가락의 감촉이 동시다발로 사이버공간을 나만의 세계로 품게 만든다는 것이다. 영화라면 3시간짜리 장편 소설도 하루 정도면 독파하지만, 게이머는 적어도 1000시간 이상을 리니지 월드에 쏟아붓는다.

세계적으로 주목받는 게임 '길드워'의 스토리 작업에 참여하기도 한 이인화는 이런 몰입이 가능한 이유를 게이머가 주인공을 곁에서 관찰하며 따라가는 것이 아니라, 스스로 주인공이 되어 적대자들과 맞서는 데서 찾는다. 이때 주인공은 대부분 목표를 찾아 긴 여행을 떠나는데, 게임의 공간은 단순 배경을 떠나 게이머 삶의 현장이다. 성별도 국적도 사라진다. 혈맹이나 길드에 가입하는 순간 게이머는 새로운 삶의 규칙과 연대 의식을 맛본다.

인간은 이야기를 좋아하는 동물이다. 4100여 년 전 가장 오래된 이야기인 『갈가메시 서사시』로부터 현재에 이르기까지, 주도하는 갈래는 제각각이었지만 이야기가 사라진 적은 단 한 번도 없었다. 21세기 이야기 예술의 미래는 소설과 영화, 그리고 게임의 각축장이 될 전망이라는 것이 저자의 메시지다. 그 점에서 두 사람의 작업은 난관에 봉착한 한국 문학의 돌파구를 디지털 글쓰기에서 탐색해 본 기억할 만한 첫걸음이다.

　두 사람의 작업을 토태로 새로운 이야기 예술의 은하계가 펼쳐지기를 기대한다. 3000원짜리 얇은 책 두 권을 통해 영국과 미국에서 펼쳐지고 있는 앞서가는 전자 문학 논의의 실마리도 따라잡을 수 있을 것으로 보인다. 온라인 게임을 청소년들이 하는 저급한 오락으로 아는 데 그치는 '디지털 정보 격차'도 해소할 수 있을 것이다. 📖

10

과거와
미래가 담긴
'과학'이라는
이름의 도서관

황룡사,
세계의 중심을
꿈꾸다

박진호

탄생보다 더 아름다운
재탄생

복원을 넘어, 인류의 망각을 넘어

소멸은 두렵다. '지금 여기'의 나는 분명 존재하지만, 100년 안에 나는 죽을 것이고, 1000년이 지나면 내 곁에 있던 문명 자체도 흐릿해지리라. 폐허로 변한 사찰터를 답사한 밤이면 더더욱 시간의 위력에 몸서리친다.

디지털 기술이 망각과 맞서 싸울 수 있는 가장 강력한 무기로 주목받고 있다. 얼마 전 디지털 복원의 권위자이자 스위스 제네바 대학에 재직 중인 나디아 탈만의 특강을 들을 기회가 있었다. 15년 전 마릴린 먼로를 디지털 배우로 탄생시켜 세계를 놀라게 했던 그녀는, 현재 고대인들을 복원하는 데 총력을 기울이고 있다. 진시황릉, 폼페이 유적 등을 탐구하여 고대 문화를 디지털 기술로 되살리겠다는 것이다.

디지털이 항상 과거를 완벽하게 재현하는 것은 아니다. 관련 자료가 부족한 경우에는 '디지털 복원'이 합당하고 가능한 개념인기라는 근원적 문제에 부딪힌다. 신라 최고의 사찰 황룡사를 다시 세우는 것과 관련하여 최근까지 이어지고 있는 논란 역시 복원의 경계를 되묻게 한다.

'디지털 복원학'의 장밋빛 미래를 주창하는 책 『황룡사, 세계의 중심을 꿈꾸다』의 저자 박진호는 황룡사를 3차원 입체 영상으로 재현하면서 이미 한 차례 몸살을 앓은 적이 있다. 그 역시 부족한 자료 때문에 겪은 복원의 어려움을 토로한다. 82미터에 달하는 황룡사 9층 목탑의 경우에는 아예 다양한 복원안을 그림으로 제시하고 있다. 『삼국사기』와 『삼국유사』 등에 남아 있는 자료만 가지고는 황룡사 9층 목탑과 '동일한' 목탑을 세울 수 없고, 단지 '가능성 높은' 목탑을 택할 수밖에 없다는 것이다. 복원에 반대하는 쪽에서는 이런 물음을 던진다. 가능성들 중에 하나를 택하는 방식, 그것도 복원인가?

10년 동안 역사소설을 쓰면서 비슷한 질문을 받아 왔다. 조선 시대에는 그래도 고증할 자료들이 남아 있지만, 삼국 시대로 거슬러 올라가면 역사의 검은 구멍이 너무 많다. 그 구멍을 상상력으로 메우다 보면, 고증을 중요하게 여기는 학자들의 날 선 질문을 받곤 한다. 복원도 아니면서 왜 사실인 척 흉내 내며 독자를 현혹시키는가?

디지털로 되살아난 황룡사에는 안타깝게도 등장인물이 없다. 그곳에서 도를 닦은 승려도, 극락왕생을 빌러 간 중생도, 이 절을 짓고 가꾼 장인과 예술가도 보이지 않는다. 그 텅 빈 사이버공간을 바라보며, 나는 상상한다. 이 담벼락에 솔거를 세워 늙은 소나무를 그리게 하고, 저 9층 목탑 꼭대기에 괴물을 숨겨 '파리의 노트르담'과 비슷한 사랑 이야기를 만들어야지. 또 5미터가 넘는 장육존상과 팔씨름을 벌이

는 게으름뱅이 이야기는 어떨까. 다시 회초리가 날아든다. 그
것도 복원인가?

복원을 지향하되 한계와 오류를 되살피는 자세가 중요
하다. 그림을 넘어 문자를 지나, 디지털 기술이 인류의 망각
을 벗겨 내는 중대한 사명을 떠안게 된 것이다. 이제부터 시
작이다.

문제는 파이프라인

디지털 시네마를 위한 친절한 입문서

21세기와 더불어 디지털 시각 효과가 새삼 주목받고 있다. 「반지의 제왕」이나 「해리포터」를 비롯한 판타지 대작들이 각광을 받으면서 상상력을 무한대로 펼쳐 보여 주는 디지털 기술도 함께 발전한 것이다. '리듬 앤 휴즈'를 비롯한 할리우드의 특수 효과 스튜디오에는 솜씨 좋은 한국인들이 지금 이 시간에도 영화에 온기를 불어넣고 있다.

특수 효과 전문가인 이만재의 특강을 들은 적이 있다. 강사는 스크린에 쌍둥이 같은 남자 얼굴 둘을 띄워 놓고 어느 것이 디지털 배우인가를 가려 보라 했다. 아무리 유심히 살펴도 진위를 가릴 수 없었다. 영화 「호로비츠를 위하여」나 「한반도」를 지나 「중천」을 보면서도 비슷한 충격을 받았다. 이제 디지털 시각 효과도 국내에서 완전 제작이 가능한 국면으로 접어들고 있는 것이다.

『훤히 보이는 디지털 시네마』는 1994년 「구미호」에서부터 2006년 「중천」에 이르기까지 디지털 시각 효과 제작에 직접 참여했던 한국전자통신연구원(ETRI) 디지털 콘텐츠 연구단에 의해 쓰여졌다. 교과서로 사용해도 손색 없는 이 책은 디지털 시네마의 역사와 시각 효과를 만드는 방법, 제작 소프트웨어의 소개와 제작 경험에 따른 실무 사례까지 꼼꼼히 분석한다.

특히 내 관심을 끈 것은 작업 공정(파이프라인)을 강조하는 대목이다. 전문 분야가 다른 이들이 모여 협업을 하기 때문에 "각 파트에서 일을 맡은 디자이너들의 역량도 중요하지만, 어떻게 파이프라인을 디자인 하느냐."가 더욱 중요하다. 공대 출신 테크니컬 디렉터와 미대 출신 애니메이터, 그리고 상대 출신 매니지먼트 프로듀서 사이의 원활한 의사소통이 이루어지지 않는다면 좋은 작품을 만들기 어렵다. 특히 규모가 큰 상업 장편영화의 경우에는 서너 군데 특수 효과 스튜디오가 함께 참여하기 때문에 파이프라인의 효율성이 더욱 강조된다. 3D 애니메이션 기업인 '인디펜던스'가 2004년 시각 효과 제작 프로세스만을 관리하는 소프트웨어인「나즈카 라이너」를 만든 것도 이 때문이다.

작업 공정에서의 소통과 효율성은 특수 효과 내에서만 강조될 문제가 아니다. 특수 효과를 책임진 스튜디오와 그 영화를 만드는 제작진 사이의 끊임없는 대화와 상호 존중 역시 반드시 필요하다.「스타워즈」나「킹콩」에서 볼 수 있듯이, '내용 따로 특수 효과 따로'인 것이 아니라 특수 효과가 곧 내용이 되는 시절로 접어들고 있기 때문이다.

이 책은 소통을 위한 힘겨운 노력들이 곳곳에 담겨 있어 감동을 준다. 풍부한 사진 자료는 물론이고 초보자를 위

해 다양한 정보들을 분류하여 글 상자에 담았고 여러 통계
와 디지털 시네마 용어 사전까지 부록으로 붙였다. ‘모델링’
을 어떻게 하는지, ‘마야’가 무엇인지 궁금하다면 두려워말
고 이 책을 펼쳐라. 그래도 겁이 난다면 이 시리즈의 제목인
‘ETRI easy IT’을 상기해도 좋다. 이보다 더 재미있고 쉬운
디지털 시네마 입문서는 없다.

반짝이는 세계
별 하나에 어머니, 어머니!

밤하늘을 올려다본 적이 언제인가. 별들 속에서 나타났다 사라지는 별똥별의 긴 꼬리를 향해 소원을 빈 적이 있는가.

지난 여름, 백제의 옛 도읍지 부여에서 라면 박스를 마당에 깔고 누워 1년 동안 보지 못했던 별들을 실컷 구경한 적이 있었다. 움직이는 별을 발견하고 소원을 빌려는데, 옆에 누운 동료가 저건 별이 아니라 비행기라고 했다. 이번에는 제법 빠른 놈을 찾아서 재빨리 소원을 빌려는데, 동료는 또다시 그건 별똥별이 아니라 인공위성일 거라고, 별똥별은 길게 획을 그리며 떨어지지 저렇게 지저분하게 좌우로 지그재그를 그리는 법이 없노라고 했다.

비행기도 없고 인공위성은 더더욱 없던 중세에는 그저 하늘에서 반짝이는 것은 별뿐이었지만, 지금은 밤하늘을 수놓는 별빛 가운데서도 진짜와 가짜를 판별하는 시대가 된 것이다. 저건 별이 아닐 수도 있다는 설명을 조상들이 들으신다면, 하늘은 거짓을 보이지 않는 법이라며 호통을 치실 법도 하다.

중고등학교 시절 지리와 지구과학을 가장 싫어했다. 특히 각 나라의 평균 기온과 평균 강수량을 외우는 대목이나 지구의 자전 속도를 계산하는 대목에서는 머리카락을 쥐어뜯을 정도였다. 소설을 쓰기 시작하면서부터 내내 힘겨웠던 일이 바로 각 공간의 객관적인 데이터를 숫자로 정리하고 외우는 것이다.

『신증동국여지승람』을 펼칠 때만 해도 두툼한 부피에

압도당했다. 저 안에 빽빽이 들어차 있을 숫자들을 떠올리며 지레 겁을 먹은 것이다. 그런데 놀랍게도 그 안을 메운 것은 숫자가 아니라 시였다.

가령 박연 폭포를 찾으면, 송도에 있다는 간단한 언급 다음에 그 폭포를 구경한 시인들의 시가 길게 나열되어 있다. 눈을 씻고 찾아도 숫자는 보이지 않는다. 그 장소의 높이가 얼마고 넓이가 얼마인가를 재는 것보다, 그 장소를 방문한 사람들이 느낀 감흥을 살피는 것이 곧 그 장소를 제대로 아는 것이라고 여겼던 것이다. 땀을 뻘뻘 흘리며 백두산 천지에 다다른 이들에게 이 산의 높이가 2744미터라고 알려 주는 것이 무슨 도움이 되겠는가. 차라리 몇 백 년 전 이곳에서 쓴 조상들의 멋진 시들을 감상하고 그 끝에 자신의 감상을 적어 두는 편이 그곳을 훨씬 잘 이해하는 길일 것이다.

그렇다면 우리 조상들은 하늘을 어떻게 이해했을까. 이 물음 자체를 책 제목으로 정할 만큼 책은 얇지만 야심만만한 저작임에 분명하다. 책을 펼치기 전에 혹시 이 책에서도 『신증동국여지승람』처럼 시가 뚝뚝 흘러내릴 것이 아닐까 걱정했다. 도입부에서 신화를 논할 때는 조금 그런 측면이 보이는 듯도 했으나, 혼천의가 등장하고 천상열차분야지도가 설명되면서 이내 우리 조상들의 과학적인 탐구심으로 논의의 방향이 좁혀졌다.

저자는 특히 중국의 성리학자들이 우주를 어떻게 이해했는가를 자세히 소개하고 있다. 송나라의 학자 장횡거는 일찍이 우주가 태허(太虛)이며 기(氣)로 가득 차 있다고 주장했다. 그의 주장은, 비어 있으면서도 비어 있지 아니한 것이 곧 태허이니 그것은 결코 무(無)가 아님을 강조하는 화담 서경덕의 기일원론적 우주관 확립에 중요한 역할을 하기도 했다.

조선 후기로 접어들면서부터 우리 조상들은 서양 천문학을 접하게 된 것이다. 여러 학자들 중에서, 특히 홍대용의 무한 우주론이 눈길을 끈다.

"우주의 별들은 각각 하나의 세계를 가지고 있고 끝없는 세계가 공계에 흩어져 있는데 오직 지구만이 중심에 있다는 것은 있을 수 없다."

저자는 홍대용의 탈지구적인 우주관을 탈중화적인 세

계관과 동궤에 놓았다. 지구가 우주의 지극히 작은 부분이고 중국은 그 작은 부분의 또 작은 부분에 지나지 않는데, 어찌 그 나라 이름에 '중(中)'을 놓을 수 있느냐는 비판인 것이다.

잠깐 글쓰기를 멈추고 아파트 옥상에 올라갔다 왔다. 역시 도시에서는 별이 제대로 보이지 않는다. 이 책에서 주장하듯이 우리의 조상들은 하늘을 과학적으로 이해하고자 노력했을 것이다. 첨성대나 여러 천문도가 훌륭한 증거이다. 그러나 나는 우리 조상들이 꼭 과학적으로만 저 밤하늘과 우주를 이해하진 않았다고 생각한다. "별 하나의 시와 별 하나의 한숨과 별 하나의 어머니, 어머니"를 노래한 이가 어찌 윤동주 한사람뿐이겠는가! 이 책에서 많은 것을 배웠으면서도 책을 덮으며 아쉬움이 남는 것도 이 때문이다. 저자는 의도적으로 조상이 하늘을 과학적으로 이해하려고 노력한 부분을 부각시켰지만, 나는 그 과학이라는 이름에 가려진 우주적 영감을 호흡하고 싶다. 그것까지 이 책에게 요구하는 것은 숫자를 싫어하고 주관적 감흥만을 참이라고 믿는 얼치기 소설가의 헛된 바람일까?

서양과 동양이
127일간 e-mail을
주고받다

김용석, 이승환

'나는 너다'를 향한 말싸움

**최초의 충돌
그리고 여전히 풀리지 않는 문제들**

『서양과 동양이 127일간 e-mail을 주고받다』는 서양철학자 김용석과 동양철학자 이승환 두 사람의 대담을 엮은 것이다. 나는 이 대표 철학자들의 노작을 붙들고 끙끙 앓는 소리를 내어 볼 작정이다. 두 사람의 대담집을 통해 깨달음의 단초를 많이 얻은 탓이다.

국문학자가 천문학자와 어울린다거나 철학자가 생물학

자와 학문을 논한다면, 당장 곱지 않은 시선이 쏟아질 것이다. 그러나 이 두 철학자는 그 시선을 의식하면서도 무시하는 용기를 가졌다. 용기의 원천이 어디인가는 중요하지 않다. 해방 이후 최초로 서양철학자와 동양철학자가 무릎을 맞대고 앉아, 자신들이 업으로 삼고 있는 철학이라는 학문에 대해 진지한 대화를 시작했다는 것 자체가 하나의 사건이다.

이 책에 담긴 지식을 모두 이해하는 것은 역부족이다. 어떻게 우리 같은 평범한 사람이 서양과 동양의 광대한 철학적 가르침을 헤아릴 수 있겠는가! 두 철학자의 자세가 전투적일수록 어려운 전문용어와 만나기 힘든 책과 겨우 이름을 들어 본 듯한 석학들이 쏟아져 나온다. 지레 겁을 먹고 책을 덮을 필요는 없다. 그들이 철학이라는 분야에서 전문가이듯, 책을 읽고 있는 우리도 우리가 업으로 삼고 있는 분야에서는 또한 전문가일 테니까. 김용석이 그리스의 철학자들을 거명하고 이승환이 중국과 인도의 철학서들을 넘나들면, 일단 눈으로 따라 읽기만 하면 된다. 그리고 허리를 뒤로 젖히면서 그 말을 뱉고 있는 두 철학자의 자세를 살피는 것이다.

대담집이란 결국 '말싸움'이다. 다른 싸움이 그러하듯이 '싸움'도 상대를 제압하는 눈, 상대의 호흡을 듣는 귀, 상대의 주먹이 미치지 못하도록 거리를 재는 두 발, 상대의 목을 순간적으로 낚아챌 수 있도록 앞으로 모으는 두 팔이 중요하다. 다시 말해, 그 지식을 뱉고 있는 자의 자세만이 우리가 배워 익힐 수 있는 전부라는 것이다. "나비처럼 날아 벌처럼 쏘겠다."라는 알리의 장담이 현실이 되려면, 그만큼 멋진 자세를 취할 수 있어야만 한다.

김용석은 가볍게 날아오른다. 콤플렉스가 전혀 없는 목소리라는 걸 한눈에 알 수 있다. 모르는 것은 모른다고 솔직히 밝히고 아는 것은 그 앎의 깊이와 넓이를 폭넓게 보여 준다. 뉴욕 쌍둥이 빌딩의 폭발을 예로 들면서 '안전 철학'을 강조한다거나 동화와 애니메이션을 보며 무거운 서양철학의 주제들을 풀어 간다거나 '탈지구 시대의 철학적 과제'를 고민하는 부분은 오직 그만이 제기하고 탐색할 수 있는 부분이다.

이승환은 무겁다. 등에 짐을 잔뜩 진 소처럼 내뱉는 한 단어 한 단어마다 힘겨움이 느껴진다. 유교를 비판하기 전에 먼저 유교의 가치를 알자는 그의 발언은 김용옥과는 다른 무게로 다가온다. 이승환은 대한민국이라는 자본주의 사회에 대한 날카로운 비판의 칼날을 품고 그 해결책을 동양의 고전 속에서 찾아 헤매는 구도자다.

대담집들이 흔히 그렇듯이, '말싸움'은 무승부다. 서양철학과 동양철학의 우위를 논하는 것 자체가 잘못이다. 대담집 뒤에 붙은 편지에서도, 두 철학자는 변한 것이 하나도 없다. 서너 차례의 만남으로 자세가 바뀐다면 그것이 제대로 된 학자겠는가. 그래도 남는 것이 있다면, 비록 완전하지는 않겠지만, 내가 너를 이해할 수 있고 네가 나를 이해할 수 있다는 믿음이다. 일찍이 황지우가 노래했던 "나는 너다."의 그 믿음 말이다.

아쉬운 점이 두 가지 있다. 우선 제목으로 뽑은 '127일'이 자랑으로 내세울 만큼 많은 날이 아니라는 것이다. 이렇게 엄청난 주제를 서너 번의 만남으로 정리하여 책으로 냈으니, 순발력이 뛰어나다는 칭찬만큼이나 성급함으로 인해 놓치는 부분 또한 적지 않다는 비판을 면하기 힘들 것이다.
'127일'이 아니라 '1270일'을 준비하고 열정을 쏟았다면 정
말 빛나는 책이 되었을 것이다. 다음으로 두 철학자 사이의
대화가 너무 매끄럽다는 것이다. 책을 읽을 때는 술술 넘어
가서 편했지만, 서양철학자와 동양철학자가 처음 만나서 이
렇게 말이 잘 통한다는 것은 믿기 힘든 것이다. 개념을 정리
하고 논리를 맞추며 다투고 화내며 얼굴 찡그리는 부분을
그대로 살렸다면, 두 철학자의 고뇌가 훨씬 생생하게 전달되
었을 것이다.

우리에게 주어진 삶을 어떤 자세로 무엇을 고민하며 살
것인가를 알고 싶다면, 이 철학자들의 지독한 말싸움을 놓
치지 말기 바란다.

건강하고 황홀하지만
안타까운 기억

신드롬 혹은 열광 뒤에 남는 것

2008년 올림픽을 개최했던 베이징의 변모는 눈부셨다. 밤낮 없이 고층 건물이 솟고 도로가 정비되었다. 1988년 서울 올림픽의 성공적 개최 이후 급성장한 대한민국을 모델 삼아, 그들도 스포츠 강국, 경제 대국 대열에 합류한 것이다.

세계인이 참여하는 스포츠 대회를 운동 경기로만 바라보는 것은 협소한 시각이다. 정치, 경제, 문화 각 영역이 스포

츠 대회와 어울려 요동치게 마련이다. 2002년 월드컵 4강의
기억은 '월드컵 세대'라는 신조어를 낳았고, 응원 가무가 제
품 광고와 어우러져 어지럽다. 한쪽에서는 월드컵에 민생 현
안이 묻힌다고 아쉬워하고, 다른 쪽에서는 민족의 우수성을
세계 만방에 고할 절호의 기회라며 환호한다. 야구장에 모여
전광판을 통해 축구를 보는 것도 낯선 일이 아니며, 태극기
로 모자와 치마를 만들어 입어도 어색하지 않다. 방송 3사
는 대한민국 경기뿐 아니라 밤 10시, 새벽 1시, 새벽 4시에 벌
어지는 모든 경기를 중계하느라 바쁘고, 신문은 신문대로 1면,
사회면 가리지 않고 월드컵 기사를 싣는다. 월드컵 공인구
인 '팀가이스트'의 위력 앞에 모든 문제가 유보된다.

1936년에도 그랬다. 히틀러가 게르만 민족의 우수성을
입증하겠노라 장담한 베를린 올림픽에서 손기정이 마라톤
금메달을 따던 날에도, 많은 조선 사람들이 광화문 거리로
모여들었다. 라디오 중계를 듣기 위함이었다. 귀를 쫑긋 세
우고 일본어 중계를 듣던 이들은 손기정과 남승룡의 쾌거에
환호했다. 조선 8도는 민족주의적 신드롬으로 뜨겁게 달아

올랐으며, 저자 친정환의 말에 따르면 "저널리즘이 불을 지피고 자본주의가 그 열정을 증폭시켰다."

그러나 신드롬만으로는 '망할 놈의 세상'이 바뀌지 않았다. 벅찬 감격으로 그 밤 만취하며 축배를 들었을지라도 다음 날 아침 일상은 변함이 없었다. 냉정하게 말하면 금메달은 금메달이고, 식민지 현실은 식민지 현실이었다. 가난은 깊고 민족적 차별은 여전했으며, 파시즘으로 치닫는 일본의 횡포는 극에 달했다. 파시스트들은 작은 민족적 열광마저도 차단하기 시작했다. 공동의 기억은 위험하며, 특히 근대적 광장에서 집단적으로 체험한 대중의 기억은 가공할 힘을 갖기 때문이다. 그들은 스포츠계 인사들을 포섭하여 '조선' 대신 '국민'의 이름을 내세워 '민족'의 자리를 지워 버렸다.

천정환은 『끝나지 않는 신드롬』에서 2002년 월드컵 신드롬의 건강함을 "'권력'과 '자본'에 영토화되지 않은 탈근대적인 현상"으로부터 찾았다. 그렇다면 2006년 월드컵 때에는 어떠했는가. 대(對)토고전이 열리는 프랑크푸르트로 직접 날아간 응원단과 전국 곳곳에 모인 응원단의 열기는 2002년을 능가했다. 프랑스, 스위스와의 시합 때도 신드롬은 계속 이어졌다. 2010년에도 이 열광은 계속될 것이다.

지구촌 전체를 휩쓸고 있는 이 열광은 건강한가, 아름다운가, 황홀한 기억으로 남을 것인가. 문득 월드컵, 올림픽 이후가 궁금하다. 신드롬은 사라져도 삶은 계속되기 때문이다.

사이버 민주주의

인터넷은 민주주의의 첨병인가?

바야흐로 '2.0'의 시대다. 디지털 세상을 논하는 곳에서
는 어김없이 '2.0'이라는 숫자가 유령처럼 떠돈다. 왜 '1.9'나
'3.0'은 아니고 하필이면 '2.0'일까. '롱테일', '위키피디아', '소
셜 북마크'등 인터넷과 더불어 탄생한 신조어를 친절하게 짚
어 주는 책을 만나기란 쉽지 않다.

우메다 모치오의 『웹 진화론』은 쉽고 날렵하며 그 입장

이 분명하다. 5주라는 집필 기간을 정해 놓은 탓에 그의 논의는 인터넷 업계의 최신 흐름과 실용적인 문제를 짚는다. 특히 그는 10년 동안 실리콘밸리에서 근무한 경험을 바탕으로 웹의 혁신적 진화에 집중한다. 그에 따르면 웹 2.0의 본질은 '인터넷상의 불특정 다수를 수동적인 서비스 이용자가 아닌 능동적인 표현자로 인정하고 적극적으로 관계를 맺게 하는 기술과 서비스 개발 자세'다. 엘리트와 대중이라는 전통적인 이분법을 뛰어넘어, 웹사이트를 통해 자신들의 의견을 개진하는 제3의 계층에 무한한 애정을 보낸다. 이들은 어리석은 군중이 아니라 숨어 있는 전문가들이며 자신들의 장점을 발현할 공간과 방법이 없어 세상에 나서지 못했을 뿐이다.

구글은 웹 진화의 결정적인 증거다. 인터넷 이용자가 살고 있는 현실 세계를 훌쩍 뛰어넘어, 구글은 인터넷의 "저쪽 편", 그러니까 "인터넷 공간에 떠 있는 거대한 정보 발전소이자 가상 세계"에서 세상의 모든 지식을 정보화하기 위해 뛰어든 것이다. 우메다는 묻는다. 넷스케이프를 무참히 굴복시킨 빌 게이츠는 왜 구글을 무너뜨리지 못했을까. 그 이유는 간단하다. "개인용 컴퓨터에 감동한 세대"인 빌 게이츠보다 365일 24시간 내내 전 세계가 인터넷으로 연결되어 있는 현실을 바탕으로 "컴퓨터의 저쪽 편의 무한함에 감동한 세대"에 속하는 구글의 두 창업자 래리 페이지와 세르게이 브린이 웹의 진화를 주도하고 있기 때문이다.

우메다는 앞으로 10년이 대중의 지혜가 증명되는 시기라고 주장한다. 이런 전망의 기저에는 낙관주의와 과감한 행동주의가 깔려 있다. 나는 이 부근에서 자꾸 주저한다. 불특정 다수 무한대를 무조건 어리석은 군중으로 몰아세우는 것도 문제지만 그들을 무조건 신뢰하는 것 역시 엄밀히 따져봐야 하지 않을까. 현실의 민주주의가 시련과 고통의 세월을 지나 점진적으로 발전했듯이 사이버 민주주의 역시 단숨에 완성되진 않는다.

인터넷 시대가 본격화된 1995년부터 불특정 다수를 전술적으로 강조하며 나아갔던 웹 진화의 방향이 개개인의 삶을 특별하게 완성시키는 쪽으로 선회하고 있다. 새로운 유행어 '라이프로그' 역시 사용자의 고유한 삶을 독특한 방식으로 개성 넘치게 만드는 것이 초점이다. 경제 논리에 휩싸여 섣부른 희망이나 지나친 절망에 빠지지 않는 지혜가 필요하다. 불특정 다수의 지혜는 편리함을 뛰어넘어 아름다움과 올바름까지 닿아야 한다.

과학과 예술과 역사
새로운 우리 과학사를 위한 첫걸음

교양에 대한 관심이 높아진 이유를 대입 논술에서만 찾을 수는 없다. 4~5년 동안 수준 높은 역사 교양서를 애독한 독자층은 30~40대 직장인이다. 이 힘은 역사드라마와 역사소설, 그리고 역사영화로 이어져, 특정 시대를 분석하고 형상화하는 스토리텔링이 트렌드로 자리 잡았다.

역사 교양서의 강세 속에 과학 교양서의 약진이 눈에 띈다. 몇 년 전 '황우석 사건'으로 촉발되긴 했지만, 과학이 핵심 교양으로 자리 잡은 것은 지극히 자연스럽다. 과학을 통하지 않고는 인간과 세계를 이해하는 합리적 눈을 기를 수 없기 때문이다. 과학을 근대의 산물로 간주하기 쉽지만, 과학은 역사의 시작과 함께 존재해 왔다. 그 과학 활동의 도도한 흐름을 연구하는 학문이 바로 '과학사'다. 『조선과학인물열전』은 우리나라 과학사에서 중요한 인물들을 소개하고 또 그 활동의 성과와 한계를 검토한 과학 교양서이면서 역사 교양서다.

먼저 '열전'이라는 제목이 눈길을 끈다. 사마천의 『사기』나 김부식의 『삼국사기』에는 활기차고 인간미 흐르는 문장으로 가득하다. 나는 이들 열전을 재독하며 백이와 숙제가 간직한 짙은 슬픔과 김유신이 겪은 자기 갱신의 고통을 뼈저리게 느꼈다. 따라서 열전이라는 제목을 택한 것은 탁월한 업적에 가려진 과학자들의 지난한 삶에 천착하겠다는 의지로 읽힌다.

저자는 향가 「찬기파랑가」의 주인공 기파랑이 석가모니

시대 의왕으로 칭송받던 인도의 명의 '지바카'의 음차(音借)라고 주장한다. 인도 명의의 이름을 취할 정도라면, 기파랑은 문무에 능한 화랑일 뿐 아니라 의술에도 밝았던 인물임에 분명하다. 화랑과 의술의 관련을 따지는 것은 중요한 과제가 아닐 수 없다. 또한 저자는 현재 세계를 휩쓸고 있는 '스도쿠'보다 훨씬 기묘한 숫자 놀음인 '마방진'의 1인자 최석정에 주목한다. 마방진은 "행과 열과 대각선의 각 방향의 합이 모두 같도록 만든 정방 행렬"인데, 가로세로로 각각 아홉 칸을 채워야 하는 '구구도'는 평생 한 번 풀까 말까 할 만큼 난해하다.

아쉬움으로 남는 대목 하나. 과학과 예술이라는 날개가 함께 펄럭이는 열전을 쓰는 것은 불가능할까. 저자가 입전시킨 인물 중 세종이나 정약전 정약용 형제, 홍대용과 최한기는 과학자이면서 또한 예인이었다. 서양에서는 레오나르도 다빈치 등을 택하여 과학이 예술에 공헌하고 예술이 과학에 기여한 사례 연구를 오랫동안 진행하고 있다.

매사추세츠 공대 미디어 랩은 과학과 예술을 융합시키려는 활동으로 일찍부터 주목받아 왔다. 과학자이면서 예술

가인 '조선과학인물'도 이 융합의 희망적인 증거다. 이제 그
들을 새롭게 발견하고 연구하여 창조할 때다. 과학과 예술의
행복한 포옹에 관한 역사는 다시 집필되어야 한다.

꿈꾸는 과학
과학이 상상력을 만났을 때

　열 편의 독창적인 소설을 읽었다. 한국형 SF 대표작 10편이 함께 묶인 계기는 웹진《크로스로드》에 소설란이 마련되면서부터다. 서문을 쓴 박상준의 설명에 따르면, 아시아 태평양 이론 물리 센터에서 과학 커뮤니케이션을 위해 창간한 《크로스로드》는 한국의 창작 SF를 발전시키기 위해 단편 SF 릴레이 연재를 시작했고, 1년 단위로 작품집 발간을 목표로 삼았지만, 첫 출간까지 3년이 걸렸다.

복거일이나 이영도, 듀나처럼 SF에서 두각을 드러낸 작가들 곁에 단독 저서를 지니지 못한 신인 작가들도 나란히 이름을 올렸다. 한국의 SF 작가층이 얇다는 증거이면서 이름값이 아니라 작품성을 따져 소설집을 묶은 결과다.

노성래의 「향기」는 날렵하고 우스꽝스럽다. 소설은 교통사고로 온몸에 화상을 입은 주인공 강일수가 깨어나는 장면부터 시작된다. 이리저리 몸을 뒤치지만, 카프카의 『변신』에서 그레고리 잠자가 그랬던 것처럼, 생각대로 사지가 움직이지 않는다. 장기이식용 무균 돼지에 강일수의 두뇌만 따로 옮겨 심은 까닭이다. 뇌사자에게 다시 두뇌를 옮길 날을 기다리라는 의사의 충고를 듣고 실망하는 것도 잠시 뿐, 강일수는 언론과 방송의 주목을 받으면서 유명인이 된다. 특히 냄새를 선별하는 조향사로서 탁월한 솜씨를 발휘한다. 강일수는 자신에게 맞는 뇌사자를 찾았다는 연락을 받고도 수술을 포기한다. 인간은 맡지 못하는 세상 향기를 좀 더 오랫동안 만끽하기 위해서다. 소설은 돼지 인간 강일수의 행복에

겨운 외침으로 끝난다. "꿰에에에에엑."

　　김덕성의 「얼터너티브 드림」은 자각몽과 온라인 게임, 그리고 힌두교 신화를 교묘하게 엮은 중편소설이다. 주인공은 전철에서 이상한 물을 마신 후부터 "자신이 꿈을 꾸고 있음을 인지하는 상태에서 꾸는 꿈"인 자각몽에 시달린다. 연속성 집단 자각몽에서 주인공은 사냥감을 죽일수록 성장하는 코끼리 인간으로 옛 서울 곳곳을 누빈다. 꿈의 나라에서 주인공이 인간이나 짐승을 사냥하는 방식, 능력을 키워 다른 레벨로 상승하는 방식은 영웅 서사시에 기반을 둔 한국형 온라인 게임의 룰을 철저하게 따른다. 살인과 폭력으로 자신을 완성시켜 나가는 꿈과 그로 인해 피폐해지는 현실을 교차시키는 장면은 섬뜩하고 고통스럽다.

　　역사와 테크놀로지의 연관성을 시간 여행의 관점에서 살핀 고장원의 「로도스의 첩자」나 더 높이 올라가려는 상식적인 바람을 뒤집어 한없이 내려가는 인간의 의지를 다룬 김보영의 「땅 밑에」 역시 묵직한 주제 의식과 깔끔한 문장, 참신한 구성이 돋보인다.

　SF 10편을 신나게 완독하고 나니 문득 울적해졌다. 과학에 근거를 두고 펼친 이야기들이 하나같이 무섭고 암담했기 때문이다. 왜 이렇듯 디스토피아로만 점철될까. 이야기를 만드는, '지금 여기'의 현실이 막막한 탓일까. 첨단 과학이 예견하는 장밋빛 미래마저도 밝게 그리지 못하는 소설가들의 하찮은 결벽과 못난 의심 탓일까.

새로운 교양인

융합의 현장 혹은 교육의 미래

통섭과 넘나듦의 시절이다. 새로운 교양인의 출현을 바라는 목소리들이 높아지고 있다. 문과와 이과라는 장벽, 학과라는 틀을 뛰어넘어 창의성을 발휘할 새로운 공부를 시작하자는 것이다. 기초 학문과 통섭 학문을 분리하여 미래 대학의 패러다임을 짜자는 제안까지 나왔다.

비판의 목소리 또한 만만치 않다. 무엇보다 학문의 깊이가 얕아지고 어중이떠중이만 양산할 가능성이 크다는 주장이다. '디지털'이나 '콘텐츠'라는 유행어에 현혹되지 말고 진리의 상아탑을 지키자는 것이다.

『미래를 만드는 새로운 문화 새로운 상상력』은 지난 3년 동안 저자 조윤경이 직접 '21세기 문화와 상상력'이라는 주제통합형 과목을 가르치며 얻은 고뇌와 노력의 결과물이다. 주제 통합형 과목이란 '학문 간의 경계를 넘어 총체적이고 통합적인 시각을 갖도록 요구되는 시대의 흐름을 반영하여 인문, 사회, 자연, 예체능 영역마다 학제 간을 넘나들 수 있는 주제를 정하고 그것을 통합한 수업"이다. 전공에 상관없이 모두에게 유익한 수업은 어떻게 가능할까. 저자는 21세기형 상상력 세 가지에 주목하여 논의를 이끈다.

첫째는 하이브리드 문화와 탈경계적 상상력이다. 저자는 배타적인 이분법을 뛰어넘어 다양한 소통에 주목한다. 고급과 저급, 과거와 현재, 동양과 서양, 중심과 주변, 일상과 예술의 고정된 틀을 흔들면서, 그 '사이'에서 뛰어놀기를 권한다.

둘째는 신유목민 문화와 이동의 상상력이다. 일찍이 자

크 아탈리는 현대인의 삶을 유목민에 비유하며 다음과 같이 주장했다. "유목민은 누구든지 가볍고 자유롭고 타인을 환대하고 언제나 주의를 게을리하지 않고 늘 접속되어 있으며 우애를 지녀야 한다." 고정불변의 세계에서 항상 중심에 서기를 갈망하는 삶이 아니라 끝없이 주변으로 흐르는 삶을 디지털 세계에서 발견한 것이다. 특히 여기서 '우애'라는 단어가 눈에 띈다. 충성이나 효도, 명령과 복종의 법도에서 벗어나 서로 깊이 아름답게 사귀는 것 또한 미덕으로 삼게 되었다.

셋째는 뉴테크놀로지 문화와 매체의 상상력이다. 마셜 매클루언의 "미디어는 메시지다."라는 선언을 떠올리지 않더라도, 상상력은 발현되는 매체에 따라 그 존재가 달라진다. 책과 문자 중심의 상상력에서 벗어나 다양한 디지털 영상 매체를 활용할 필요가 있다. 디지털만 옳고 아날로그는 옳지 않다는 주장이 아니라, 그동안 인류가 체험하지 못한 낯선 '경험'을 통해 새로운 상상력을 발휘하자는 의미이다.

논리적인 글이 힘겹다면, 책 뒤에 따로 모아 놓은 여섯 편의 인터뷰부터 살펴도 좋다. 상상력의 리더로 명명된 여섯 명의 교양인이자 창조자들의 삶에서 주제통합형 수업이 왜 중요한가를 깨달을 것이다.

헌데 주제를 통합하여 멋진 상상력을 키운 후에는 무엇을 할까. 수필가 장영희가 인터뷰에서 언급한 수필가 화이트의 지적이 귀에 쏙 들어온다.

"인류(Man)에 대해 쓰지 말고 한 남자(a man)에 대해 쓰라!"

디지털 문명의 파괴력

**내일, 과학은 우리를 어떻게
바꿔 놓을까**

　‘2020’ 혹은 ‘2030’이라는 숫자를 앞세우고 미래를 예측하는 책들이 속속 출간되었다. ‘지금 여기’로부터 10년이나 20년 정도는 추정이 가능하다는 자신감이 깔려 있다. 하지만 『미래』의 저자 수전 그린필드는 "커다란 기술의 진보를 낳는 중요한 과학적 발전을 예견하는 것은 사실상 불가능하다."라는 주장을 책머리에 던진다. 1943년 IBM 사장 토머스

왓슨조차도 전 세계에서 컴퓨터가 다섯 대 정도 팔릴 것이라는 황당한 예측을 했다는 것이다.

그린필드는 디지털 기술이 삶의 질을 얼마나 향상시킬 것인가를 장밋빛으로 수놓는 책들을 향하여 일침을 가한다. "참된 문제는 무엇이 기술적으로 가능한지가 아니라 기술적으로 가능한 것이 우리의 가치관을 얼마나 변화시킬 것인가."

『미래』는 딱딱한 비평서가 아니다. 저자가 처음에는 미래에 관한 소설을 구상했다고 서문에 밝혀 놓았듯이, 이 책에는 인류의 미래가 전문적이면서도 구체적으로 담겨 있다. 미래의 텔레비전을 예로 들어 보자. 시청자는 텔레비전에서 방영되는 영화나 드라마에 직접 참여하여 카메라의 각도와 드라마의 결말을 음성 명령으로 선택한다. 또한 각자의 취향과 필요에 따라 개별 프로그램이 제공되며, 광고 역시 시청자가 선호하는 상품으로만 따로 준비된다.

『미래』가 더욱 빛나는 대목은 미래를 향한 열 가지 물음이 지닌 날카로움이다. 이 물음들은 독자에게 미래사회의 긍정적인 면과 부정적인 면을 함께 펼쳐 보이는 가교 역할을 한다. '우리는 우리의 몸을 어떻게 생각하게 될까?'라는 물음에서는 인류에 공헌하는 다양한 로봇과 그로 인해 야기되는 문제점을 파헤치고, '우리는 무엇을 배워야 할까?'에서는 디지털 문명 속에서 미래의 어린이가 현실 세계 및 가상 세계를 배우고 익히는 새로운 방법과 효과를 깊이 있게 탐색한다.

그린필드는 디지털 문명이 놀랍도록 발전하는 바로 지금이 "개인적인 에고가 가장 큰 위험에 처해 있는 시기"라고 단정 짓는다. '우리는 여전히 자유의지를 가질까?'라는 물음을 따로 설정한 까닭도 디지털 기술을 통해 펼쳐질 미래의 테러가 지닌 가공할 만한 파괴력을 경고하기 위함이다. 다산력을 갖춘 나노 로봇이 테러리스트의 손에 들어가면 어떻게 될까. 악보다는 선을, 독선보다는 협력을 선호하는 인간의 자유의지를 어떻게 변함없이 지키고 길러 나갈 수 있을까.

그린필드에 따르면 세상에는 세 종류의 인간이 있다. 과학 기술을 옹호하는 자, 과학 기술의 힘을 깔보고 냉소하는 자, 과학기술을 두려워하는 자. 『미래』의 열 가지 물음은 결국 현재 삶의 무게가 버겁다는 이유 하나만으로 미래에 대해 무관심으로 일관해 온 나에게, 하여 독자에게 입장을 강요한다. 당신은 셋 중 어느 쪽이냐고. 왜 그쪽에 설 수밖에 없느냐고.

내일의 과학은 우리의 삶과 정신을 어떻게 바꿔 놓을까. 즉답할 자신이 없다면 『미래』부터 읽으면 된다.

50년 후 내 모습

그때도 나는 행복하리라

50년 전 우리는 인터넷 폰도 워드프로세서도 몰랐다. 동네에 전화가 한 대뿐이어도 불편하지 않았으며, 연필 흑심에 침을 발라 가며 원고지에 글자를 꾹꾹 눌러쓰면서도 마냥 행복했다.

시체를 뒤지듯, 이미 와 버린 시간인 과거를 파헤치는 것만이 역사는 아니다. 시간은 과거로부터 현재를 거쳐 미래로 흘러간다. 오지 않은 것에 대한 호기심은 지나가 버린 것에 대한 향수만큼이나 짙다. 오늘의 평안은 어제 들인 노력의 결과이며 오늘의 헌신은 더 나은 미래를 위한 투자다. 과거를 탐색하며 기억을 일깨우는 것은 미래를 예측하기 위해서다. 현재를 "곧 과거가 될 미래"라고 규정하는 것도 이러한 삶의 연속성을 강조한 표현이다.

미래를 가늠하는 일은 무척 어렵다. 노스트라다무스를 비롯한 예언자들의 책에는 비유나 상징이 가득하다. 정확히 일치하지 않더라도 엇비슷한 사건이나 사물만 등장해도 큰 화제가 된다. 미래를 다룬 소설이나 영화는 많다. 그러나 그 작품들을 자세히 살펴보면, 미래의 모습이라고 주장하고 싶은 것만 전면에 배치할 뿐, 자질구레한 일상을 낯선 단어로 규정하고 있지는 않다. 어떤 부분은 고대나 중세와 닮았고 어떤 부분은 지금 우리네 생활과 비슷하다.

그러나 '아직 없는' 단어들과 '이제 막 쓰이려는' 단어들을 모아 놓은 사전은 다르다. 애매모호함이 틈입할 여지가 전혀 없는 것이다. 600쪽이 넘는 『미래생활사전』은 오로지 미래의 삶만을 항목별로 조목조목 쪼개어 냉정하게 설명한다. 가령 ‘배아 메뉴’는 “수정 기술의 발달에 따라 원하는 아기를 선택하는 것이 가능한” 상황에서 사용될 단어이고, ‘이메일 코치’는 “이메일을 효과적으로 사용하는 방법을 지도”하는 신종 직업이다.

이 사전대로 미래가 펼쳐지리라고 완전히 믿는 것은 곤란하다. 사전이란 형식이 가치중립적인 것 같지만, 이 두툼한 책에는 미래에 대한 낙관과 비관이 뒤섞여 있다. 미래가 점점 유토피아로 다가선다면 디스토피아에 어울리는 단어들은 사라질 것이고, 디스토피아로 추락한다면 유토피아를 치장했던 단어들은 찾을 수 없게 된다. 저자들은 둘 중 하나를 선택하지 않았으며 그것이 이 사전의 냉정함이자 한계다. 사전이 다시 집필되는 것은 필연이지만, 그 두께와 빛깔을 결정짓는 것은 이 책을 읽는 독자의 몫이다. 현재를 살아가는 인류의 의지가 중요한 것이다.

워드프로세서를 사용하는 지금이 원고지를 쓰던 시절보다 더 나아졌다고 확정 지을 수 있을까. 내게는 과학 문명의 발달을 곧바로 장밋빛 미래와 연결시키기를 주저하는 마음이 남아 있다. 50년이 지나면 지금 내 삶을 둘러싼 사건과 사물은 대부분 사라질 것이고, 내가 알지 못하는 생활이 펼쳐지리라. 앞당겨 묻고 싶다. 2058년 아흔한 살 디지털 스토리텔러 김탁환 씨! 50년 전보다 행복한가요?

"하루 종일 집필실에서 뭐 하세요?"

어느 독자가 심각한 표정으로 물었다.

작가가 되기 전 그러니까 잡식성 독자였을 때는, 나도 궁금했다.

작가들은 집필실에서 무얼 할까. 도대체 무얼 하기에 이렇듯 멋진 주인공과 매혹적인 이야기를 척척 만들어 낼까. 헤밍웨이와 발자크, 도스토예프스키와 카뮈의 두껍고 비싼 평전을 정독한 것도 그들의 집필실을 들여다보기 위함이었다. 기대는 늘 안타까움을 낳았다. 집필실에서 벌인 흥겨운 파티나 은밀한 로맨스는 장황하게 묘사되지만, 대작을 쓸 무렵 집필실의 일상은 생략되거나 대충 얼버무려졌던 것이다.

차라리 내가 소설을 쓰고 말지!

그래서 작가가 되기로 결심한 것은 물론 아니지만, 이제는 위대한 작가들이 집필실의 일상을 그토록 공개하기 싫어한 이유를 안다. 그놈의 일상이, 무지무지, 단순하고 평범하고 지루했던 탓이다, 벽시계의 괘종처럼.

뒤적뒤적, 끼적끼적!

작가란 무언가를 뒤적이고 무언가를 끼적이는 자다.

그 이상도 그 이하도 아니다.

짧은 비평가 생활을 접고 작가로 들어섰을 때, 결심한 것이 하나 있다.

"이 책 꼭 읽지 마세요!"

라는 글은 단 한 편도 짓지 않고,

　"이 책 꼭 읽으세요!"

라는 글만 남기겠다고.

　비평가는 비교하여 평가하는 운명을 타고 난 족속이기에 좋은 책만큼이나 나쁜 책도 언급해야 하지만, 작가는 오직 자신의 눈과 가슴을 '뜨겁게' 달군 책을 칭찬하면 그만이다. 읽고 질투하고 어루만지며 배울 책도 산더미인데, 부족하고 취향에 맞지 않는 책까지 눈길 돌릴 이유가 없다.

　퇴고를 핑계로 단평 묶음을 다시 훑었다. 감(感)하고 동(動)하던 순간이 떠올랐다. 진해, 논산, 대전, 서울, 또 프랑스, 인도, 이란, 모로코, 심지어 타클라마칸 사막에서 모래바람 맞으면서도, 뒤적이고 끼적였다. 책의 '안'도 중요하지만 독서의 '정황' 역시 책의 일부다. 많은 이들은 아직 살아 연락이 닿지만 또 많은 이들은 이미 사라지거나 죽었다. 내 아득한 서재들도, 없다.

어떤 책은 읽었지만 단편 묶음에서 빠졌고 어떤 책은 읽자마자 소설이나 시나리오로 녹아들어 찾을 길이 없다. 사람마다 팔자가 있듯이 책도 운명이 있다. 단평으로 남은 책이 어쩌다가 100권이다. 101권이래도 99권이래도 무관하지만, 어릴 때 무슨 일이든 끝이 딱 맞아떨어지면 길(吉)하다고 들었다. 행복하자, 그래 이번만큼은!

2008년 12월, 상암동 집필실에서

김탁환

부록
김탁환이 뒤적이고 끼적인 100권의 책 

001 폴 오스터, 김석희 옮김, 『빵굽는 타자기』(열린책들, 2000).

002 오르한 파묵, 이난아 옮김, 『새로운 인생』(민음사, 2006).

003 다이 시지에, 이원희 옮김, 『발자크와 바느질하는 중국소녀』
     (현대문학, 2005).

004 실비 제르맹, 김화영 옮김, 『프라하 거리에서 울고 다니는 여자』
     (문학동네, 2006).

005 이제하, 『나그네는 길에서도 쉬지 않는다』(문학동네, 1999).

006 헤르만 헤세, 「시인」, 『이문열 세계명작산책』 제3권(살림, 2003).

007 어니스트 헤밍웨이, 박정수 옮김, 『킬리만자로의 눈』(청목사, 2003).

008 헨리 필딩, 류경희 옮김, 『톰 존스』(삼우반, 2007).

009 노먼 F. 매클린, 권경희 옮김, 『흐르는 강물처럼』(밝은세상, 2005).

010 마크 트웨인, 김욱동 옮김, 『허클베리 핀의 모험』(민음사, 1998).

011 황선미, 『푸른 개 장발』(웅진주니어, 2005).

012 최용건, 『조금은 가난해도 좋다면』(푸른숲, 2001).

013 토마스 만, 홍성광 옮김, 『부덴브로크 가의 사람들』(민음사, 2001).

014 심노숭, 김영진 옮김, 『눈물이란 무엇인가』(태학사, 2001).

015 아니 에르노, 홍상희 옮김, 『아버지의 자리』(책세상, 1995).

016 아니 에르노, 강만원 옮김, 『단순한 열정』(산호, 1993).

017 아니 에르노, 이재룡 옮김, 『부끄러움』(열림원, 2000).

018 F. 스콧 피츠제럴드, 김욱동 옮김, 『피츠제럴드 단편선』

     (민음사, 2005).

019 프란츠 카프카, 이주동 옮김, 『변신』(솔, 2000).

020 밀란 쿤데라, 권재일 옮김, 『농담』(벽호, 1993).

021 황석영, 『오래된 정원』(창작과비평사, 2000).

022 황석영, 『객지』(창작과비평사, 1974).

023 야코프 하인, 배수아 옮김, 『나의 첫 번째 티셔츠』(샘터사, 2004).

024 오쿠다 히데오, 양윤옥 옮김, 『남쪽으로 튀어』(은행나무, 2006).

025 니노미야 토모코, 고현진 옮김, 『음주가무연구소』(애니북스, 2008).

026 장유정, 『오! 당신이 잠든 사이』(랜덤하우스코리아, 2007).

027 수잔 그리핀, 노혜숙 옮김, 『코르티잔, 매혹의 여인들』
(해냄출판사, 2002).

028 아쿠타가와 류노스케, 노재명 옮김, 『월식』(하늘연못, 2005).

029 애드거 앨런 포, 홍성영 옮김, 「도둑맞은 편지」, 『우울과 몽상』
(하늘연못, 2002).

030 데니스 루헤인, 조영학 옮김, 『코로나도』(황금가지, 2007).

031 존 그리샴, 최필원 옮김, 『브로커』(북@북스, 2005).

032 진은영, 『일곱 개의 단어로 된 사전』(문학과지성사, 2003).

033 김사인, 『가만히 좋아하는』(창작과비평사, 2006).

034 최승자, 『즐거운 일기』(문학과지성사, 1984).

035 유금, 박희병 옮김, 『말똥구슬』(돌베개, 2006).

036 라이너 마리아 릴케, 구기성 옮김, 『두이노의 비가』(민음사, 2001).

037 혜초, 정수일 옮김, 『혜초의 왕오천축국전』(학고재, 2004).

038 법정, 『인도기행』(샘터사, 2006).

039 수잔 휫필드, 김석희 옮김, 『실크로드 이야기』(이산, 2001).

040 윤후명, 『돈황의 사랑』(문학과지성사, 1983).

041 카를로 베르크만, 모명숙 옮김, 『최후의 베두인』(풀빛, 2004).

042 유길준, 허경진 옮김, 『서유견문』(서해문집, 2004).

043 강제윤, 『부처가 있어도 부처가 오지 않는 나라』(예담, 2007).

044 니코스 카잔차키스, 송은경 옮김, 『지중해 기행』(열린책들, 2008).

045 오르한 파묵, 이난아 옮김, 『이스탄불』(민음사, 2008).

046 이성복, 『오름 오르다』(현대문학, 2004).

047 신동엽, 『젊은 시인의 사랑』(실천문학사, 1989).

048 서긍, 조동원 외 옮김, 『고려도경』(황소자리, 2005).

049 이종묵, 『누워서 노니는 산수』(태학사, 2002).

050 김동리, 『소설 신라열전』(청동거울, 2001).

051 이도흠, 『신라인의 마음으로 삼국유사를 읽는다』(푸른역사, 2000).

052 나관중, 이문열 옮김, 『삼국지』(민음사, 2002).

053 이민웅, 『임진왜란 해전사』(청어람미디어, 2004).

054 문현선, 『무협』(살림, 2004).

055 신봉승, 『이동인의 나라』(동방미디어, 2001).

056 조정래, 『태백산맥』(한길사, 1986).

057 조정래, 『오 하느님』(문학동네, 2007).

058 작자미상, 김진세 옮김, 『완월회맹연』(서울대학교출판부, 1987).

059 이언 피어스, 김석희 옮김, 『핑거포스트, 1663』(서해문집, 2004).

060 조너선 D. 스펜스, 이재정 옮김, 『왕 여인의 죽음』(이산, 2002).

061　나탈리 제먼 데이비스, 양희영 옮김, 『마르탱 게르의 귀향』

(지식의풍경, 2000).

062　에릭 두르슈미트, 강미경 옮김, 『아집과 실패의 전쟁사』

(세종서적, 2001).

063　레이 황, 권중달 옮김, 『허드슨 강변에서 중국사를 이야기하다』

(푸른역사, 2001).

064　쑤퉁, 문현선 옮김, 『나, 제왕의 생애』(아고라, 2007).

065　천퉁성, 김은희 외 옮김, 『역사의 혼, 사마천』(이끌리오, 2002).

066　백승종, 『정감록 역모 사건의 진실게임』(푸른역사, 2006).

067　작자미상, 정재서 옮김, 『산해경』(민음사, 1993).

068　배형, 최진아 옮김, 『전기』(푸른숲, 2006).

069　에커만, 박영구 옮김, 『괴테와의 대화』(푸른숲, 2000).

070　라이너 마리아 릴케, 안상원 옮김, 『릴케의 로댕』(미술문화, 1998).

071　안나 그리고리예브나 도스토예프스카야, 최호정 옮김, 『도스토예

프스키와 함께한 나날들』(그린비, 2003).

072　키케로, 천병희 옮김, 『노년에 관하여』(숲, 2005).

073　조지 기싱, 이상옥 옮김, 『기싱의 고백』(효형출판, 2000).

074　박지원 외, 안대회 옮김, 『단원풍속도첩』(민음사, 2005).

075 박제가, 안대회 옮김, 『궁핍한 날의 벗』(태학사, 2000).

076 김성수, 『함석헌 평전』(삼인, 2001).

077 에드워드 사이드, 김석희 옮김, 『에드워드 사이드 자서전』
(살림, 2001).

078 다닐 알렉산드로비치 그라닌, 이상원 외 옮김, 『시간을 정복한 남
자 류비셰프』(황소자리, 2004).

079 산케이신문 특별취재반, 임홍빈 옮김, 『모택동비록』
(문학사상사, 2001).

080 도널드 트럼프, 김원호 옮김, 『억만장자 마인드』(청림출판, 2008).

081 정혜윤, 『침대와 책』(웅진지식하우스, 2007).

082 다치바나 다카시, 이언숙 옮김, 『나는 이런 책을 읽어왔다』
(청어람미디어, 2001).

083 김현, 『말들의 풍경』(문학과 지성사, 1992).

084 김용석, 『문화적인 것과 인간적인 것』(푸른숲, 2000).

085 스티븐 킹, 김진준 옮김, 『유혹하는 글쓰기』(김영사, 2002).

086 서대석 외, 『한국인의 삶과 구비문학』(집문당, 2002).

087 캐롤린 핸들러 밀러, 이연숙 외 옮김, 『디지털 미디어 스토리텔링』
(커뮤니케이션북스, 2006).

김탁환

____

1968년 진해에서 태어나 서울대학교 국어국문학과와 동 대학원을 졸업했다.
『혜초』, 『리심, 파리의 조선 궁녀』, 『방각본 살인 사건』, 『열녀문의 비밀』, 『열하광인』,
『허균, 최후의 19일』, 『불멸의 이순신』, 『나, 황진이』, 『서러워라, 잊혀진다는 것은』,
『압록강』, 『독도 평전』 등의 장편소설을 발표했다.
이 밖에 소설집 『진해 벚꽃』, 문학비평집 『소설 중독』,
『진정성 너머의 세계』, 『한국 소설 창작 방법 연구』 등을 출간했다.
현재 KAIST 문화기술대학원 교수로 스토리텔링을 가르치고 있다.

김탁환의 독서열전
내 영혼을 뜨겁게 한
100권의 책에 관한 기록

뒤적뒤적
끼적끼적

1판 1쇄 펴냄 2008년 12월 19일
1판 4쇄 펴냄 2014년 2월 21일

지은이 · 김탁환
발행인 · 박근섭, 박상준
편집인 · 장은수
펴낸곳 · (주)민음사

출판등록 1966. 5. 19 (제16-490호)
135-887 서울특별시 강남구 도산대로1길 62(신사동) 강남출판문화센터 5층
대표전화 515-2000 · 팩시밀리 515-2007
www.minumsa.com

© 김탁환, 2008. Printed in Seoul, Korea

ISBN 978-89-374-2651-3 (03800)